KB268351

魔道俠客傳

마도협객전

FANTASTIC ORIENTAL HEROES

백무진 新무협 판타지 소설

마도협객전 1

백무진 新무협 판타지 소설

초판 1쇄 찍은 날 § 2010년 8월 6일
초판 1쇄 펴낸 날 § 2010년 8월 16일

지은이 § 백무진
펴낸이 § 서경석

편집팀장 § 서지현
편집책임 § 어정원
편집 § 박우진

펴낸곳 § 도서출판 청어람
등록번호 § 제1081-1-89호
등록일자 § 1999. 5. 31
어람번호 § 제2-1961호

주소 § 경기도 부천시 원미구 심곡2동 163-2 서경B/D 3F (우) 420-822
전화 § 032-656-4452 팩스 § 032-656-4453
http://www.chungeoram.com
E-mail § chungeoram@chungeoram.com

ISBN 978-89-251-2251-9 04810
ISBN 978-89-251-2250-2 (세트)

魔道俠客傳

마도
협객전

백무진 新무협 판타지 소설
FANTASTIC ORIENTAL HEROES

1

도서출판 청감

서장(序章)

진마(眞魔) 육영마군(六影魔君)에 대한 보고서.

일(一)

달리 흡정마군(吸精魔君)이라고도 불리는 무진이라는 자는 남경이 있는 강소성의 구산에서 나고 자란 것으로 보입니다. 유년기를 보낸 정무관이라는 곳이 지금은 문을 닫았기에 더 이상 추적할 방법은 없으나, 동네 주민들의 증언을 토대로 할 때 무진이라는 자가 무림으로 나가기 전까지 이곳에 있었던 것은 확실하다고 말할 수 있습니다. 유년기는 평범한 촌민 생활을 했던 것으로 보이며, 무림 출세의 계기가 된 것은 영락 12년에 있었던 정무관 혈사에서 만난 정천맹의……

……(중략)……

마군지병(魔君之兵) 육마겸(六魔鎌)을 소유.

구룡성(九龍城) 오마(五魔) 중 살마(殺魔)의 후예.

나살층층공(羅殺層層功)과 진마흡정공(眞魔吸精功)을 수련.

이 모든 점을 종합해 볼 때 그를 특급 위험 인물로 꼽는 것은 당연한 일이나, 그가 정천맹(正天盟)의 추마대에서 활약한 전례가 있다는 점과 이제껏 싸워온 상대가 마기가 폭주한 마인(魔人), 혹은 혈교의 무인들로 국한되는 점으로 볼 때 섣불리 평가를 내리는 것은 어렵다고 사료됩니다. 중요 인물인 만큼 조금 더 관찰을 해서…….

이원무림전집(二元武林全集)

마도편(魔道編) 中

＊　　　＊　　　＊

강소성(江蘇省). 회음현(淮陰縣)의 구산(龜山) 근처.

모든 것은 한 아이가 식사 중에 헛구역질을 하면서부터 시작되었다. 그 아이는 허리를 구부린 채 전날 먹은 음식까지 다 토해낼 것처럼 심하게 구역질을 했는데, 주변의 누구도 그것을 이상하게 생각하지 않았다.

그들도 모두 똑같이 느끼고 있었기 때문이었다. 오늘 정무관(政武官)의 점심식사로 나온 것은 딱딱한 겨가 반 정도 섞여 있는 누런 밥 한 덩어리와 이상야릇한 냄새가 풍겨 나오는 정체를 알 수 없는 국물이 전부. 입관한 지 오 년이 넘은 관원들도 젓가락을 깨작거리며 감히 손을 못 대고 있을 정도였으니, 원래부터 허약했던 아삼은 그 반응이 어떻겠는가?

관원들은 질린 얼굴로 그들의 앞에 놓인 음식을 자세히 살펴보았다.

대체 이 녹색 국물의 원재료는 뭐란 말인가? 또 시큼한 냄새와 함께 국물 위에 둥둥 떠 있는 저 물컹물컹한 것은 또 뭐고.

아삼의 근처에 있던 소년들은 젓가락으로 국을 이리저리 휘젓다가 이내 슬그머니 국그릇을 다시 탁자 위에 내려놓았다.

아무리 배가 고파도 이건 무리다.

우스갯소리로 정무관(正武官)의 점심 식사는 거지도 안 얻어먹는다는 말을 종종 하기는 했지만 오늘은 정말로 거지도 이 밥은 안 먹을 것 같았다.

"우웨엑—!"

결국 빵빵하게 볼을 부풀리고 있던 아삼이 결국 참지 못하고 국그릇에 뭔가를 토해내는 것과 동시에, 옆에 있던 소년 관원들이 기겁하며 자리에서 일어나 일제히 비명을 질렀다. 그들은 험악한 얼굴로 그들의 팔에 튄 찝찝한 액체를 털어냈다.

"야! 적당히 안 해? 밥맛 떨어지게!"

"하루 이틀이냐? 적응을 하란 말이야! 정 안 되겠다 싶으면 안 먹고 있다가 뒷산에서 머루라도 따 먹으면 되지!"

"에잇, 입맛 배렸네."

"계집애 같은 아삼!"

우우—!

소년들은 일제히 야유를 했다. 맛없는 밥에 대한 원망은 모조리 아삼에게로 돌아갔다. 그들은 젓가락을 집어던지며 계집애 같은 아삼이라고 노래까지 만들어 합창을 했다.

"그, 그런 게 아니라… 우욱!"

억울한 표정으로 뭔가를 항의하려던 아삼은 갑자기 얼굴이 하얗게 질려서는 배를 잡고 어깨를 움찔움찔 떨었다.

심상치 않은 모습. 하지만 이미 놀리는 데 흥이 돋은 소년들의 눈엔 그저 허약한 아삼이 엄살을 떠는 것으로밖에 보이지 않았다. 소년들의 노랫소리는 점점 커져만 갔다.

"허약한~아삼~! 계집애 같은~ 아삼~!"

소년들의 야유가 커질수록 아삼의 떨림도 점점 심해졌다. 신이 나서 노래를 부르는 소년들과 입에서 침을 흘리며 몸을 부들부들 떠는 아삼. 잠시 후, 어깨를 들썩이던 아삼이 갑자기 눈을 허옇게 까뒤집으며 식탁 위로 쓰러졌다.

우당탕—!

식탁이 넘어지는 것과 동시에 그 위에 있던 식기들이 쓰레기처럼 바닥을 굴렀다. 노랫소리가 멎었다. 그제야 상황을 파악한 소년들이 멍한 얼굴로 굳어져 버렸다.

"뭐, 뭐야? 아삼! 야, 아삼!"

도마 위의 생선처럼 몸을 펄떡대던 아삼이 시뻘건 덩어리를 입에서 울컥 토해낸다. 소년들은 점차 겁에 질렸다.

토끼처럼 자그마한 몸이 한겨울 냉수를 뒤집어쓴 것처럼
바들바들 떨리더니 갑자기 등이 활처럼 휜다. 그러고는 눈,
코, 입의 구멍이란 구멍이 모두 찢어질 듯 벌어지는 것이
다.

"꺼… 꺼어……."

"어이, 아, 아삼?"

소년들은 조심스레 아삼에게 다가왔다가 비명을 지르면서
뒤로 펄쩍 뛰어 물러났다.

자세히 보니 아삼이 토해낸 핏덩이에서 뭔가가 꿈틀꿈틀
움직이고 있었다.

"버, 벌레가 있어!"

정무관의 관도로서 나름대로 스스로 용맹하다고 생각하는
소년들이었지만, 그래 봤자 십대 초반의 어린아이들. 이런 괴
이하기 짝이 없는 기사(奇事)에 태연할 리가 없었다.

그들은 허옇게 질린 얼굴로 보기만 해도 끔찍한 '그것'을
하염없이 응시했다.

"회, 회충 아냐? 우리 아버지 말이, 가끔 뱃속에서 나온 회
충이 삼 척이나 될 때도 있다고……."

"멍청아! 우리가 회충도 모를 것 같냐?"

"그, 그럼?"

"세상에 주먹만 한 회충이 어딨어? 저건 말이지… 저
건……."

소년 관도들 중 제일 나이가 많은 석우(石牛)가 용기를 내어 가까이 다가갔지만 시뻘건 애벌레를 보니 선뜻 답이 나오질 않았다. 석우가 더듬거리며 입만 벙긋거리는 사이, 바들바들 떨던 아삼이 돌연 움직임을 멈췄다.

그리곤 눈, 코, 입에서 피가 줄줄 흘러내리기 시작하자, 소년들은 그 모습이 너무 끔찍해서 차마 똑바로 보지 못하고 고개를 돌려버렸다.

끼긱―

그사이, 핏덩이 속에서 꿈틀거리던 애벌레는 점점 커다랗게 부풀어 오르고 있었다. 마치 뱀 앞에서 스스로의 몸을 부풀리는 두꺼비처럼. 주먹만 했던 것이 참외만큼 부풀어 오르고, 결국엔 작은 수박만큼이나 커다랗게 변했다.

그리고,

펑!

"으아아악―!"

괜히 가까이 갔다가 벌레의 살점과 끈적끈적한 체액, 거기다가 아삼의 핏덩이까지 뒤집어쓴 석우는 그 자리에서 그대로 거품을 물고 기절해 버렸다. 게다가 석우만큼 많이는 아니지만, 그 핏방울은 주변의 소년들 모두에게 튀었다.

살갗에 닿는 끈적끈적하고 더러운 느낌.

십대의 소년들 중에 그런 상황에 제자리에 서서 버틸 수 있는 사람이 어디 있으랴.

"으아아악—!"

소년들은 정무관도로서의 체면 따윈 집어던지고 비명을 지르며 사방으로 흩어졌다. 순식간에 정무관은 아수라장이 되었다.

"대체 이게 무슨 일이야!!"

소식을 전해 들은 정무관의 사범들이 다급하게 달려왔지만, 아삼은 이미 차가운 시체로 변해 버린 뒤였다.

정무관이 세워진 지 십오 년.

역사상 최초로 관내에서 시체가 나온 것이다.

사범들은 쉬쉬하며 사건을 조용히 처리하려 했으나, 구산의 근처 같은 변두리의 작은 마을에서 그런 큰 사건이 소문이 나지 않을 리가 없었다. 불과 한 시진도 되지 않아 그 기괴한 사건에 대한 흉흉한 소문은 정무관의 관문을 넘어 근처 마을에까지 퍼져 나갔다.

토지신의 저주가 내렸느니 요괴가 출몰했느니 해괴한 이야기는 많았지만, 그 어느 것도 증명되지는 않았다.

그리고 아삼이 죽은 지 이틀 뒤, 그동안 방 안에서 끙끙 앓던 석우는 끈적끈적한 핏덩이를 토해내고 오공에서 피를 흘리며 죽었는데, 핏덩이 안에서 기어 나온 벌레는 이내 수박만 한 크기로 부풀어 올라 터져 버렸다. 졸지에 석우의 곁을 지키던 부모님과 동생들이 그 피를 뒤집어썼음은 물론이다.

아삼과 똑같은 증상. 그리고 똑같은 죽음.

그리고 그것은, 시작에 불과했다.

第一章
구산의 나무꾼

협객전

마도
협객전

이틀 뒤, 죽은 석우의 곁에 있었던 동생 중 한 명이 또 한 번 벌레를 토해내고 죽었다.

이제 마을엔 걷잡을 수 없을 만큼 불안한 공기가 감돌기 시작했다. 생각해 보자. 인원이 오십 호(戶)도 안 되는 작은 마을에서 벌써 세 사람이다. 다음 차례가 누가 될지는 아무도 몰랐다.

사람들은 사소한 일에도 화를 냈고, 누가 코피만 흘려도 나병환자를 대하듯이 멀리 내쫓아 버렸다. 근처의 도관과 절에는 매일같이 무사 안전을 기원하는 참배객들로 넘쳐났다.

흉신악살에 대한 소문은 본래 나라님에 대한 소문보다도

빠른 법. 정무관의 소문을 전해 들은 강소성의 성주는 역병일 수도 있다는 사실에 크게 놀라 성에서 가장 뛰어난 의원, 곽가를 보내 진상을 살피게 했다.

곽가는 차분하고 명석한 사람이었다.

그는 정무관에 도착해 하루 동안 아삼과 석우, 그리고 세 번째 소년의 시체까지 모두 꼼꼼히 살펴본 뒤 단호하게 고개를 저었다.

"이건 역병이 아닙니다."

정무관의 관주 이무혁(李貿奕)은 웃지도 울지도 못하는 애매한 표정이 되고 말았다.

역병이 아닌 것은 다행이다.

하지만 그렇다면, 대체 이 기괴한 일의 정체가 뭐란 말인가?

"그렇다면, 무엇입니까?"

"글쎄요. 정확하진 않습니다만… 이것과 비슷한 증상을 들은 적은 있습니다."

"비슷한 증상이요?"

이무혁은 다급하게 되물었다. 곽 의원의 목소리가 가라앉아 있는 것이 심상치 않게 느껴진 탓이다.

"혹시 무림에서 원한을 얻으신 적이 있습니까?"

"…무림 말입니까?"

"예. 도산검림(刀山劍林) 풍운지협(風雲之俠)의 그 무림 말입니다.”

이무혁의 얼굴은 난감하게 일그러질 수밖에 없었다.

이곳은 무관. 즉, 무(武)를 닦고 몸을 단련하는 곳이니 무림과 연관되어 있지 않다고는 할 수 없다.

하나, 그래 봤자 성도에서 멀리 떨어진 시골 변두리의 무관일 뿐이었다.

정무관이라는 밋밋한 이름에서 알 수 있듯이, 그저 전쟁놀이를 좋아하는 동네 소년들이 손발 놀리는 법을 배우는 동네 도장일 뿐.

정무관 출신 중에 가장 잘된 것이 고작 강소성 성주의 병사이니 더 말해 무엇 하겠는가?

“보시다시피… 이곳은 시골의 작은 무관일 뿐입니다.”

“예, 그렇군요.”

“…대답이 되지 않았습니까?”

“관주, 본인은 어떻습니까? 무림에서의 원한이 없으십니까?”

곽 의원의 지적은 제법 날카로웠다. 무림에서의 원한이란 것이 꼭 정무관 전체를 향할 필요는 없는 일. 관주 본인에게만 향하는 일일 수도 있는 것이다.

“으음…….”

하지만 이무혁은 그에 대해서도 난색을 표했다.

“저는 잘해봐야 이류에 불과한 무인입니다. 사람을 죽여본 일도 없으니 무림에서의 원한이 있을 리 없습니다."

정무관 관주 이무혁은 소림의 속가제자에게 배운 육합신권(六合神拳) 하나가 전부인 사람이었다.

말이 육합신권이지 저잣거리에 널린 육합권에 불가(佛家)의 토납법을 합한 것에 불과하다. 열심히 수련한 덕에 이류에 오르긴 했으나, 타고난 성정이 순박한데 어디 그걸 써볼 일이나 있었겠는가?

자그마한 비무대회에 몇 번 나가본 뒤 고향에 다시 돌아와버렸으니, 그나마도 차마 무림에 출두했다고 말하기조차 민망한 경력일 뿐.

그런 그이니 원한 같은 거창한 것을 만들 수 있을 리 없었다.

"그렇다면 관내에 원한을 만들 만한 사람은 없습니까? 최근에 들어온 사람이라던가, 최근에 뭔가가 변했다던가……."

"없습니다. 이곳은 십 년 전과 조금도 달라진 점이 없습니다. 사범들은 오 년째 그대로고, 소년 관도들은 모두가 삼 대째 이곳에 사는 토박이 아이들뿐입니다."

"허어……."

곽 의원은 집요하게 물었으나, 돌아오는 것은 무의미한 대답뿐이었다. 그는 머리를 부여잡고 답답한 신음을 내뱉었다.

"끄웅, 독(毒)과 고(蠱)가 관련되었으니 무림의 당가나 독문(毒門), 또는 사도(邪道)의 술사들일 텐데……."

곽 의원은 조용히 중얼거리다가 안타까운 얼굴로 이무혁을 쳐다봤다.

"이것은 병이 아닙니다. 누군가가 의도적으로 고의 알을 소년들에게 퍼뜨린 것이지요."

"허어! 고의 알이라고요?"

"지나가다 칼을 맞은 거나 다름없습니다. 병이 아니니… 의원인 저에게 그것을 미리 막을 방도는 없습니다."

"바, 방법이 없다니요? 안 됩니다. 어떻게든 방법을 알려주십시오!"

이무혁은 절박하게 곽 의원의 소맷자락을 잡았다. 이번 일로 소년 관도들이 전부 나가 버렸다. 안 그래도 아이들에게 점심을 줄 돈이 없을 정도로 가난한 도장인데, 이런 일마저 해결이 안 된다면 이제 문을 닫는 건 시간문제였다.

"그, 그래도 아이들이 연달아 죽은 것을 보면 전염성이 있는 것 아니겠습니까? 전염성이 있으면 병입니다. 그렇지 않습니까?"

"그건 전염이 되었다기보단… 깨웠다는 표현이 맞습니다."

"예?"

"하나의 고가 죽으면 다른 하나의 고를 깨우는 식입니다. 아마 자기들끼리 뭔가 신호를 보내는 것이겠지요. 몸속에서 잠들어 있던 고의 알이 깨어나는 겁니다."

“그, 그 말은……!”

이무혁의 얼굴은 이제 시체처럼 창백하게 질려 있었다.

“그 말은… 이미 모든 아이들의 몸속에 고의 알이 잠들어 있다는 겁니까? 단지 깨어나길 기다리는 것뿐이고요?”

“…그럴 가능성이 높습니다.”

“아아! 어찌 이런 일이……!”

이무혁은 절망적인 목소리로 중얼거리며 몸을 부들부들 떨었다. 그나마 무릎을 꿇고 주저앉지 않은 것은 무인으로서의 자존심 때문이리라.

“아이뿐만이 아닙니다.”

“예?”

“이곳에 있던 사람은 어른이든 어린아이든 모두 알을 갖고 있을 확률이 높습니다. 처음에 죽은 아이가 이곳에서 가장 허약한 아이라고 하셨지요? 그렇다면 허약한 순서대로 죽는 것일 수도 있습니다. 그 이치대로라면… 아이들이 다 죽은 다음엔 어른들의 차례일 것입니다.”

“그, 그런……!”

혼이 빠져버린 듯한 이무혁을 바라보며 곽 의원은 고개를 설레설레 저었다.

“일단은 회충을 죽이는 요법을 써보면서 기다려 봅시다. 근처의 무림 방파들에게 제가 도움을 요청해 보지요. 오늘이 마침 이틀째이니, 무슨 일이 일어나면 곧바로 저에게 알려… 읍?”

말을 하던 곽 의원이 갑자기 어깨를 움찔 떨었다. 창백해진 얼굴로 허리를 굽히더니 아랫입술을 바들바들 떨며 믿을 수 없다는 듯이 중얼거렸다.

"이, 이런 말도 안 되는……."

"과, 곽 의원?"

"으읍……!"

"대체 무슨 일입니까, 곽 의원?"

"이건… 예상에 없… 우욱!"

곽 의원은 물고기처럼 몸을 펄떡거리면서 바닥에 끈적끈적한 핏덩이를 한 대접이나 토해냈다. 시뻘건 핏물 사이로 주먹만 한 물체가 꿈틀꿈틀 움직였다.

"커허… 크… 허어……."

"곽 위원!!"

"말도 안… 나는… 하루밖에……."

실낱같이 이어지던 목소리는 결국 허무하게 끊어져 버렸다. 말이 멎는 순간 몸의 떨림도 멎었다. 곽 위원의 눈, 코, 입에서 시뻘건 피가 강물처럼 흘러내리는 것을 보며 이무혁은 사색이 되어 뒤로 물러서다 엉덩방아를 찧었다.

"으어어……!"

잠시 후, 핏물 사이에서 꿈틀거리던 애벌레가 커다랗게 부풀어 올라 펑 소리와 함께 터져 나갔다.

비명과 피 냄새로 가득 찬 정무관.

그곳엔 더 이상 아무런 희망도 없는 것처럼 보였다.

＊　　　＊　　　＊

멀리서 보면 꼭 거북이를 닮았다 하여 이름 붙여진 구산(龜山)에 한 청년이 나뭇짐을 메고 산길을 오르고 있었다.

구산은 본래 숙련된 나무꾼이 아니면 얼씬도 하지 않는다. 목재상들이 군침을 흘릴 만큼 속질이 튼튼한 나무들이 많이 있지만, 기이하게도 귀신이라도 붙었는지 아무리 뛰어난 나무꾼들도 구산의 중턱만 지나면 발을 헛디뎌 큰 상처를 입는 경우가 허다했기 때문이다.

사람의 출입을 막는 이무기가 산다는 소문도 있었고, 도를 닦는 선인이 진법을 만들어놨다는 소문도 있었다.

작지만 기기묘묘한 기운이 흐르는 영산(靈山).

진실이 어느 쪽인지는 아직 밝혀지지 않았지만, 한 가지 분명한 점은 그런 기괴한 곳에 이런 젊은 청년이 오는 것은 특이한 일이라는 사실이다.

이미 구산의 중턱을 지난 지는 오래다. 청년은 넘어지기는 커녕 아무런 표정의 변화도 없이 묵묵히 계속해서 산을 오르고 있었다.

청년의 인상은 묘했다.

복색은 허름했지만 기이하게도 그 얼굴만큼은 귀공자만큼

깨끗하다. 쭉 뻗은 콧날은 태산처럼 높았고 짙은 눈썹 아래 감정없는 눈동자는 먹으로 그린 것처럼 새카맣다.

관옥 같은 미남자는 아니나, 왠지 모르게 주변 사람들의 시선을 모으는 얼굴이랄까. 게다가 그것만으로도 범상치 않은 느낌이거늘, 청년이 등 뒤에 멘 나뭇짐은 더더욱 특이했다.

일정한 크기로 잘라놓은 나뭇가지들이 청년의 키 세 배는 될 만큼 어마어마하게 쌓여 있었는데, 그 높이와 양이 보는 사람이 입을 쩍 벌릴 만큼 대단했다.

가랑비에 옷 젖는다는 말이 있다.

겉보기엔 사소한 것이라도 그것이 쌓이고 쌓이다 보면 나중에 어마어마한 결과로 되돌아올 수도 있다는 뜻. 그 말처럼 아무리 젓가락처럼 가는 나뭇가지라도 사람 키의 세 배만큼이나 쌓아놓으면 감당하지 못할 만큼 무거워지는 것이 당연하지 않겠는가?

그런데 나뭇짐을 지고 있는 청년에게선 힘들어하는 기색을 찾아볼 수가 없었다.

아니, 힘들어하는 기색은커녕 무표정하게 굳어 있는 청년의 얼굴에선 인간에게서 느낄 수 있는 어떠한 감정도 느껴지지 않았다.

청년은 그 상태로 걸음을 옮겼다.

쿵. 쿵.

청년도 인간인지라 어느 순간부터 다리가 후들후들 떨리고 몸이 휘청휘청 흔들렸다. 시뻘겋게 달아오른 얼굴에선 구슬 같은 땀방울이 비 오듯이 흘러내렸다.

그 상태로 산을 타고 오른 것이 대략 삼 리.

보통 사람이라면 한참 전에 이미 쓰러졌을 텐데도, 청년의 표정은 걷는 내내 여전히 무표정하기만 했다.

단지 '왜 균형을 잡기 힘들지?' 라고 생각하는 듯한 의아함뿐.

청년은 그 모습 그대로 얼굴색 하나 변하지 않고 구산의 꼭대기까지 올라갔다.

끼이익—

"무진이 왔느냐?"

구산의 정상에 세워져 있는 허름한 초가집 안으로 들어가자, 쉿소리가 섞인 듯한 거칠고 낮은 목소리가 청년을 맞이했다.

그는 외팔에 외다리를 가진 특이한 외모의 노인이었다. 낡은 갈색 면포를 장포처럼 어깨에 두르고 허리까지 오는 칙칙한 회색 머리카락은 등 뒤로 단정하게 묶어두었는데, 외팔, 외다리라는 것이 무색할 정도로 그 체구와 동작이 당당했다.

보통 사람보다 긴 매부리코에 회색 수염은 적당하게 턱을 가리고 있다. 눈썹은 갈매기처럼 끝이 위로 올라갔고, 호랑이처럼 큰 눈은 끊임없이 범상치 않은 안광을 토해내는 것이 건장한 장정이라도 그 앞에 서면 오줌을 지릴 것만 같은 위압감으로 가득했다.

대단한 노인이었다.

오른쪽 다리 대신 나무 의각을 달아놓고 왼쪽 소매는 헐렁헐렁하게 바람에 흔들렸지만, 그런 것조차 이 노인과 연결되어 있으니 장애라기보단 하나의 장식처럼 보였다.

"다리가 떨리는구나."

무진의 상태를 한눈에 알아본 노인의 눈에서 신광이 번쩍였다. 성큼성큼 걸어온 노인은 꼿꼿이 버티고 선 무진의 다리에 살짝 손을 가져다 댔다.

그러자,

우당탕!!

"큭……!"

살짝 손을 댔을 뿐인데 무진은 물론이고 그의 등 뒤에서 일장이 넘게 쌓여 있던 나뭇짐도 호쾌하게 바닥을 굴렀다. 누군가가 무진의 다리를 커다란 몽둥이로 후려치기라도 한 듯한 모습이었다.

"이놈아! 다리가 부들부들 떨리면 멈춰서 쉬고 와야 한다고 내가 몇 번을 말했더냐?"

"쉬고… 왔어……."

"쯧쯧. 또 겨우 반 다경 정도만 쉬다 왔겠지. 도대체 몇 번을 말해야 알아듣겠느냐? 아픔을 못 느끼는 네놈은 자제력이 없으니 스스로 알아서 잘 조절해야 한다고 내가 몇 번을 말해!!"

추상같은 노인의 추궁을 들으며 무진은 입을 꾹 다물고 고집스럽게 몸을 일으켰다.

아픔을 느끼지 못하는 체질.

무통지체(無痛之體)!

천형인지 축복인지 모를 체질을 타고난 덕분에 아무리 몸을 혹사시켜도 고통을 느끼지 못하지만, 그것은 양날의 칼처럼 언제 얼마만큼의 수련을 해야 하는지 한계를 지정하지 못하게 만들어 버렸다.

무진은 언제나 몸이 뻣뻣하게 굳어져서 도저히 말을 듣지 않을 때까지 수련을 하곤 했다.

"시간이… 늘질 않아."

"뭐야?"

"아무리 해도 시간이 늘지 않아."

무진의 알 수 없는 말에 노인은 눈을 찌푸렸다.

"시간이라니? 무슨 시간 말이냐?"

"내공을 사용하지 않고 버틸 수 있는 시간."

"…뭐?"

"삼 년 전엔 반 각, 이 년 전엔 이 각, 그리고 일 년 전엔 한 시진을 버텼어. 근데 아직까지도 여전히 한 시진밖에 못 버텨."

노인의 눈빛이 흔들렸다.

"설마, 지금껏 네 한계를 알고 싶어서 일부러 무리를 해왔다는 말이더냐?"

"……."

"내력도 사용하지 않고?"

"응."

"이놈아! 그게 얼마나 위험한 줄 알고……!!"

노인은 한소리 하려고 눈을 부릅떴다가 이내 고개를 설레설레 저으며 뒤로 물러섰다.

선천적으로 아픔을 느끼지 못하는 무진은 두려움이 없다.

그게 얼마나 위험한 일이든 얼마나 괴로운 일이든.

아픔이 없으니 겁먹을 일이 없고, 겁을 먹지 않으니 항상 생각난 바를 무모하게 실행하고 보는 것이다.

'마(魔)의 길에 들어선 자는 그래선 안 되거늘.'

노인은 그래서 항상 걱정스러웠다.

짧은 돌다리라도 두드려 보고 건너는 조심스러움이야말로 마의 길을 걷는 자에게 꼭 필요한 것이건만, 이 녀석은 무심해 보이는 얼굴과는 달리 너무 과격한 경향이 있었다.

'쯧쯧, 이름값을 하는 놈이로고.'

없을 무(無), 부릅뜰 진(瞋).

태어날 때부터 성내거나 우는 일이 없다는 그 이름처럼 너무나 무심하고 대담하지 않은가.

"나살층층공은 어디까지 연공했느냐?"

"육성."

"추비무한십팔로는?"

"…칠성."

"뭐? 칠성? 거짓말하지 말거라, 이놈아!"

"진짜야. 얼마 전에 칠성에 올랐어."

"뭣이?!"

노인은 당장 시연해 보라며 옆에 있던 나뭇가지를 던져 주려다가 이내 혀를 차며 고개를 저었다. 이백 근 가까이 되는 나뭇짐을 지고 산꼭대기까지 오느라 이젠 손가락 하나 움직이기 힘들어서 부들부들 떨고 있는 놈이다. 내공을 써서 회복한다고 해도 몸을 제대로 움직이려면 반 시진은 족히 걸릴 터. 무공이 칠성이 아닌 팔성의 경지에 올랐더라도 뭔가를 보여줄 수 있는 상황이 아니었다.

'그런데 칠성이라고?'

불과 약관의 나이. 기재라고 칭해지던 노인조차 그 나이에는 이루지 못한 성취다. 추비무한십팔로의 오의(奧義)를 깨닫기엔 너무나 어린 나이 아니던가?

노인은 날카로운 눈으로 무진의 몸을 훑어 내렸다.

"정말이더냐?"

"내가 거짓말한 적 있어?"

"없지."

“그러니까 믿어.”

무진은 먼지가 묻은 무릎과 팔꿈치를 툭툭 털더니 다시 그 무거운 나뭇짐을 어깨 위에 짊어지고 초가집의 곳간까지 옮겨놓았다.

다리는 부들부들 떨리고 손과 발은 따로 노는 것처럼 제멋대로 비틀거리는데도 고집스럽게 꾸역꾸역 몸을 움직인다. 마치 상처를 입어도 제 할 일을 다 끝내놓는 소처럼.

“허허……."

노인은 결국 웃어버렸다.

“나중에 확인할 거다.”

“마… 음… 대로 해.”

근육이 지칠 대로 지친 무진은 불과 열 걸음 거리를 가는 데 일다경이나 걸리고 있었다. 그 모습은 지켜보기가 애처로울 정도였지만 노인은 절대로 도와주지 않았다.

“네가 저지른 일이니까 네가 처리해라.”

“알… 아……."

“쯧쯧. 고집은 세고 몸은 허약하고. 에잉, 쓸모없는 놈.”

함께 지낸 지 벌써 칠 년. 마음이 안 좋으니 일부러 모진 말을 내뱉는 노인의 심정을 무진이 어찌 모르겠는가? 무진은 그저 묵묵히 입을 다물고 나뭇짐을 다 옮겨놓은 뒤 쓰러지듯이 초가집의 마루에 걸터앉았다.

“후우… 후우… 사부, 오늘 들은 이야기가 있어.”

그리고는 아무렇지도 않은 목소리로 이야기를 시작했다.

"어떤 이야기?"

"아랫마을에서 역병이 돌고 있대. 칠 일 전에 시작했는데, 벌써 다섯이 죽었나 봐."

"역병? 그거 이상하구나. 이곳은 역병이 돌 만한 지역이 아닌데."

노인은 이해가 가지 않는다는 듯이 인상을 찌푸렸다.

"습한 여름철도 아니고 시체가 넘치는 전쟁도 없다. 그런데 역병이라니?"

"사람들은 그걸 저주라고 불러."

"저주?"

"토지신의 저주. 토지신을 화나게 한 사람은 삼 일 안에 배 속에서 주먹만 한 애벌레를 토해내고 죽게 되는데, 거기엔 해약도 없고 해주(解呪:주술을 풀다)도 안 먹힌대. 원래는 죽은 사람 가까이에 있던 사람 중에 약한 어린아이부터 죽어나가는데… 이번에 이변이 일어났나 봐."

"…계속 말해보거라."

"조사 나온 의원이 죽었어. 그것도 도착한 지 하루 만에. 원래는 이틀에 한 명씩 죽었는데, 지금까지 나타나던 특징과는 갑자기 달라진 거지."

노인의 얼굴이 딱딱하게 굳었다.

"역병이 아닌 게로구나."

"그렇지?"

"……."

"그 말을 듣자마자 기억났어, 사부가 예전에 해줬던 말."

무진은 기억력이 좋다. 그는 지난 칠 년간, 사부가 중간중간 흘리듯이 내뱉은 말조차 한 글자도 빼먹지 않고 모두 기억하고 있었다.

"혈마고(血魔蠱). 주술과 병기의 중간쯤에 위치하며, 그 주인이 여왕혈마고를 가지고 있으면 나머지 수컷들을 의지대로 조종할 수 있다. 그에 당하는 사람은 내장을 갉아먹히고 마지막엔 식도를 통해 피와 함께 토해지는 것이 특징."

"……."

"아마 누군가가 혈마고를 이용해서 장난치는 것 같은데……. 맞아?"

노인은 진지한 얼굴로 냉랭하게 대답했다.

"그래, 맞다."

"그리고 혈마고는 원래 혈신교의 것이지?"

"그래, 그것도 맞다."

혈신교(血神敎).

현재 무림을 장악하고 있는 마도연합 구룡성(九龍城)에서도 최정상을 다투는 집단을 말한다. 혈미륵의 재래를 꿈꾸는 종교 집단이며 세뇌를 통한 강체술로 인간을 초월한 무사들을 길러내는 곳. 그리고 온갖 사이한 것들을 품에 안고 있는 사술(邪術)의 본가.

"그럼, 잡아도 돼?"

"……."

무진은 보통 무인들이라면 감히 입에 올리기도 어려워할 혈신교를 말하면서도 마치 개울가의 개구리를 잡으러 가듯 간단하게 말했다.

노인은 단호하게 고개를 저었다.

"안 된다."

"왜?"

"우리 나살문의 법도를 잊었느냐?"

"…그 팔성법칙?"

"그래. 나살층층공과 추비무한십팔로가 모두 팔성에 오르지 않으면 절대로 내보낼 수가 없느니라."

"그 팔성법칙이라는 게 어차피 연성박뢰포를 쓸 수 있게 한 다음에 무림에 내보내기 위해 만든 거잖아? 그런데 난 연성박뢰포를 쓸 수 있어."

"이놈! 흉내에 불과한 것을 감히 자랑하려 드는 것이냐!"

"흉내든 어쨌든 쓸 수 있으면 된 거잖아?"

"네가 지금… 머리가 좀 컸다고 기어오르는구나. 내가 누군지 잊은 것이냐?"

노인의 목소리가 심상치 않게 가라앉았다. 사나운 호랑이 앞에 선 것처럼 등골이 서늘해지며 손끝에서 발끝까지 온몸의 털이 곤두섰다.

실력이 완숙에 이른 무인이라도 오금이 저려서 제대로 서 있지 못할 만큼의 살기. 하지만 무진은 그에 지지 않고 노인의 두 눈을 똑바로 응시했다.

"사부, 그 마을은 나한테 특별해. 알잖아?"

"나살문의 법도는 네게 특별하지 않다는 것이냐?"

"물론 우리 문(門)도 나에겐 매우 중요해. 하지만 법도야 융통성을 조금 발휘하면 되지만, 마을의 사람들은 지금도 죽어나가고 있어. 지금 당장은 이쪽이 더 중요한 게 당연하잖아?"

무진의 당당한 반론에 노인의 눈빛이 살짝 흔들렸다.

'내가 너무 고지식했던가?'

무진의 말에 틀린 점은 없다. 두려움이 없는 저 성격 덕분에 그의 생각은 언제나 어딘가에 얽매이지 않고 하늘을 나는 독수리처럼 자유롭다. 그것은 과거 언제나 고지식하게 법도만을 지켜서 마도를 공포에 몰아넣었던 노인의 성격과는 정반대인 것이다.

'하지만……'

노인은 속마음과는 반대로 냉랭하게 고개를 저었다.

"허락할 수 없다."

"…사부."

"세상 밖으로 나오는 마인들의 경지는 최소한 양마(養魔),

즉 지(知)의 경지이지. 게다가 숫자가 많으면 너 혼자서 대적할 수 있을 것 같으냐?"

무진은 납득하진 못했지만, 노인의 단호함을 보고는 그저 입을 꾹 다물 수밖에 없었다.

마도의 무인은 다섯 개의 경지로 나뉜다.

첫째, 입마(入魔). 마기를 느끼는 감(感)의 경지로, 마공을 수련하기 시작한 모든 마인이 속해 있는 경지이다.

둘째, 양마(養魔). 마기를 아는 지(知)의 경지로, 이때부터 마기(魔氣)가 사람의 오욕칠정을 끌어올려서 사람의 심성을 변화시키기 시작한다. 마인들이 순식간에 강해지는 대신 난폭하고 잔인해지기 시작하는 것도 바로 이때부터이다.

그 뒤로 마기를 자유롭게 사용할 수 있게 되는 용(用)의 경지, 패마(覇魔). 극에 달한 패악한 마기를 받아들이고 그 강함만을 취할 수 있게 되는 신(身)의 경지, 극마(極魔).

그리고 마기의 정수를 취해 진정한 마인이 되는 정(精)의 경지, 진마(眞魔)가 있다.

감(感), 지(知), 용(用), 신(身), 정(精).

입(入), 양(養), 패(覇), 극(極), 진(眞).

이 열 개의 글자야말로 마도천하를 지배하는 다섯 계급의 정수인 것이다.

"너는 아직 준비가 안 됐다. 내 마음을 바꾸고 싶다면 나살층층공과 추비무한십팔로를 팔성에 올려라. 그렇다면 다시

한 번 생각해 보마."

노인은 그대로 자리에서 일어나 방 안으로 들어가 버렸다. 무진은 단단하게 닫혀 있는 나무문을 잠시 바라보다가 고집스럽게 입술을 꾹 다물고 일어나 빗자루를 들고 마당을 쓸기 시작했다.

쓱— 쓱— 쓰륵—

고요한 구산의 정상에서 빗자루질 소리가 울려 퍼졌다.

나무를 해놓고 청소를 끝냈다면, 이젠 술을 사와야 할 시간이다. 등지게에 커다란 항아리를 단단히 묶어 맨 무진은 산을 타고 내려가 마을에 들어갔다.

마을은 예상한 대로 쥐 죽은 듯이 조용했다. '저주' 때문에 겁에 질린 마을 사람들은 모두들 자신도 그 저주에 걸릴까 봐 다른 사람과의 접촉을 극도로 피하고 있는 것이다.

'겁먹었을 거라 생각하긴 했지만… 이 정도였나?

본래 그리 크지 않은 마을이긴 했지만, 그래도 아직 햇빛이 쨍쨍한 대낮인데 거리에 사람이 하나도 없다는 것은 어색한 일이 아닐 수 없다.

옛이야기 속에 나온다는 귀신들의 마을이 이러할까?

무진은 거리를 걸어가며 사람들이 굳게 걸어 잠근 대문들을 유심히 살폈다. 안엔 인기척도 있고, 지붕 위로 연기가 나는 것을 보니 각자 점심을 준비하는 모양이다.

예전 같으면 마을 아낙들이 모두 모여 함께 점심을 준비하고, 식사는 논밭에 빙 둘러앉아 다 같이 먹었을 것이다.

달라진 모습이 너무나도 눈에 띄니 씁쓸함을 느낄 수밖에 없었다.

똑, 똑.

무진은 마을 중심에 위치한 상점의 문을 두드렸다. 이곳은 마을에 있는 유일한 객잔이자 상점을 겸하고 있는 장씨 객잔이다. 조금 기다리니 문이 빠끔히 열리며 주인인 장씨의 작은 눈이 슬며시 밖으로 나왔다.

"이런, 무진이냐?"

끼이익—

장씨는 안도의 한숨을 내쉬며 문을 열어주었다.

"너도 저주에 대해서는 들어서 알고 있지? 그것 때문에 미치겠다니까? 도대체 손님들이 오질 않아! 생각해 봐. 누가 객잔 바닥에 와서 갑자기 피 토하고 죽기라도 하면 근처에 있던 사람은 다 죽는 거 아냐? 으으, 생각만 해도 미치겠네. 아참, 무진이 넌 다른 사람 만나고 오는 길 아니지? 피 뒤집어쓴 적 없지?"

눈을 가늘게 뜨고 의심스럽게 묻는 장씨에게 무진은 그런 적 없다고 대답해 주었다.

"휴우, 아무튼 이래저래 그렇다. 오늘은 무슨 일로 왔어? 아! 오늘이 그 영감님 술 사다 드리는 날인가?"

"맞아."

"영감님도 참, 팔다리도 성치 않은 양반이 힘도 좋아. 술항아리 하나를 통째로 이레 만에 다 마셔버리니 말이야. 아! 영감님은 건강하시지?"

"팔팔해."

"나이가 젊어도 몸이 성치 않으면 고생인데 말이야. 쯧쯧, 더군다나 늙은 양반이……. 무진이 네가 잘 챙겨드려라. 너는 젊어서 모른다. 원래 늙을수록 작은 것 하나도 서럽고 괴로운 거야."

말 많고 인정 많은 장씨는 자신이 노인이라도 되는 양 허리를 툭툭 두드리며 안타까운 얼굴로 고개를 설레설레 저었다.

팔다리가 성치 않아도 무진이 보기엔 충분히 도깨비처럼 팔팔한 노인네인데, 평범한 사람들의 눈엔 그저 불쌍하게 보이는 모양이다.

무진은 그저 알겠다고 고개를 끄덕이며 지게에서 항아리를 내려놓았다.

"술항아리 어디 있는지 알지? 부엌에서 하나 가져가. 아참! 얼마 전에 녹용이랑 노루고기 말린 게 좀 남았는데 그것 좀 챙겨주마. 가져가서 영감님이랑 같이 달여 먹어."

"고마워."

"별말을 다 한다. 대신, 다음에 오동나무 괜찮은 거 있으면 하나 갖다줘. 침상이 하나 필요해서 말이야. 크기는 저번에 네가 갖다 줬던 거랑 비슷한 걸로."

"알겠어."

이 마을에서 무진은 힘세고 일 잘하는 나무꾼 청년으로 소문이 나 있었다. 오동나무든 소나무든 필요한 걸 무진에게 말하면 뭐든지 척척 구해내서 그 다음날 곧바로 갖다 준다. 무공을 익힌 무진에게 그건 별로 어려운 일이 아니었고, 술값이나 식재료 값도 그걸로 모두 해결이 되니 일석이조가 아니겠는가.

"요새 장사가 안 되니 힘들어 죽겠다. 그래도 조만간 저주가 끝날 것 같으니 그나마 다행이야."

장씨가 가죽 주머니에 녹용을 담아주며 하는 말에 무진의 귀가 솔깃해졌다.

"저주가 곧 끝나?"

"아! 내가 아직 말 안 했나? 이 지긋지긋한 저주도 곧 끝날 것 같아. 남경(南京)의 저 높으신 정천맹(正天盟)에서 사람을 보내줬거든."

"사람?"

장씨는 말없이 손가락으로 천장을 가리켰다.

천장.

객잔의 이층에 있는 객실을 가리키는 것이다.

"지금 저 위에 있어. 새파랗게 젊은 게 좀 불안하긴 하지만, 뭐 그래도 명색이 이름 높은 정천맹의 추마대이신데 이깟 저주야 식은 죽 먹듯이 처리하지 않겠어?”

“추마대? 추마대가 왔다고?”

“그래. 너도 알지? 그 미친 마인들을 쫓아서 죽이는 정천맹의 특수부대. 얼마 전에 아녀자 스물을 간살한 잔심대마(殘心大魔)의 목을 쳤다던 그곳 말이야. 캬―! 내가 그 얘기를 들었을 때 얼마나 가슴이 뛰던지. 내가 십 년만 젊었어도 말이야, 내가 이런 데서 객잔이나 하지 않고 당장에 검 들고 정천맹에 찾아가서 협사가 되었을 거야. 암! 그렇고말고. 대협사 장춘! 위기에 빠진 정천맹을 구할 단 하나의 이름!”

나이 오십 줄에 접어든 장씨는 자신이 마치 정천맹의 협사라도 된 양 주먹을 불끈 쥐고 호기롭게 말했다.

그 뒤로 장대하게 이어진 대협사 장춘의 이야기는 한 귀로 듣고 한 귀로 흘리며 무진은 가만히 생각에 잠겼다.

추마대(追魔隊).

북경의 무림과 강북, 강서 지방을 구룡성에 모두 빼앗긴 정천맹이 발악하듯이 혼신의 저력을 집중시켜 만든 최정예 무인 집단의 이름이다.

정파는 힘으로 싸워서는 마도와 사도가 모조리 합쳐진 구룡성을 절대로 이길 수 없다.

낙양혈사(落陽血事)로 십이 호법과 이십오 장로를 모조리 잃은 정천맹이 굴욕을 무릅쓰고 인정한 사실이며, 그 덕분에 절맥될 뻔한 정파의 생명을 남경으로 끌어모아 그나마 지금까지 살아남을 수 있게 만든 귀중한 깨달음이기도 했다.

정파는 말 그대로 정도(正道)를 택했다.

과거 한고조 유방이 그랬듯.

삼국시대의 한중왕 유비가 그러했듯.

민초들을 돌보고 정의를 부르짖으며 천하의 민심이 그들에게 돌아서도록 끊임없는 협객행(俠客行)에 나선 것이다.

그때 탄생한 것이 바로 추마대다.

마도에 입문한 무인이 양마의 경지를 넘으면 마기가 폭주해서 살귀가 되는 마인들이 심심찮게 나타나곤 했는데, 구룡성이 아무리 폭주하는 마인들을 잡아들여도 십 만이 훨씬 넘는 사도인과 마도인들을 모조리 막을 수는 없는 일이었다.

애꿎은 민초들을 덮쳐 패악을 부리는 마인들은 언제나 틈틈이 나타나곤 하니, 그것이야말로 감출 수 없는 구룡성의 약점.

정파의 직계제자들로 구성된 정예 추마대는 귀신같이 그들을 찾아내 물리치고 민초들을 구원했다. 극악한 마인을 물리치고 정의를 깃발 삼아 정천맹의 이름을 다시 한 번 사해에 떨쳤다.

결론부터 말하자면, 결국 그 방법은 통했다.

민초들의 방해에 부딪친 구룡성은 강소성을 기점으로 남

경에 자리 잡은 정천맹을 더 이상 몰아붙일 수 없었고, 북경의 황제는 정천맹의 업적을 높게 평가해 정천맹주 패원강에게 사병을 가질 수 있는 중랑장군의 벼슬을 내렸다.

이 얼마나 공교로운 하늘의 안배인가?

역모를 꾀하지 않는 이상 건드릴 수 없는 존재가 되어버린 정천맹과 추마대는, 조금씩이긴 해도 시간이 지날수록 예전의 위세를 되찾아가고 있었다.

'물론 추마대도 다 같은 추마대는 아니지만……'

무진은 추마대는 총 네 개의 부대로 나뉜다던 사부의 말을 머릿속에 떠올렸다.

적매(赤梅), 녹난(綠蘭), 황국(黃菊), 청죽(靑竹).

무당, 화산, 곤륜과 같은 도가 계열 제자들이 소속되어 있는 적매.

남궁, 제갈, 황보가로 이뤄진 세가 연합 녹난.

소림과 아미 속가들로 이루어진 불가 계열의 황국.

그리고 그 밖의 타지에서 정천맹에 자원한 협객들과 중소 문파 출신으로 이루어진 청죽.

'아마 이곳에 온 것은 청죽이겠지.'

청죽부대의 추마대는 수가 많은 대신 실력이 떨어지고 공적을 탐하는 경향이 있다. 변경이나 다름없는 이런 구산의 촌구석에 찾아올 만한 추마대라면 십중팔구 청죽파일 게 분명할 터.

"혹시 그 사람들 푸른색 옷을 입고 있어? 허리엔 죽간 문양이 새겨져 있는 요대를 차고 있고?"

"그래서 대협객 장춘은… 어? 어떻게 알았냐? 맞아. 하나같이 똑같이 그렇게 입고 있더만?"

"……."

"뭔가 아는 거 있어?"

기대감으로 눈을 빛내는 장씨의 시선을 외면하며 무진은 재빨리 등지게에 새로운 술항아리를 싣고 노끈으로 튼튼하게 묶었다.

"별거 아냐. 추마대는 그렇게 입는다고 들었어."

"아하! 그렇구만. 그 말을 들으니 가짜는 아닌가 보네. 사실 이건 무진이 너한테만 하는 말인데 말이야, 처음엔 추마대치고 너무 어려서 가짜가 아닌가 의심했다니까?"

장씨는 노루고기와 녹용이 든 가죽 주머니를 손에 움켜쥔 채 소곤소곤 귓속말을 했다.

"오자마자 지들끼리 패가 갈라져서는 애꿎은 침상이 박살 날 정도로 싸우질 않나, 숙식비도 선불이 아니라 나중에 준다고 그러고. 이래저래 찝찝한 부분이 많다니까."

봇물 터지듯 불만을 쏟아내던 장씨가 어느 순간 입을 꾹 다물고 눈치를 살폈다.

"…그래도 뭐, 저주만 풀어준다면야 상관없지. 이대론 정무관이 망할 듯하니까."

정무관.

넘겨들을 수 없는 단어에 노끈을 묶던 무진의 손놀림이 멎었다.

"그건 또 무슨 소리야?"

"몰랐냐? 이무혁 관주가 앓아누웠잖아? 그 성주가 보내준 의원 양반이 죽을 때 바로 옆에 있었다지, 아마? 알잖냐. 그 벌레가 터질 때 옆에 있으면 그 사람도 이틀 안에 죽는 거. 무진이 너는 그 양반이랑 인연도 있었는데, 안됐구나, 정말로."

마을에 도는 역병이 토지신의 저주라고 불린다는 것만 들었지, 정무관과 연관되어 있다는 사실은 지금 처음 들었다.

무진은 말없이 잠시 서 있다가 노끈을 마무리한 뒤 지게를 다시 어깨에 짊어졌다.

"오지랖 넓게 무슨 일이든 앞으로 나설 때부터 그렇게 될 줄 알았어."

"이 녀석, 그래도 그렇게 말하는 거 아냐. 그나저나 한 번 찾아가 봐야 하지 않겠냐?"

"내가 왜?"

"야, 이 관주가 세상물정 어둡고 계산은 좀 느려도, 고아나 불쌍한 애들 보면 가만히 못 지나치고 꼭 정무관에 데려다가 밥을 먹여줘야 성이 차는 사람이잖냐. 요즘 같은 세상에 그런 사람도 없어. 너도 영감님 만나기 전엔 정무관에서……."

"됐어. 그 얘기는 하지 마."

무진은 장씨가 들고 있던 가죽 주머니를 뺏듯이 받아 들고 는 객잔 밖으로 나섰다.

"오동나무는 잘 찾아볼게."

"야, 무진아! 인마!"

"이틀 안에 다시 한 번 올 거야."

쾅!

닫힌 나무문 뒤로 정무관에 꼭 한번 들르라는 장씨의 목소 리가 들려왔다. 무진은 지게를 한번 고쳐 메고 객잔 앞의 갈 림길에서 멈춰 섰다.

'정무관이라……'

떼려야 뗄 수 없는 과거의 인연이 있는 곳이다.

가보고 싶은 마음이 없는 것은 아니지만, 그곳에 가면 이무 혁 관장을 만나게 될 테고, 관장을 만나게 되면 그 '저주'와 엮일 수 밖에 없을 게 분명했다. 그리고 그렇게 되면, 무공이 팔성이 되기 전엔 세상일에 관여할 수 없다는 나살문의 법칙 을 어기는 것과 마찬가지 아니겠는가.

"돌아가자."

무진은 구산이 있는 방향으로 몸을 돌렸다. 하지만 운명의 이끌림일까. 세 걸음 쯤 나아갔을 때, 정무관이 있는 쪽 방향 에서 왁자지껄한 목소리가 들려왔다.

"정무관으로 가는 것은 헛일이라고 내가 말하지 않았소!"

"커험! 완전히 헛일은 아니었잖나? 그래도 고의 성장 속도라던가 피해자들이 어떤 공통점이 있는지를 알 수 있……."

"그깟 것이 뭐가 중요하단 말이오! 일단 흩어져서 주변을 샅샅이 뒤져야지! 그래야 그 마인 놈들을 하나라도 더 찾을 수 있지 않겠소?"

기(氣)가 풍성한 우렁찬 목소리, 푸른색의 장삼 의복, 죽간 문양이 새겨진 단정한 요대, 허리춤에 하나씩 차고 있는 청색 술이 달린 장검.

그들이 바로 정천맹에서 파견한 추마대일 것이 분명했다.

숫자는 스물가량. 목소리와 자세는 마치 황족마냥 세상에 두려울 것이 없다는 듯 당당했는데, 반면 그들의 외모는 장씨가 우려한 게 이해가 될 만큼 하나같이 어려 보였다.

이제 약관이나 지났을까 싶은 청년과 여인이 대부분이었다. 인솔자로 보이는 한 명만은 그래도 제법 나이가 있어 보였지만, 그래 봤자 아직 사십을 넘지 않은 듯한 데다 성격이 유약한지 주변의 젊은이들에게 기세가 눌리는 듯 보였다.

인솔자를 따르는 듯한 젊은이가 절반.

그에게 대드는 젊은 청년을 따르는 듯한 젊은이가 절반.

장씨가 말했던, 패를 갈라서 싸우더라는 이야기도 아마 저 두 사람의 패거리를 뜻하는 것이리라.

무진은 그들에게 얼굴이 보이지 않도록 비스듬하게 등을 돌렸다. 괜히 저들과 엮여서 좋을 일이 없으니, 되도록 서로 얼굴을 마주하지 않는 것이 나을 터.

다행인지 불행인지 그들은 마을이 떠나가라 시끄럽게 떠들며 지나갈 뿐, 무진에겐 눈길 한번 주지 않고 곧바로 장씨의 객잔으로 되돌아갔다.

'기대 이하군.'

무진은 냉정하게 평가를 내렸다.

거리가 조금 떨어져 있다고는 하나, 텅 빈 관도에 서 있는 사람은 무진 하나뿐이었다. 그런데도 그들은 무진을 쳐다보지도 않고 그냥 지나쳤다.

경험이 풍부한 무인이라면 억지로라도 다가와 인사를 건네고 무진의 정체가 뭔지 탐색했으리라.

그런데 신경도 쓰지 않고 지나쳤다는 것은 이곳 구산마을에 온 추마대원들이 얼마나 무인으로서 경험이 없고 실력이 없는지를 단적으로 보여주는 예였다.

'저 정도라면 양마는커녕 입마의 마인조차 버겁다.'

대체 정천맹은 무슨 생각으로 저런 자들을 하나의 부대로 편성했을까? 무진은 생각보다 정천맹의 수준이 형편없다는 평가를 내리며 몸을 돌리려고 했다.

바로 뒤에서 앳된 목소리가 그를 부르기 전까진.

"잠깐, 당신. 거기 시비."

발밑이 얼어붙는 것 같았다.

대체 누가 그를 부르는가? 분명히 스무 명가량의 청죽파가 모두 무진을 신경 쓰지도 않은 채 객잔 안으로 들어가는 것을 봤는데.

무진은 은밀하게 품 안으로 손을 집어넣으며 천천히 몸을 돌렸다. 만약의 사태엔 품 안에 있는 것을 꺼내 들 준비를 하며 그를 불러 세우고 총총 걸음으로 다가오는 '그녀'의 얼굴을 확인했다.

'여자아이?'

나이는 이제 열두세 살 정도 되었을까?

얼굴은 아직 젖살이 빠지지 않아 통통했고, 또랑또랑하게 부릅뜬 눈은 동그라면서 커다랬다. 꽤나 긴 머리카락은 성숙한 양갓집의 규수마냥 등 뒤로 틀어 올려서 옥으로 만들어진 비녀를 꽂아 고정시켰는데, 그 모습을 어린 소녀가 하고 있으니 아름답다기보다는 귀엽다고 표현함이 맞을 것이다.

만약 그 소녀가 추마대의 청죽파가 입는 푸른색 경장과 요대를 차고 냉철한 눈으로 그를 바라보고 있지만 않았다면, 피부가 하얗고 고운 것이 어딘가의 잘사는 부잣집 외동딸 같다고 생각했을 터이다.

"당신 말이야, 당신! 내 말이 안 들려?"

무진은 입을 꾹 다물고 생각에 잠겼다.

아무리 인재가 부족하다고 해도 정천맹에선 나이 열둘밖에 안 된 소녀도 추마대에 받아들이는 것일까? 주변을 살펴보았지만, 근처에 다른 청죽파의 인물들은 아무도 보이지 않았다.

“이이……!”

그 소녀는 무진이 자신에게 집중하지 않는 것이 화가 나는지 인상을 찡그리며 그의 앞섶을 붙잡아 거칠게 잡아당겼다.

“아무도 없는 거리에서 혼자 뭐 하고 있어? 그 항아리 안엔 또 뭐가 들었고?”

“…….”

“똑바로 말해. 조금 전에 추마대 선배들이 객잔에 들어갈 때 얼굴을 숨기는 것 똑똑히 봤어.”

의외로 날카로운 말에 무진의 눈빛이 가라앉았다.

잘못 생각했던 모양이다. 나이가 어려도 추마대에 들어온 것은 인재가 없어서가 아니라 이 소녀가 뛰어난 인재였기 때문인가 보다.

소녀는 다른 스무 명의 추마대원들을 다 합친 것보다도 날카로운 식견으로 무진을 의심스럽게 보고 있었던 것이다.

“당신, 뭐 하는 사람이야?”

동그랗고 새카만 눈동자가 마치 속을 꿰뚫어 보듯 똑바로 무진을 향했다.

第二章
정무관의 마겸(魔鎌)

무진이라는 이름은 없을 무(無)에 부릅뜰 진(瞋) 자를 써서 어려서부터 성내는 일이 없다는 뜻을 가지고 있다.

보통 불가에서 쓰는 법명과 닮아 있지만, 불가의 이름은 아니다. 그저 어릴 적부터 아픔을 못 느끼며 항상 무표정한 모습을 보고 기억도 나지 않는 누군가가 지어준 이름일 뿐.

무진은 이제껏 살면서 자신의 이름에 딱히 좋거나 싫은 감흥이 없었지만 오늘 처음으로 고민을 했다.

이름에 대한 호불호(好不好)를 고민했다는 것이 아니다.

그의 정체.

엄밀히 말하자면 누군가 '넌 누구냐?' 라고 물었을 때 대답을 할 만한 '정보'에 대해 고민을 했다.

그는 겉으로는 그저 구산 시골 마을의 젊은 나무꾼.

하지만 실제론 개세(開歲)의 무인인 구룡성 오마 중 살마종리단의 하나뿐인 후예이며, 일인전승인 나살문의 차기 문주이기도 하다.

사부가 구룡성주로부터 받은 권한으로 장차 마기가 폭주한 마인들을 조용히 잡아 죽여서 마도의 질서를 유지해야 하는 사람. 그게 바로 '뭐하는 사람이냐'는 질문에 대답할 만한 무진의 '진짜' 정체인 것이다.

'뭐라고 말해야 하지?'

무진은 고민했다.

그런 사실을 눈앞에 있는 정파의 소녀에게 말할 수 있을 리가 없지 않은가.

거짓말을 하고 싶지는 않지만, 정파에 그의 정체가 알려지면 평생 편히 살긴 힘들 거라고 했던 사부의 말이 떠올랐다.

"아, 진짜! 왜 대답을 안 해? 내 말이 말 같지가 않은 거야? 당신 뭐 하는 사람이냐니까?"

소녀는 한껏 눈썹을 씨푸렸다. 짐짓 입술을 굳게 다물고 임한 표정을 짓지만, 통통한 젖살이 살포시 찡긋하자 투정을 부리는 어린아이처럼 보인다.

이런 시골 마을에선 절대로 찾아볼 수 없는 귀티 나는 얼굴, 그리고 얼굴에 한가득 떠올라 있는 선명한 '감정'.

아마 이런 모습을 보면 보통 사람들은 '귀엽다'라고 표현할 것이 분명했다.

무진이 신기한 마음에 뚫어져라 얼굴을 쳐다보며 관찰하고 있으니, 소녀는 분한지 얼굴이 새빨갛게 달아올랐다.

"그, 그 눈빛은 뭐야? 당장 눈 안 치워? 어디서 감히 다 큰 처녀의 얼굴을 똑바로 쳐다봐?"

무진은 일단 길길이 날뛰는 자칭 '처녀'에게서 한 발 물러서며 시선을 다른 곳으로 돌렸다.

그는 사람들의 감정을 읽는 것에 서툴렀다. 표현하는 것도 서툴렀다.

아픔을 느끼지 못하는 무통지체를 타고나다 보니 다른 사람의 아픔을 동감하기가 힘든데다가, 무뚝뚝한 사부와 살면서 그런 감정을 배울 기회도 별로 없었던 것이다.

"대답 안 해?"

무진은 잠시 고민하다 고개를 숙였다.

"미안."

그는 먼저 사과를 한다는 가장 안전한 대응책을 사용했다.

"뭐, 미안할 것까지야……. 아니, 아니지. 당신, 내가 뭘 물어보려고 했더라? 아! 당신, 뭐 하는 사람이냐니까?"

소녀는 차분했던 처음의 모습에 비해 눈에 띄게 허둥대고 있었다. 숨이 거칠어졌고, 양쪽 볼은 복숭아처럼 은은한 분홍빛이었다.

"뭐 하는 사람이냐니?"

"왜 아무도 없는 거리에서 우리 추마대를 힐끗힐끗 보고 있었냐고! 찔리는 거라도 있는 거 아냐? 그 항아리 안엔 뭐가 들었어?"

추마대를 살펴보고 있었던 것도 눈치챘던가? 무진은 속으로 매우 놀랐지만, 겉으론 태연한 표정을 지으며 대답했다.

"나는 나무꾼. 그리고 이건 술."

딱히 거리낄 것이 없으니 그는 아예 지게를 내려놓고 항아리의 뚜껑을 열어 그 안을 보여주었다.

시큼털털한 주향이 확 올라오자 소녀의 표정이 애매해졌다.

"진짜 술이네?"

"이제 가도 되나?"

소녀는 화들짝 놀라 무진을 붙잡았다.

"아, 아니, 안 돼. 무, 무슨 술을 이렇게 많이 사? 당신, 나이도 얼마 안 되면서 벌써부터 술주정뱅이가 되려는 거야?"

무진의 얼굴이 굳어졌다.

이건 아무리 다르게 생각하려고 해도 그저 트집일 뿐이다.

"모시는 노인이 있어. 이건 그분이 드실 술이다. 그리고 내가 술주정뱅이든 아니든 그쪽 처녀와 상관이 없지 않나?"

"처, 처녀?"

무진은 혹시 또 실수했나 싶어서 유심히 소녀의 표정을 살폈으나, 소녀는 기분이 나쁘다기보다는 어딘가 부끄러우면서도 기분이 좋은 듯한 얼굴이었다.

"흐, 흥! 상관이 있어! 이곳에 '토지신의 저주' 라는 역병이 돌고 있는 것은 알고 있지? 이곳엔 지금 그 저주를 풀어주기 위해 정천맹에서 추마대가 와 있어. 그리고 나는 그 추마대의 일원이고."

소녀는 추마대라는 사실에 자부심이 있는 듯 가슴을 쭉 펴고 당당하게 말했다.

"그런데?"

"그런데라니? 당신, 추마대가 어떤 곳인지 알고는 있는 거야?"

"마기에 정신을 빼앗긴 마인들을 잡으러 다니는 정파의 특수부대 아닌가?"

"맞아. 정확하게 알고 있네?"

소녀는 의외라는 듯 눈을 동그랗게 뜨더니 팔짱을 낀 채 평가하는 듯한 눈빛으로 이쪽을 살펴봤다.

"흐응……?"

"……."

무진은 재빨리 말을 이었다.

무림이란 곳은 발만 슬쩍 갖다 대도 어느 순간 머리끝까지 잠겨 버리는 위험천만한 늪과 같은 곳이다. 이 이상 이 소녀가 그에 대해 호기심을 가지면 추마대의 일에 지나치게 깊게 연관될 수도 있었다.

"내 말은 그쪽 처녀가 추마대인 것이 내가 술주정뱅이가 되는 것과 무슨 상관이 있냐는 뜻이야."

무진은 소녀의 생각을 다른 방향으로 돌리려 했으나,

"상관이 있다니까?"

소녀는 태연하게 대답하며 득의양양하게 웃었다.

"우리 추마대의 안내인이 될 사람이 술주정뱅이여서야 우리 일에 지장이 있거든."

"…안내인?"

"응, 안내인."

"나는 그런 걸 하겠다고 한 적이 없는 것 같은데?"

"뭐야? 당신은 이 마을이 계속 저주에 걸려 있었으면 좋겠어?"

"아… 니지."

"그럼 당연히 도와줘야지. 우리도 다 이 마을의 저주를 풀어주겠다고 하는 일인데."

무진은 정말로 사부의 말이 틀린 게 하나도 없다는 것을 깨달았다.

그 속내야 어찌 됐든 저런 식으로 도의와 의리를 들먹이면서 나오는 사람들에겐 절대로 말로 이길 수가 없는 법이라고. 정도가 까다롭고 성가시다는 게 바로 그것 때문이라고 종리단은 항상 누누이 당부했던 것이다.

"그런데 왜 나지?"

"다른 사람들은 다들 잔뜩 겁을 먹어서 도대체가 집 밖으로 나오질 않아. 그런데 당신은 아무렇지도 않게 거리를 돌아다니고 있잖아. 그 말은, 우리의 일을 도와줄 만큼 용감하거나 아니면… 토지신의 저주가 돌아다니는 거랑은 아무런 상관도 없다는 걸 알고 있다던가 둘 중의 하나겠지."

순간적으로 어린아이가 맞는지 의심이 들 만큼 놀랍도록 날카로운 지적이었다.

"술이 필요했을 뿐이야."

무진은 무뚝뚝한 목소리로 둘러댔다.

"그럼 잘됐네. 고작 술 때문에 저주를 무시할 만큼 용감하다는 거잖아?"

"……."

"도와줄 거지?"

무진의 눈썹이 꿈틀거렸다.

이 이상 엮이면 위험하지만 여기서 지나치게 빠져나가려는 모습을 보여주는 것은 더욱 위험한 일이다.

결국 그가 할 수 있는 대답은 하나밖에 없었다.

"알았어."

"좋아!"

소녀는 그럴 줄 알았다는 듯 싱긋 웃었다.

“그런데 어딜 안내해 줘야 하지?”

“으음, 구산.”

소녀의 대답에 무진은 묵묵히 고개를 끄덕였다. 사실 조사를 시작한 추마대가 구산을 의심스러워할 거라는 것은 이미 예상하고 있었다.

낡은 도관, 안 쓰는 절, 제사를 지내는 신당.

그렇게 귀신이 사는 것처럼 사람들이 꺼리는 곳이야말로 무림인들이 몸을 피해 숨어 있기 가장 좋은 곳이 아니던가?

‘그런데…….’

한 가지 의외였던 것은 구산이라고 말할 때의 소녀의 껄끄러워하는 듯한 표정이었다.

“문제라도 있어?”

“응? 아아, 난 아무래도 구산보단 정무관이 의심스러운데, 선배들은 무조건 구산으로 가고 싶어한단 말이야. 일이 시작된 것도 그렇고, 그다음 희생자들이 다들 정무관에 관련되어 있는 것도 그렇고. 분명히 그곳에 뭔가가 있는데…….”

소녀는 골똘히 생각에 잠겼다가 퍼뜩 고개를 들고 손을 내저었다.

“아니, 아니지. 당신이랑은 상관없는 일이잖아? 당신은 구산이나 잘 안내해 주면 돼. 나무꾼이니까 구산은 갈 알고 있지?”

“물론.”

구산에 살고 있으면서 구산을 모를 리는 없다.

"잘됐네. 그럼 당장… 은 해가 질 것 같으니까 무리고, 내일 아침 어때? 묘시(卯時:새벽 5시—7시) 초 정도가 좋겠는데?"

"묘시엔 할 일이 있어. 진시(辰時:아침 7시—9시) 초엔 가능하다."

"쳇, 나무꾼의 시간에 맞춰야 한다니. 알았어. 그럼 진시 초에 구산 입구에서 만나."

무진이 알겠다고 고개를 끄덕인 뒤 돌아서려는데, 소녀가 손을 뻗어 소맷자락을 붙잡았다.

"그러고 보니 이름을 안 물어봤잖아? 나는 진린린. 앞으로 천하제일 검가가 될 악주진가(岳州進家)의 딸이야."

진린린은 자신이 추마대인 것을 밝힐 때보다 더욱 당당하게 가슴을 쭉 펴고 있었다. 악주라면 이곳 남경에서 합비를 지나 무한과 남창 사이에 있는 그리 멀지 않은 곳이다.

무진은 속으로 의아한 마음이 들었다.

천하제일검가가 될 곳이라니.

악주에 남궁세가를 위협할 만한 가문이 있었던가?

"나는 무진. 나무꾼이다."

"진? 참 진(眞)이야, 벼락 진(震)이야?"

"부릅뜰 진."

"화를 내지 않는다? 그게 이름이야?"

"그래."

진린린은 신기한 것을 보듯이 고개를 갸웃거리다가 이내 고개를 끄덕였다.

"알았어. 그럼 내일 봐."

인사는 했지만 소녀의 집요한 시선은 마을의 산문을 넘을 때까지 등 뒤에서 떨어지질 않았다. 길이 하나뿐인지라 다른 곳으로 빠질 수도 없고, 신경을 안 쓸 수도 없다. 마침내 마을 밖으로 나와 소녀의 시선이 사라졌을 때 무진은 감옥에서 풀려난 듯한 해방감을 느낄 수 있었다.

"너무 깊이 엮여 버린 듯한데……."

찝찝하지만 어쩔 수 없다.

이미 엎질러진 물. 최대한 잘 수습할 수밖에 없는 일이다.

"…사부가 기다리겠군."

어느새 술을 사러 온 지 벌써 한 시진이 다 되어가고 있는 시간. 무진은 사부에게 말할 변명거리를 떠올리며 황급히 구산의 언덕을 오르기 시작했다.

"부어라."

촤아악!

맑은 갈빛의 액체가 단단한 몸에 부딪친 뒤 넓은 대야에 옥구슬처럼 굴러떨어졌다.

노인이 힘도 좋다던 장씨의 생각은 틀렸다. 그를 술주정뱅이라고 부르던 진린린의 생각도 틀렸다.

마을의 객잔에서 이레마다 한 항아리씩 사오는 술은 모조리 사부 종리단의 상처를 달래는 데 쓰일 뿐, 무진도 종리단도 평소에 술은 한 모금도 입에 대지 않는 사람들이었던 것이다.

"흐읍……."

종리단의 입에서 억눌린 신음이 흘러나왔다. 그 속에 숨어 있는 지독한 괴로움이 느껴지자 무심하게 가라앉아 있던 무진의 눈빛이 미미하게 흔들렸다.

상처를 꿰매는 동안 태연하게 바둑을 두었다는 관운장처럼 팔다리가 잘려 나가도 꿈쩍도 않고 웃으며 불로 상처를 지질 사람이 바로 그의 사부 종리단이다.

무진은 그런 사람이 이렇게 고통스런 신음을 흘리려면 대체 얼마나 큰 고통이어야 하는 것일지 상상조차 할 수가 없었다.

사흘에 한 번.

종리단의 등엔 왼쪽 어깨에서부터 길게 대각선으로 가로지르는 붉은색의 상처가 있었는데, 술을 부어줄 때마다 그 상처가 살아 있는 뱀처럼 몸을 꿈틀거렸다.

기사(奇事).

무림에 신비로운 일들이 많다지만, 아마 이 일이 알려지면 그중에서도 수위에 들리라.

종리단은 그것을 극음(極陰)의 혈기(血氣)라고 불렀다.

과거의 잔영이라며 씁쓸하게 웃은 그는 세상은 태극이요, 음과 양이 조화롭게 섞여야 하는 법이니 몸속에 파고든 음기는 양기로 달래주어야 한다고 말했다.

무진은 어린 시절 술을 붓지 않았을 때 그의 사부가 고통스러워하던 모습을 기억한다.

온몸의 혈관이란 혈관은 모조리 피부 밖으로 불룩 튀어나오고, 눈은 핏줄이 터져 새빨갛게 변한 채로 앙다문 입에서 피를 줄줄 흘리던 모습.

어린 무진에게 그 광경은 종리단이 곧장 죽어버리는 게 아닌가 싶을 정도로 충격적이었던 것이다.

'그나마 지금은 낫지. 술의 화기(火氣)로 진정시키면 꿈틀거리는 것을 멈추고 잠드니까.'

무진은 깊게 가라앉은 눈으로 종리단의 등에 나 있는 상처를 바라보았다.

사부는 절대로 상처를 만든 사람이 누군지 말해주지 않았지만, 무림에 적수가 없었던 살마에게 저런 상처를 입힐 수 있을 만한 사람은 겨우 손에 꼽을 정도에 불과했다.

진마의 경지. 그것은 보통 사람들의 손이 도저히 닿을 수 없는 곳에 있는 무신(武神)이나 다름없으니까.

그러니 등에 나 있는 저 경천(驚天)의 위력을 가진 상처는 종리단의 팔다리를 하나씩 잘라낸 사람과 동일한 인물의 소행일 것이 분명했다.

그렇다면 생각할 수 있는 사람은 상당히 좁혀진다.

구룡성주, 오마 중 종리단을 제외한 나머지 네 사람, 정천맹의 사성(四星), 그리고 곤륜의 괴선(怪仙).

분명히 그 십일무신(十一武神) 중 한 명일 텐데, 종리단은 그가 관련된 이야기를 물을 때마다 '네가 알 것 없다'라고 윽박지르며 입을 다물게 할 뿐 절대로 이야기를 해주지 않았다.

치이익……!

상처 주변에 술이 얼어붙더니 이내 희뿌연 수증기가 되어서 아지랑이처럼 피어올랐다. 아침 햇살을 받은 서리가 녹아내리듯 서서히 사라지는 수증기. 한참이나 꿈틀거리던 붉은 뱀은 항아리의 술을 절반 가까이 붓고 난 뒤에야 죽은 듯이 잠잠해졌다.

"후우, 되었다."

"괜찮아?"

"뭐가 말이냐?"

종리단은 무슨 헛소리를 하냐는 듯 아무렇지도 않게 말하더니 한쪽 다리만으로 벌떡 일어나 나무에 걸어두었던 장포를 어깨에 걸쳤다. 그토록 고생을 했는데도 얼굴에서 식은땀이 흐르고 있다는 것만 제외하면 평소와 전혀 다름없는 표정이었다.

"괜찮다면 됐어."

무진이 얼버무리듯 말을 주워 담자 종리단의 눈빛이 달라졌다.

"무슨 일이 있었더냐?"

"……."

"안 하던 짓을 하는 것을 보니 술을 사러 갔을 때 무슨 일이 있었던 모양인데?"

무진은 세상 사람을 다 속여도 아마 사부는 절대로 속일 수가 없을 거라 생각했다.

"추마대를 봤어."

"…청죽이더냐?"

"어."

종리단도 추마대라는 말을 듣자마자 청죽이 올 거라는 것을 곧바로 알아차렸다.

"잘됐구나."

"잘된 건가?"

"아직 팔성에 오르지 못한 네가 관여할 필요도 없이 마인이 처리될 것 아니냐? 그럼 잘된 일이지."

그는 저주에 관한 것보단 무진이 연관이 되느냐 안 되느냐에 초점을 맞추고 있었다.

"하지만 여기로 온 추마대는 약해 보였어. 젊고 무공도 약하고……. 마인을 잡긴 힘들 것 같아. 양마는커녕 입마의 마인들만 있어도 무리야."

"상관없잖느냐?"

“어째서?”

“이번에 온 녀석들이 약해서 마인들을 잡지 못하고 죽어버리면 정천맹에선 더 강한 놈들을 보내겠지. 적매든 녹난이든 황국이든. 어찌 되었든 그렇게 되면 처리되는 일이다. 정천맹이 손을 쓰기 시작한 이상 네가 나설 필요는 없어진 것이야.”

종리단의 입장은 완고해 보였다.

그저 장강의 물을 흘려보내듯 가만히 지켜볼 뿐.

이번 일에 연관되어서도 안 되고 신경을 써서도 안 된다고 생각하는 것이 분명했다.

휘이잉—

바람이 불어왔다.

하늘에 뜬 보름달처럼 마음을 싱숭생숭하게 쑤셔놓는 복잡한 바람이.

“안 된다.”

사부는 무진이 아직 아무 말도 하지 않았음에도 그의 마음을 꿰뚫어 본 듯 그렇게 말했다.

“이번에 마인들을 건드리면 분명히 후회하게 될 것이다.”

“하지만 그러는 동안에도 저 밖에선 사람들이 죽을 거야.”

“네가 언제부터 협객이 되었느냐?”

“협객?”

“억울하게 죽는 사람들을 위해 싸운다. 사람들은 그런 자를 협객이라 부르지.”

“…….”

“하루에도 사람들은 수백, 수천 명씩 죽어나간다. 그건 이곳 중원뿐만이 아니라 서역에서도, 남월에서도, 저쪽 동쪽 끝의 나라에서도 마찬가지다. 너는 그 모두를 구한답시고 뛰어다닐 테냐? 아니면 지금 이 순간 네 목숨을 보존해서 나중에 십만 마도인의 정의를 지킬 테냐?”

무진은 종리단이 확대 해석을 하고 있는 것이 분명하다고 생각했다.

다른 사람들의 눈에 띄지 않게 이 근방에서 소란을 피우는 마인 몇 명만 죽이면 되는 일이다. 그게 어째서 그가 목숨을 걸어야 하는 일이 되는 걸까? 십만 마도인의 정의를 지켜야 한다는 건 또 무엇이고?

이것도 나살문의 유지와 관련된 것인가?

아니면 그가 앞으로 구룡성에서 해야 할 일들을 뜻하는 걸까?

생각의 생각을 거듭할수록 무진의 눈빛이 혼란스러워졌다.

“무슨 뜻인지 모르겠어.”

“…….”

종리단은 더 이상 설명해 주지 않고 입을 꾹 다물었다.

“여기까지가 내가 해줄 말이다. 들어가거라. 시간이 늦었다.”

"사부."

"……."

마지막에 방으로 들어가면서 지은 종리단의 표정은 무진이 예상했던 모습과 달랐다.

회한, 씁쓸함, 허무함.

차라리 평소처럼 호통을 쳤다면 좋았을 텐데, 저렇게 처음 보는 감정을 해석하는 것은 그가 잘하는 일이 아니다.

"후회……."

무진은 그런 단어는 사부와 어울리지 않는다고 생각하며 마당을 정리하고 방 안에 들어갔다.

술시(戌時:저녁9시—11시) 말(末). 이젠 잠자리에 들어야 할 시간이다.

*　　　*　　　*

나살충충공.

추비무한연옥십팔로.

진마흡정공.

나살문의 무공은 크게 이 세 가지로 정리할 수 있다.

본래 모든 무공은 하단전(下丹田)에 본인의 의(意)를 집중시켜서 보호[守]하는 의수단전(意守丹田)을 기본으로 한다.

본디 하단전은 성명지조(性命之祖)이자 생기지원(生氣之源)이며 음양지회(陰陽之會), 즉 성품과 목숨이 달려 있는 곳이며, 생명의 근원, 모든 음양의 기운이 만나는 교차점이라는 말처럼, 하단전에 기를 불어넣고 그 크기를 살찌우는 것이야말로 그 어느 무공에서나 기본 중의 기본이라고 할 수 있다.

하지만 나살문의 무공은 다르다.

나살층층공은 육체를 단련시키는 외공(外功)과 그 외공을 뒷받침해 주는 중단전(中丹田), 즉 심장을 단련시키는 것을 기본으로 한다.

하단은 정(精)이요,

중단은 기(氣)이며,

상단은 신(神)이라.

이 정기신의 삼보(三寶)는 무공을 익히는 자라면 삼류무인들조차 알고 있는 기본 중의 기본.

나살문은 말한다.

기를 보해야 할 곳은 하단전이 아니라 중단전이라고.

모든 신체의 중심인 중단에 기를 충만하게 만들면 하단의 정은 자연스레 채워지고, 상단의 신은 자연스레 깃든다고 했다.

즉, 중단의 그릇을 키워놓고 자연스레 그 위와 그 아래의 그릇이 커질 때까지 순리를 기다리는 무공.

정도를 벗어난 사도 중의 사도.

나살층층공은 그러한 무공이다.

외공과 중단전의 단련에만 집중하며 자연스럽게 하단에 정(精)이 차기를 기다려야 한다.

그리고 어느 날 지붕 아래 물이 고이듯 하단전에 정이 차는 순간, 그때서야 비로소 한 단계를 훌쩍 뛰어넘어 열두 개의 층으로 나누어진 나살층층공에서 다음 층으로 넘어갈 수가 있는 것이다.

하지만 나살층층공의 성취가 육성에서 멈춘 지 벌써 일 년째.

아무리 고통스러운 수련을 몇 번이나 감행해도—물론 무진은 고통을 느낄 수 없지만 육체가 한계에 도달했다는 것은 느낄 수 있다—아무리 혹독하게 중단전을 키워내도 더 이상 하단전에는 정이 차오르지 않았다.

무진은 이제 그 자신도 놀랄 정도로 조바심을 내고 있었다.

고통을 못 느끼는 그에게 무공의 발전은 살아 있다는 것을 느끼게 만들어주는 유일한 활력소나 다름없었다.

그런데 아무리 노력해도 발전이 없다.

무진은 매일같이 고민했다.

나의 재능은 여기서 끝인가?

이 이상 강해지는 것은 불가능한 것인가?

이 이상 내가 살아 있음을 느끼는 것은 불가능한 건가?

무진은 그러다가 도저히 답이 나오지 않는다 싶을 때 종리단에게 이제 어떻게 해야 하냐고 물어봤지만, 그의 대답은 언제나 한결같았다.

'기다려라.'

수련을 계속하며 정이 찾아들기만을 차분하게 기다리라는 말뿐, 사부는 어떠한 조언도 해주지 않고 그를 내버려 두었다.

'물론 사부를 믿지만…….'

믿지만,

그것과는 별개로 무진의 인내심은 이제 한계에 다다르고 있었다.

아니, 그것은 인내심 문제가 아니라 어떤 예감이다. 이대론 안 된다는 느낌. 무언가 수를 써야만 이 벽을 넘어설 수 있다는 확신과도 같은 예감.

나살층층공과 추비무한연옥십팔로는 이미 수련할 만큼 했으니 나머지 하나, 진마흡정공만이 이 현상을 해결할 수 있을 것 같다는 생각이 자꾸만 머릿속을 어지럽혔다.

'사부는 진마흡정공의 구결만을 알려줄 뿐 다른 것은 일절 가르쳐 주지 않아. 시간이 가르쳐 줄 거라는 애매한 말만 계속해서 할 뿐이다. 후우우, 어떻게 해야 좋은 건가?

무진는 일다경가량 멈추었던 숨을 길게 내뱉으며 기계적

으로 옆에 놓여 있는 쇠사슬을 집어 들었다. 답답한 마음을 달랠 때엔 땀을 내며 몸을 움직이는 것이 최고다.

촤르르륵—

길이 삼 장, 엄지손톱만 한 사슬고리가 수백 개나 연결되어 있는 촘촘한 쇠사슬이 손가락에 감겼다.

사슬이 작으니 쉽게 끊어질 것 같은가?

천만에. 묵철(墨鐵)과 백철(白鐵)을 일 대 이로 섞어 명장의 솜씨로 제련한 이 회백색의 쇠사슬은 오십 근이 넘는 도끼로 내려찍는다 해도 상처 하나 안 날 만큼 튼튼했다. 나살문에 대대로 내려온 물건 중의 하나. 고작 쇠사슬이라곤 하나 어떤 신병이기(神兵異奇)가 부럽지 않은, 아니, 그 자체로 신병(神兵)이라 불려 마땅한 물건이 바로 묵원삭(墨鴛索)이었다.

촤르르륵—

옥구슬이 굴러가는 듯한 맑은 소리와 함께 묵원삭이 무진의 양손 끝에서 빙글빙글 돌기 시작했다.

쇠사슬을 양손으로 각각 일 장 간격으로 나눠 잡고, 가운데 부분은 선녀의 날개옷마냥 편안하게 등 뒤로 늘어뜨린다.

그렇게 되면 왼손에 일 장, 오른손에 일 장의 쇠사슬이 남게 되는데, 그럼 나살문의 무공인 추비무한연옥십팔로를 사용할 준비가 다 끝난 것이다.

불가의 지옥[煉獄]을 뜻하는 아홉이란 숫자.

완전[十]에서 하나가 부족한 연옥의 수[九] 두 개가 모여 서로의 부족함을 채우고 완전(完全)을 만들어낸다.

구로(九路)와 구로(九路).

다하여 무한(無限).

나는 새조차 쫓을 수 있는[追翼] 무한(無限)한 투로가 지옥의 그물처럼 상대를 붙잡으니…….

그야말로 추비무한!

우우우웅!

파앙! 파앙!

빠른 속도로 회전하는 쇠사슬에선 벌떼가 날갯짓을 하는 듯한 소리가 들렸다. 일로에서 십팔로까지 차례차례 무공이 시전되는 동안 팽팽하게 당겨진 쇠사슬의 끝에서 공기가 터지는 듯한 소리가 연신 울려 퍼졌다.

몸이 바쁘게 움직인다. 뜨겁게 달아오른 몸에서 굵은 땀방울이 주르륵 흘러내린다. 진각을 밟고 쇠사슬을 휘두르며 복잡했던 머릿속의 생각은 이리저리 흩어내서 바람결에 흘려보낸다.

머릿속을 비워내자 하늘과 땅, 그리고 그 사이에 우뚝 선 무진 한 사람만이 남았다.

천지인(天地人).

그리고 하나.

하늘을 가르는 쇠사슬의 힘이 점점 강해지고, 새카만 무진의 두 눈동자엔 패기가 가득했다.

그리고 어느 순간, 깨달음이 찾아왔다.

마음을 비우면 행운이 찾아온다고 했던가?

텅 빈 머릿속에서 이제껏 알지 못했던 선명한 답이 떠오른다.

혼자서 할 수 있는 수련은 할 만큼 해보았다.

이 이상의 발전은 기대할 수 없다.

그렇다면 무공이 벽에 부딪쳤을 때, 고래(古來)로부터 전해지는 해결책은 단 한 가지.

실전(實戰)!

'토지신의 저주'라는 이야기를 듣고, 마인의 존재를 알아차렸을 때부터 마음 깊은 곳에서 강렬하게 원하고 있던 것이다.

목숨을 걸고 병기를 부딪치며, 서로의 무(武)를 비교하는 것이야말로 스스로의 벽을 허물 수 있는 유일한 방법이 아니던가!

툭!

힘차게 춤을 추던 쇠사슬이 바닥에 떨어졌다. 새벽녘의 차가운 공기를 들이키며 무진은 사부가 잠을 자고 있을 초가집의 안채를 바라봤다.

당장에라도 허물어질 듯한 낡은 초가지붕. 세월의 때가 묻은 거무튀튀한 나무 기둥. 저 허름한 곳에 한때 무림 전역을 호령했으며, 무진에게 모든 것을 가르쳐 준 구룡성의 살마가 잠들어 있다.

'사부, 오늘만 당신의 말을 어길게.'

무진은 곧장 창고로 들어가 벽에 걸려 있는 다섯 개의 낫 중에 두 번째로 큰 낫을 집어 들었다.

운겸(雲鎌).

한 자 반 길이의 날은 잔뜩 녹이 슬어 있고, 날 밑에 붙어 있는 나무 손잡이엔 세월의 때가 잔뜩 묻었다. 어딜 봐도 농작물을 베는 것이 어울릴 평범한 농기구의 모습. 다만 특이한 점이라면 날카로운 칼날이 낫의 안쪽이 아니라 반월형으로 휘어지는 바깥쪽에 붙어 있다는 점이랄까.

운겸은 그가 항상 품 안에 넣고 다니는 진겸(震鎌)과 좋은 짝을 이루는 녀석이니 분명 싸움에서 큰 도움이 될 것이다.

무진은 운겸을 무명천으로 둘둘 말아 허리춤에 꽂아 넣고 그 위로 지게를 메서 허리춤을 가렸다. 그는 밖으로 빠져나와 사부가 있을 초가집을 향해 정중하게 절을 올렸다.

"사부, 다녀올게."

마음은 정했다.

그는, 정무관에 있는 마인을 죽일 것이다.

"늦었잖아!"

구산의 입구로 내려오자 초조한 얼굴로 길목을 서성이던 진린린이 빽 하고 소리를 질렀다.

무진은 고개를 들고 하늘에 떠 있는 해의 위치를 살폈다. 어스름하게 밝아오는 하늘. 태양빛이 이제야 막 산등성이 너머로 고개를 슬금슬금 내미는 새벽 중에서도 초(初) 새벽.

해가 완전히 뜨지 않았다는 것은 아직 묘시라는 뜻이니, 아무리 넉넉하게 생각해도 약속했던 진시가 되려면 반 시진은 족히 남아 있는 게 분명했다.

"늦지 않았어."

"늦었어!"

"약속은 진시 아니었어?"

"그건 그렇지만… 에잇, 어쨌든 늦었다니까!"

진린린은 발을 동동 구르며 안절부절못하더니 손가락으로 척하니 무진을 가리켰다.

"어쨌든 구산 안내는 취소야! 알았지?"

예상치 못했던 말에 무진의 눈에 의아함이 감돌았다. 이 소녀는 어제까지만 해도 어떻게든 빨리 구산을 조사하려고 하지 않았던가?

"어째서?"

"오늘 새벽에 정무관의 우물이 새빨갛게 변했다는 소식이 들어왔어. 역시 내 예상이 맞았다니까! 난 처음부터 분명히 거기에 뭔가가 있을 줄 알았다고!"

"그래?"

"그래! 아무튼 그래서 구산 조사는 정무관의 조사가 끝날 때까지 연기야. 그러니까 너는 네 할 일부터 하고 있어! 나중에 필요하면 내가 다시 연락할 테니까!"

무진은 진린린이 내일이면 떠나 버릴 곡예단의 공연을 보고 싶어하는 어린아이마냥 한껏 들떠 있다는 것을 느낄 수 있었다. 발을 동동 구르며 안절부절못하는 것이, 지금 당장에라도 정무관에 달려가고 싶은 마음을 꾹 참고 일단 약속을 지키기 위해 이곳에 왔음이 분명했다.

무진은 왠지 마음이 불편해졌다.

진린린은 마인의 흔적을 잡았다며 순진하게 좋아하고 있지만, 그의 생각엔 이건 단순히 좋아할 일이 아니다.

이제껏 아무런 단서도 남겨놓지 않던 치밀한 놈들이 어째서 우물을 새빨갛게 물들였을까?

혹시 추마대가 이곳에 온 것을 알고 그들을 정무관 안으로 끌어들이려는 것은 아닐까?

만약 그런 거라면, 지금 마을에 와 있는 청죽부대의 실력으로 볼 때 정무관으로 가면 다 죽임을 당하지 않을까?

'위험하다.'

무진은 위험을 느꼈지만, 겉으로는 표현하지 않은 채 질문을 던졌다.

"그런 거라면 곧바로 정무관으로 가지, 왜 여기서 기다린 거야?"

"당신, 그걸 지금 질문이라고 하는 거야? 우리 악주진가의 가훈이 약속을 목숨처럼 지키는 거야! 내가 약속을 했으니 지켜야지! 그걸 못 지키면 악주진가의 딸이 아니라고!"

진린린은 모욕이라도 받은 것처럼 불같이 화를 내고 있었다.

진린린에게 있어 무진은 변두리 마을의 나무꾼 청년일 뿐, 그 이상도 이하도 아니다.

그런데도 그런 하찮은 나무꾼과의 약속을 지키기 위해 선배들과 정무관에 가는 것을 포기하고 이곳 구산의 입구까지 와서 그가 나오기만을 기다리고 있었단 말인가?

정의로운 인품의 소유자.

그 하나만으로도 악주진가의 성격, 그리고 진린린의 인품까지 알 수 있었다.

"아무튼, 나는 약속을 지킨 거야! 이제 간다?"

무진은 곧장 떠나려는 진린린을 붙잡았다.

"잠깐."

"뭐야?"

"함께 가도 될까?"

"…뭐어?"

진린린은 황당하다는 듯이 눈을 찌푸렸다.

"당신 정신 나갔어? 거기에 마인이 있다면 큰 싸움이 벌어질지도 몰라. 어디 겁도 없이 그런 곳까지 따라가려고 그래?"

"아직 마인이 있는지 없는지 모르잖아?"

"아무리 그래도……."

"나는 정무관 안의 구조를 잘 알고 있어. 만약 그 안을 수색할 거라면 내가 도움이 될 거야."

진린린의 눈빛이 흔들렸다.

"구조를… 잘 알고 있다고?"

"그래. 개구멍 하나까지 세세하게."

"으음……."

"그쪽 처녀한텐 손해 볼 게 없을 텐데? 거기서 내가 도움이라도 되면, 선배들한테 체면이 서는 거 아닌가?"

진린린은 볼을 부루퉁하게 부풀린 채 신경질적으로 머리에 꽂아놓은 비녀를 만지작거렸다. 아마 머릿속에서 이런저런 생각을 저울질하며 득과 실을 따져 보고 있을 것이다.

그렇게 속으로 열을 셀 정도의 시간이 지났을까? 그녀는 이내 결심한 듯 분홍빛 입술을 질끈 깨물며 손을 내저었다.

"안 돼! 아무리 그래도 위험한 곳에 무공도 모르는 평범한 사람을 연루시킬 수는 없어!"

"…진심이야?"

"그래! 진심! 나 바쁘니까 두 번 다시 붙잡지 마! 한 번만 더 쓸데없는 소리 하면 한 대 때려줄 거야!"

그녀는 자그마한 주먹을 불끈 쥐고 흔들어대더니 몸을 돌려서 순식간에 멀리 뛰어가 버렸다.

내공을 사용해 몸을 가볍게 하는 경신법. 마치 청성의 비류보(飛流步)마냥 표홀하고 가벼운 몸놀림이었다.

"…따라가 볼까?"

무진은 혼란스러운 목소리로 중얼거렸다.

절대로 저 소녀가 죽을까 봐 걱정되어서가 아니다. 어차피 죽이기로 결정한 마인들. 만약 모습을 드러내 추마대원들과 싸운다면 나중에 도움이 될 여러 가지 정보를 얻을 수 있지 않겠는가?

'어린아이가 죽는 것은… 싫다.'

무진은 어린 소녀가 마인에게 일격에 당하는 것을 떠올린 뒤, 악몽을 떨쳐 내듯 고개를 저었다. 뜨거운 피. 새빨간 육체. 안 좋은 기억이다.

더 이상 떠올려서 좋을 것이 없었다.

"스으읍……."

무진은 조용히 숨을 들이마시며 구산의 샛길로 몸을 날렸다. 지금은 해가 뜰 시간. 혹시 그가 무공을 쓰는 모습을 누가 볼 지도 모르니, 마을 쪽은 피하는 것이 좋았다.

으슥한 오솔길 쪽에 지게를 벗어던지고 땅을 박차는 다리에 힘을 더했다.

건곤일위강(乾坤一葦江).

도가의 내력 운용과 불가의 연신법을 합한 나살문 비전 경신법의 이름이다. 갈대 한 자락에 몸을 띄웠다는 경신의 묘리에, 한걸음 한걸음에 적을 만날 경우를 상상하며 건, 태, 이, 진, 손, 감, 간, 곤, 태극 팔괘의 이치를 담았다.

그렇게만 한다면 중간에 어떤 장애물을 만나도 당황하지 않고 팔괘, 주역의 묘리에 따라 어디로 나아가야 할지를 자연스럽게 알 수 있게 되는 것이다.

건(乾)의 방향에서 적이 나타났다면 손(巽)으로, 곤(坤)의 방향에서 적이 나타났다면 태(兌)의 방향으로.

건곤일위강은 개방이나 곤륜의 신법처럼 폭발적인 위력은 없지만, 팔괘 주역의 묘리를 깨닫고 그 진의를 깨우치면 순리에 따라 몸을 물 흐르듯이 자연스레 움직일 수 있게 되는 상승의 공부였다.

파라락―!

험준한 산길을 달려 일 장이 넘는 가시넝쿨 울타리를 훌쩍 뛰어넘자 입고 있던 허름한 갈색 장삼이 파르르 떨리며 바람 소리를 냈다. 오랜만에 전력을 다해 달리니 몸이 깃털처럼 가벼웠다. 무진은 곧바로 지체하지 않고 마을 창고로 쓰는 허름한 목채의 뒤로 돌아갔다.

그 앞이 바로 정무관의 대문.

쿵! 쿵!

"선배! 유 오라버니! 구 오라버니!!"

정무관의 대문엔 얼마 전에 도착한 것으로 보이는 진린린이 두 손으로 대문을 쿵쿵 두드리고 있었는데, 그 목소리와 얼굴이 다급하고 절박해 보였다.

저벅저벅.

"어?"

잠시 그 모습을 지켜보던 무진이 인기척을 내며 앞으로 나서자, 진린린이 눈을 동그랗게 뜨고 이쪽을 바라봤다.

"어떻게 이렇게 빨리……? 나는 경신법을 썼는데?"

사실 이쪽은 그 세 배는 되는 거리를 뛰어왔지만, 그것에 대해서는 모르는 게 나을 것이다.

"문제라도 있어?"

"분명히 한참 전에 선배들이 들어갔을 텐데 이상하게 문이 안 열려. 잠긴 건 아닌데… 안쪽에서 뭔가로 막아놓았나 봐."

"그래?"

문을 슬쩍 밀어보니 진린린의 말대로 뭔가가 문 뒤를 막고 있는 듯한 느낌이 났다.

"아, 아니, 잠깐! 그보다 내가 오지 말랬잖아! 왜 여기까지 왔어?!"

"그게 중요한 게 아니잖아."

"뭐?"

무진은 손을 들어 진린린의 말을 가로막으며 눈을 감고 후각에 정신을 집중했다.

“피 냄새다. 그 얘기는 나중에 하자.”

“난 아무 냄새도 못 느꼈…….”

“난 감각이 예민해.”

정확히 말하자면 마인을 쫓을 때 쓰기 위해 익힌 천리추종술(千里追從術) 덕분에 내공을 끌어올리면 후각과 청각이 웬만한 개만큼 예민해진다.

“피… 철… 병장기 소리… 그리고 타는 냄새.”

특히 피 냄새는 이제껏 맡아본 어떤 피 냄새보다도 짙었다. 최소한 열 명 이상의 피. 확실했다. 저 안에선 이미 격렬한 싸움이 일어나고 있었다.

“비켜봐.”

무진은 얼떨떨한 얼굴로 서 있는 진린린을 부드럽게 밀쳐낸 뒤 정무관의 대문과 돌벽이 맞닿는 곳, 대문의 경첩이 단단하게 박혀 있는 곳에 양손을 가져갔다.

우지직―!

한 자 두께의 나무문이 너무나 손쉽게 옆으로 기울었다. 극도로 발달된 신체능력. 기로 충만한 중단전의 효용이다. 무진은 완력으로 경첩을 뜯어내고는 사람이 드나들 수 있을 만큼 문틈을 양옆으로 벌렸다.

“당신……!”

등 뒤에서 진린린의 놀란 목소리가 들려왔지만 무진은 문을 연 순간부터 그것에 일일이 대답해 줄 정신이 없었다.

뭔가가 그를 끌어당긴다.

미혼약을 먹은 것처럼 심장이 두근거리고 눈앞이 흐려졌다. 주체하기 힘들 정도로 온몸에서 강력한 힘이 끓어올랐다.

그는 대문을 가로막고 있던, 본관 어딘가에 놓여 있었을 법한 커다란 장롱을 거칠게 옆으로 밀쳐 버린 뒤, 곧장 정무관 안으로 뛰어들어 주변을 살폈다.

정무관은 대문에서부터 일직선으로 본관, 연무장, 그리고 식당이 있는 구조로 되어 있는데, 지금 이곳에선 본관 건물에 가려 연무장이 보이지 않았다. 하지만 후각에서 느껴지는 피 냄새로 추측해 볼 때 사건이 일어나고 있는 곳은 연무장이 분명했다.

'그러고 보니 피처럼 붉게 변했다는 우물이 있는 곳도 연무장이었지.'

무진의 눈이 점점 뜨겁게 불타올랐다.

두근두근.

심장이 뛰었다.

연무장에 가까이 갈수록 무진은 그를 끌어당기는 감각이 점점 강해지는 것을 느끼고 있었다. 곧장 몸을 날려 본관의 문을 거의 부수듯이 열어젖히며 그 뒤의 연무장을 향해 일직선으로 뛰어들었다.

건곤일위강의 신법이 자연스레 발끝에서 펼쳐졌다. 무진 스스로는 눈치채지 못했으나, 흥분으로 몸이 뜨겁게 달아오른 그는 평소 이상의 성취를 발휘하고 있었다.

낮은 계단과 짧은 복도를 지나 비스듬하게 걸쳐져 있는 낡은 쪽문 너머로 연무장의 모습이 드러났다.

비릿한 피 냄새가 뜨거운 바람처럼 온몸으로 훅 끼쳐들었다. 본래 황토를 단단하게 다져서 만들어놓은 넓은 연무장은 이 순간 홍련(紅蓮)보다도 더 새빨간색으로 물들어 있었다.

"아……!"

그 순간, 무진이 스스로 무슨 생각을 했는지는 그 자신도 확신할 수가 없었다.

그저 멍했다.

다른 생각은 할 수 없었다.

당장 눈에 비치는 광경을 머릿속에 받아들이기만도 벅찼다. 죽었는지 살았는지 모를 열 명가량의 사람들이 한쪽에 짐짝처럼 쌓여 있다. 열 동이가 넘는 피를 사방으로 뿌려댄 듯한 시뻘건 바닥. 사람 '이었던' 것으로 보이는 물컹물컹한 잔해들. 그 중심에서 살기 위해 꿈틀대는 나약한 인간들.

경악? 혐오감? 역겨움?

희열? 전의? 흥분?

온갖 감정이 뒤섞인 이 기분은 그중에 어떤 단어로도 설명할 수 없다.

그저 받아들여야 했다.

잔혹(殘酷). 비정(非情).

이것이 바로 실전.

철컹!

허리춤에 꽂아뒀던 운겸을 꺼내 무명천을 벗기고 상체에 칭칭 감아두었던 묵원삭을 풀어 그것을 그 끝에 매달았다.

그제야 인기척을 느낀 걸까?

혈해 속에 있던 중년의 사내가 시뻘건 눈동자를 이쪽으로 향한다.

“네놈은 누구냐!”

‘아아, 저자가 바로 마인이다.’

무진은 곧바로 알 수 있었다.

굳이 맨손으로 여자 무사 하나를 반으로 찢어버리고 있는 저 포악함을 보지 않더라도, 마기가 상단전을 장악해 빨갛게 달아오른 눈동자와 홍분을 조절하지 못하는 거친 숨소리를 보지 않더라도.

마음 깊숙이 숨어 있는 본능이 저 사내가 ‘마인’ 이라고 소리치고 있었다.

“네놈이 누구냐고 물었다!!”

마인이 쩌렁쩌렁한 사자후를 터뜨리는 것과 동시에 무진의 손에 들려 있던 운겸이 번개처럼 앞으로 쏘아져 나갔다.

촤르르륵—!

바람을 가르는 운겸. 영롱한 소리와 함께 그 뒤를 따르는 쇠사슬.

"이놈이!"

까앙!

순간적으로 중년인의 손에서 번뜩인 적색의 강기(剛氣)가 운겸의 칼날을 아래쪽으로 후려쳤다. 낫의 칼끝이 땅바닥에 박혔다. 중년인의 무공은 놀라웠다. 부지불식간에 펼쳐진 나살문의 무공을 일격에 봉쇄해 버린 것이다.

"패마!"

무진의 목소리엔 드물게 경악이 담겨 있었다.

양마가 아니었다. 입마 따위는 더더욱 아니었다.

이 구산 근처의 산골마을에서 장난을 치고 있던 자는 무려 순간적이나마 강기를 쓸 수 있는 절정의 무인이었던 것이다.

정파의 경지로 따지자면 중단이 뚫리고[日月合闢] 음양이 합일[玉藥金花]된 오기조원(五氣朝元)의 경지다.

게다가 마인의 특징이 무엇이던가?

욕구를 참지 못하는 것.

감정을 조절하지 못하는 것.

환상과 현실을 혼동하는 것.

그중에서도 무엇보다 중요한 것은, 마인은 평소 힘의 두 배, 세 배까지도 강해진다는 점이다.

즉, 일반적인 패마의 마인보다 두 배는 강한 자가 눈앞에 있는 것이다.

"극마의 경지를 눈앞에 두었으면서! 어째서 그만한 능력을 갖고 있는 자가 이런 산골에 처박혀 있나!"

"네놈이 무슨 상관……!"

무진은 마인의 대답을 듣지도 않은 채 야생동물처럼 펄쩍 위로 뛰어오르며 땅바닥에 박혀 있는 운겸을 지지대로 삼아 묵원삭을 힘껏 잡아당겼다.

파아앙!

쇠사슬이 팽팽하게 당겨지며 몸이 출렁 앞으로 끌려갔다.

갈고리 형태의 낫이 땅바닥에서 그리 쉽게 빠질 리가 없을 터. 쇠사슬을 당겼던 그 반동으로 무진의 몸은 화살처럼 앞으로 쏘아졌다.

순식간에 마인의 얼굴이 가깝게 확대된다.

삼 장, 이 장, 일 장.

그리고 적절한 거리에 도착하는 순간, 무진은 몸을 반대로 뒤집으며 왼쪽 손에 들려 있던 반대쪽 쇠사슬을 마인에게 휘둘렀다.

카앙!

마인은 어김없이 순간적으로 강기를 뿜어내 쇠사슬을 쳐내려고 했지만, 어림없다.

"하앗!"

촤르륵—

쇠사슬을 병기로 사용할 때의 장점은 바로 삭(索:밧줄)의 묘용이 있다는 점이다.

마인이 쇠사슬을 쳐내려는 순간, 무진은 찰나의 순간에 쇠사슬을 잡고 있던 손에서 힘을 뺐고, 흐물흐물해진 쇠사슬은 순식간에 마인의 오른쪽 팔을 칭칭 감아버렸다. 한 번 상대를 휘감은 묵원삭은 먹이를 잡아챈 독사처럼 절대로 놓아주지 않았다.

"이, 이놈이!!"

철컹! 철컹!

당황한 마인이 몸부림을 쳤지만 그럴수록 철삭은 점점 팔뚝을 파고들 뿐이었다. 무진은 그 모습을 냉정하게 지켜봤다.

"포기해."

"어린놈이! 웃기지 마라!!"

살기가 그득한 적안이 무진을 노려보았다.

화아악!

폭발하듯 터져 나오는 마기. 그의 자유로운 왼쪽 손에서 제법 형태를 갖춘 붉은색의 강기가 아지랑이처럼 피어올랐다.

무진의 눈에 이채가 떠올랐다.

"홍사수(紅砂手), 아니, 주사장(朱砂掌)이라고 불러야 하나? 다른 사람의 몸에 닿거나 장(掌)에 맞으면 보름 안에 죽는다던데? 맞아?"

"뭣?"

당장에라도 장을 쳐내려던 마인의 움직임이 멎었다.

"어린놈이 제법 식견이 있구나!"

"혈신교에서 왔어?"

"……!"

마인의 얼굴이 딱딱하게 굳어졌다.

홍사수가 마공이라지만 그걸 알아본 것 따위는 상관없다. 그런 게 두려웠다면 이런 일을 벌이지도 않았을 테니까. 다만 그가 구룡성 혈신교에 속한 마인이라는 것은 그 누구도 알아서는 안 되는 절대 비밀이었다.

'괜히 어설픈 소문이라도 돌면 집법당에 잡힐 수도 있다. 그러면… 끝이야.'

마인의 눈에서 처음으로 '공포' 라는 감정이 떠올랐다. 혈신교의 교인으로서 집법당이라는 이름은 지옥의 사자와 동일할지니.

마인의 입장에선 절대로 그런 일이 일어나는 것을 피해야 하는 것이다.

"네놈, 누구냐? 어떻게 혈신교에 대해 알고 있지?"

"알 거 없어."

"건방진……!"

마인은 분노한 얼굴로 뭐라 말을 하려고 하다가 갑작스레 장을 쳐냈다. 홍사수는 절정이라 불려 마땅한 무공. 게다가 일 장밖에 안 되는 거리에서 날아오는 그 공격은 뱀의 숨소리처럼 쉭쉭— 위험한 바람 소리를 만들어냈다.

"죽어랏!"

파아앙!!

전심전력을 다한 마인의 공격은 위맹하기 짝이 없었다. 왼손을 감싼 적색 강기는 강력하고, 그 강기가 노리는 투로는 사람의 목젖이 있는 인후혈이다.

온몸 아무 곳에나 맞아도 십오 일 안에 죽는다는 홍사수를 마인은 치명적인 사혈에 꽂아 넣으려 하는 것이다.

사도 중의 사도.

일격에 죽여 버리겠다는 살기가 그득한 한 수!

목에 홍사수가 닿으려는 위험천만한 순간, 무진은 몸을 한 치가량 옆으로 움직이며 강하게 진각을 밟았다.

쿵!

찌릿찌릿한 다리. 진각에서 발생된 강력한 반발력이 하체의 근육을 타고 올라와 전신의 기혈에 폭발적인 힘을 불어넣었다. 굳이 일부러 끌어올릴 것도 없었다. 중단전에 잠들어 있던 나살충충공의 공력이 화탄이 폭발하는 것처럼 전신을 휘감았다.

우우웅 !

심장이 두근거리며 힘이 불끈 솟아오른다. 나살충충공은 패력(覇力)에서 천하의 수위를 다투는 무공. 그 공력이 전달되자 회백색에 가까웠던 쇠사슬이 빳빳해지며 허물을 벗어던지듯 순식간에 까맣게 물들었다.

회백색의 쇠사슬이 어째서 묵원삭이란 이름을 가지고 있었는지 밝혀지는 순간이다.

새카만 위압감을 발하며 창처럼 곧추 세워지는 쇠사슬. 그 끝에서 주인의 명령을 받은 구름의 낫이 은밀한 움직임을 시작했다.

추비무한연옥십팔로(追翡無限煉獄十八路)!
운겸(雲鎌)!
제일로 일월투망(一月投網)!

촤아악!!
던지는 그물[投網] 속에 여럿인 듯 보이나 실상 달은 오직 하나뿐[一月].

전후좌우 사방을 물결치듯 넘나들며 상대를 포위하는 운겸과 쇠사슬은 가히 하나의 촘촘한 그물이나 다름없었다.

온 공간을 압도하는 그 압도적인 광경에 마인의 눈에 경악이 깃든다. 무진은 갑자기 몸을 뒤로 젖혔다.

철컹!
묵원삭이 팽팽하게 당겨지며 마인의 오른쪽 팔이 무진 쪽으로 딸려왔다. 극도로 단련된 무진의 외공은 이미 절정 수준. 마인이 순간적으로 균형을 잃고 휘청이는 사이, 사방을 휘젓던 운겸이 슬그머니 아래쪽으로 파고들었다.

그리고 한순간. 땅에 닿을 듯 낮은 각도로 뚝 떨어진 운겸이 초승달처럼 날카로운 투로(投路)를 그려내며 수직으로 솟아올랐다.

촤아악—!!

"크윽……!!"

사타구니는 물론이고 허벅지와 등까지 참혹한 상처가 새겨졌다. 핏물이 분수처럼 뿜어졌다. 마인은 발악을 하듯 왼손으로 운겸을 붙잡으려 했으나, 추비무한연옥십팔로는 순순히 무기를 잡히게 할 만큼 허술한 무공이 아니었다.

손목을 슬쩍 움직이는 무진. 그러자 위쪽으로 솟아오르던 운겸이 갑자기 휙 방향을 틀어 정반대 방향으로 움직였다.

피이잉!

마치 팽팽하게 당겨놓았던 활시위를 뚝 끊어버린 것처럼.

다시 무진이 있는 쪽으로 딸려가는 쇠사슬과 운겸은 마인이 전력을 다해 전개한 홍사수의 강기를 산산이 부서뜨리고 그의 손바닥마저 끌라냈다.

촤악!!

"크아악……!"

피가 뿜어졌다.

비명이 터졌다.

"무, 무슨!! 이 무슨!!"

마인은 믿을 수 없다는 듯 눈을 부릅뜬 채 괴성을 질러댔다.

마인이 되면서까지 위력을 두 배로 증폭시킨 그의 혈강기가 이렇게나 허무하게 박살 날 줄 누가 알았겠는가?

나살충충공은 마공이 아니다.

중단전부터 단련하는 방식은 분명 사도이지만, 마인을 제압하겠다는 일념하에 만들어진, 파사(破邪), 파마(破魔)의 공능(功能)이 담겨 있는 정공에 가까운 것이다.

구성 이상의 힘만 끌어내지 않는다면, 그래서 그 안에 숨겨진 마도의 근원력만 나오지 않는다면, 나살충충공은 불가의 항마력(抗魔力)과 똑같은 능력을 가지고 있었다.

철컹!

"항마력! 대체 네놈은 어디서 나온……!"

마인도 그걸 항마력이라 생각했음인가.

찢어지는 듯한 절규엔 분노와 증오가 스며들어 있다.

무진은 공격을 멈추고 담담한 눈으로 그런 그를 잠시 지켜봤다.

온몸은 전의로 끓어오르고 있었으나, 머릿속은 명경지수처럼 차갑고 맑기만 했다. 그건 종리단과 함께 생활하면서 배운 진리였다.

싸울 때, 혹은, 사냥을 나갈 때.

자신을 다스리지 못하고 흥분해 버리면 원래 할 수 있는 일도 제대로 못하고 허망하게 죽게 되니 언제 어떤 상황에서도 냉정을 유지하라는 철칙.

푸화악!!

"음……!"

하지만 이번만큼은 달랐다.

어차피 죽이기로 마음먹었다면 한번 기세를 타서 몰아칠 때 완전히 죽였어야 했다.

무림의 경험이 일천한 무진에 비해 그의 눈앞에 있는 마인은 지금껏 무림에서 구른 경험이 풍부했던 것이다.

잠시 주어진 시간 동안 마인이 스스로의 손으로 쇠사슬에 감긴 오른팔을 잘라낼 줄은, 그리고 자존심도 내팽개친 채 뒤도 돌아보지 않고 도망가 버릴 줄은 무진으로서는 상상도 하지 못했던 일이었다.

"크윽! 네놈! 이걸로 끝이 아니다!! 그 마귀(魔鬼) 같은 낫[鎌] 솜씨! 절대로 잊지 않을 것이야!"

고통스러운 목소리로 절규하며 순식간에 정무관의 담벼락을 넘어 사라져 버리는 마인.

"이런……!"

무진은 곧장 도망치는 마인을 쫓으려 했으나 차마 쫓지 못하고 제자리에 멈춰 설 수밖에 없었다. 몸을 날리려는 순간,

때마침 장내에 들어서는 자그마한 소녀가 보였던 것이다.

통통한 얼굴, 성숙한 여인처럼 곱게 틀어 올려 비녀로 쪽 지어놓은 새카만 머리카락.

큰 눈과 재지 넘치는 눈빛이 인상적인 소녀는 그를 이곳까지 오게 만든 장본인, 진린린이었다.

第三章
혈신교의 혈우삼마

"당신, 괜찮아?"

"……."

무진은 대답하지 않았다.

괜찮지 않았기 때문이 아니라, 정작 괜찮느냐고 묻는 진린린이야말로 괜찮지 않아 보였기 때문이다. 허옇게 질린 얼굴, 파르르 떨리는 입술, 중심을 잡지 못하고 이리저리 헤매는 눈동자.

그녀는 충격을 받은 것이 분명했다.

사실 고작 열둘의 나이로 이런 참상 속에서 의연하게 대처하고 있다는 사실 자체가 경이로운 일이리라. 세상천지에 그

녀만 한 나이에 이런 잔혹한 일을 겪은 사람이 몇이나 되겠는
가.

그녀는 잠시 무진의 얼굴을 바라보더니 피바다가 되어 있
는 주변을 둘러보았다.

"대체… 어쩌다가……."

결국 태연하게 있지 못하고 입술을 꾹 깨무는 진린린을 보
며 무진은 자신도 모르게 앞으로 한 걸음 나섰다.

어쩐지 이 광경을 보게 해선 안 될 것 같은 기분이었다.

그녀를 이 자리에 두는 것만으로도 죄를 짓는 듯한 느낌.

하지만 미처 무진이 나서기 전에 먼저 나서는 한 사람이 있
었다.

"린매… 쿨럭! 봐선 안 돼……."

한 남자가 그야말로 시산혈해(屍山血海) 속에서 몸을 일으
키고 있었다. 몸 상태가 정상이 아닌 듯 제대로 일어서지 못
하고 비틀거리는 모습.

그의 목소리를 듣자마자 진린린은 놀라서 그에게로 달려
갔다.

"유 오라버니!!"

"린매……."

"괜찮아요? 다친 데는 없어요?"

"난 괜찮아. 그보다……."

"일단 앉아요. 무리해서 일어서지 말구요!"

사내는 내상을 입은 듯 진린린이 소매를 당기는 힘조차 감당하지 못하고 핏물이 고여 있는 바닥에 털썩 주저앉았다.

무진은 가만히 서서 그 사내를 관찰했다.

이십대 중반으로 보이는 외모. 남자답게 적당히 각이 진 얼굴에 준수한 이목구비를 가지고 있었는데, 반쯤 찢어지긴 했지만 여전히 고급스러운 재질의 영웅건을 이마 위에 감고 있었다.

수수하진 않지만 지나치지도 않다.

마치 어딜 가서 무시당하지 않을 정도로만 치장했다는 느낌이다.

무진은 그 청년을 자세히 살펴보았다.

온몸이 피투성이가 되어 있지만 딱히 두드러진 상처는 없는데, 그렇다면 어째서 쓰러져 있었던 것일까?

자세히 살펴보니 한 군데, 오른쪽 가슴 언저리에 찢어진 옷자락 사이로 마치 화상을 입은 것처럼 피부가 빨갛게 변해 있는 것이 보였다.

'가슴에 일격. 저게 내상의 원인이다.'

무진의 눈빛이 심유하게 가라앉았다. 피범벅이 된 푸른빛의 비단 경장 안으로 잘 단련된 다부진 체구가 눈에 들어왔던 것이다.

'경신(輕身)에 외강(外强)까지. 제법 몸을 단련했다.'

무진의 눈은 날카로운 면이 있었다.

상승의 영역으로 갈수록 외공을 소홀히 하기 쉬운데도 이 청년이 외공 또한 꾸준히 갈고닦았음을 한눈에 알아본 것이다.

'온몸의 근육이 균형 잡혀 있고 야생마처럼 탄력이 있다. 패마의 경지에 오른 마인에게 가슴을 얻어맞고도 죽지 않은 이유가 있었군.'

말하자면 노력파다.

비가 오고 눈이 와도 결코 수련을 멈추지 않는 족속.

본래 고된 수련의 결과는 배신하지 않는 법이 아니던가.

청년은 허리춤에 청색 수실이 달린 삼 척짜리 장검을 달고 있었는데, 무진은 그 검을 보는 순간 얼마 전 장씨 객잔 앞에서 청죽부대를 처음 봤던 날이 떠올랐다. 인솔자로 보이는 중년의 사내에게 대항해서 당당하게 자신의 의견을 말하던 패기있는 젊은이. 그가 바로 이 남자였던 것이다.

"린매… 봐선 안 돼."

청년은 비틀거리면서도 굳이 다시 일어나 스스로의 몸으로 진린린의 시야를 가렸다.

"무슨 소리예요? 이 정도는 괜찮아요. 무림에 나온 이상 어차피 이 정도는 겪어야 할……."

"그래. 하지만 지금은 아니지. 앞으로도 안 겪으면 좋은 거고… 쿨럭! 쿨럭!"

진린린은 청년의 단호한 눈빛에 아무런 말도 하지 못했다.

청년의 목소리에선 자신이 예전에 겪었던 일을 이야기하는 것처럼 경험에서 우러나오는 안타까움이 느껴지고 있었다.

내상과 정신적 충격으로 혼란스러운 와중에도 별빛처럼 맑고 깊은 청년의 눈빛이 무진을 향했다.

"구명(求命)의 은(恩)을 받았소. 이 은혜는 훗날 목숨으로 갚겠소이다. 모산파의 유원이라고 하오."

서 있기도 힘든 몸으로 굳이 정중하게 포권을 한다.

명가의 후예라는 것을 한눈에 알 수 있는 절도있는 행동.

모산파라면 본래 법술과 퇴마로 이름 높아 지역에 따라 구파 중에 하나로 꼽히기도 하는 곳. 협(俠)보다는 이(利)에 더 밝다고 들었는데, 잘못된 이야기였던 것일까?

유원이라는 자는 정파의 표상이라 할 수 있을 만한 정의로운 모습을 보여주고 있었다.

"……."

이런 일에 익숙지 않은 무진은 인상을 미미하게 찌푸린 채 아무런 말도 하지 않았고, 유원은 인사를 받지 않으면 포권을 풀지 않겠다는 듯 허리를 굽힌 채 일어서질 않았다.

난감한 상황.

그 상황을 타결한 것은 유원의 뒤쪽에서 들려온 한 사람의 목소리였다.

"유 형, 이럴 때가 아닙니다."

"…쾌성."

"민 소저가 잔혹하게 죽고, 십여 명의 조원이 죽었습니다. 도망친 마인을 이대로 두실 겁니까?"

"……."

"게다가 정체도 알 수 없는 자에게 고개를 숙이지 마십시오. 항상 좋은 사람 역할만 하지 마시고 추마대의 명예도 좀 생각하시란 말입니다."

혈해 속에서 몸을 일으키는 청년의 눈엔 분노의 접화가 활활 타오르고 있었다.

분노뿐만이 아니다.

자괴감, 허탈감, 그리고 방향을 잃은 증오.

강소 풍진장의 대제자 방쾌성은 여러 가지 격렬한 감정이 뒤섞인 얼굴로 무진을 노려보았다.

"당신, 누구요?"

적대감이 가득한 목소리였다. 당황한 유원이 어쩔 수 없이 포권을 풀고 쾌성을 향해 몸을 돌렸다.

"쾌성! 구명의 은인이다. 말조심하게!"

"구명의 은인? 유 형, 나는 그렇게 생각하지 않소이다. 저 반한 능력을 가지고 이제서 마인이 도망치는 것을 순순히 보고만 있었다고 생각하시오? 뭔가 이상하지 않소?"

"마인이 치명상을 입고 스스로 팔을 자르면서까지 도망쳤다. 의심할 이유가 어디에 있는가?"

"하! 마인들이 교묘한 짓을 한 게 어디 하루 이틀이오? 난 저자가 마인을 놓아줬다는 것이 납득이 되지 않소이다. 게다가 저자를 보고 있으면 마인을 보는 것처럼 괜히 기분이 나쁘단 말입니다."

"쾌성!"

도를 넘은 언행에 유원이 주의를 주었지만, 방쾌성은 눈 하나 깜짝하지 않고 숨을 씨근거렸다.

"이럴 때가 아니란 말이오! 조장은 물론이고 우리 조원들이 다 죽었소. 유 형은 되도 않은 예의를 차리느라 이대로 시간을 허비할 셈이오?"

"되도 않는 예의라니……!"

"이따위로 일을 처리할 거면 난 유 형과 같이 행동하지 않겠소이다! 나 혼자라도 마인을 쫓겠소!"

방쾌성은 아직 혈색이 돌아오지 않은 얼굴로 고집스럽게 몸을 돌렸다. 그의 날카로운 눈이 처참하기 이를 데 없는 연무장을 훑었다.

조각난 육편, 역겨울 정도로 짙은 혈향.

그 어느 곳도 안타깝지 않은 곳이 없었지만, 방쾌성의 시선이 마지막으로 머문 곳은 더욱 처참했다.

한 여인이다.

아니, 여인으로 '보였던' 사람이다.

거대한 맹수에게 물어뜯긴 것처럼 참혹한 상처를 입은 몸.

핏물에 얼굴이 파묻혀 있어 용모를 알 수 없지만, 단정하게 하나로 묶은 머리카락과 가녀린 턱 선은 그녀가 생전에 단아한 미모를 가진 미인이었다는 것을 짐작케 했다.

방쾌성은 그 모습을 잊지 않겠다는 듯 입술을 질끈 깨물며 한참 동안이나 그녀를 바라봤다.

"쿨럭! 쿨럭! 나도 방 형의 말에 동의하오."

"…주태."

또 한 사람이 몸을 일으킨다.

유원은 마음이 찢어지는 듯 침중한 얼굴로 새로이 나타난 청년을 바라봤다.

"민 소저를 저리 만든 자. 우리 조원들을 죽인 마인에게 똑같이 갚아주지 못한다면… 나 금주태, 무인으로 살아갈 자격이 없을 것이오."

동그란 얼굴에 인상이 좋아 보이는 청년, 금주태의 목소리엔 방쾌성의 것과 같은 처절한 한이 배어 있었다.

같은 추마대라도 항상 소방파(小房派)라는 그 출신 성분 때문에 억울한 차별을 받는 청죽대의 조원들이라고는 하나, 오히려 그렇기에 서로 간의 결속이 누구보다도 끈끈했었다. 명문 대파 출신의 다른 추마대원들이 아무리 무진 대우를 해도 같은 조원들끼리 정을 주고받으며 이겨내곤 했던 것이다.

피를 나눈 가족 같은 조원들.

그들이 모조리 학살당한 지금, 살아남은 자에게 남은 목표라고는 하나뿐일 수밖에 없다.

복수.

방쾌성과 금주태는 이번 일을 처절하게 갚아주기로 마음 먹은 것이다.

"후우……."

유원은 장탄식을 토해냈다.

"찾으면… 방도는 있는가?"

유원의 목소리엔 착잡함이 가득 배어 있었다.

차라리 그 마음을 이해하지 못하면 좋으련만, 그들과 똑같은 마음을 느끼고 있으니 유원으로서는 그들을 막을 수가 없었다. 다만 살아남은 자들 중에 가장 연장자로서 이들마저 개죽음을 당하는 것만은 막아야 했다.

"방도라니? 마인을 죽일 방도를 말하는 거요?"

"그렇다네."

방쾌성의 눈이 기다렸다는 듯 활활 타올랐다.

"그놈은 정무관의 총관인 척하고 군자산(君子散)을 탄 차를 우리에게 먹였소이다. 그것만 아니었다면 이렇게 일방적으로 당하진 않았을 게요. 아니, 분명 지금쯤 바닥에 피투성이가 되어 널브러져 있는 건 오히려 그 마인일 테지."

"지금은 이길 수 있다는 건가?"

"물론이오! 유 형은 도와줄 필요도 없소이다! 나와 주태가 그놈을 죽일 것이오!"

방쾌성의 목소리는 자신감으로 가득 차 있었다.

유원의 얼굴이 더욱 침중해졌다. 방쾌성은 원래 이렇지 않았다. 날카로운 안목과 냉정한 상황 분석으로 언제나 탁월한 해결책을 내놓던 청죽 삼조의 지낭(智囊) 지광검(知光劍)이 바로 그의 별호 아니던가?

그는 이렇게 앞뒤 재지 않고 무작정 부딪치고 보는 성격의 사내가 아니었던 것이다.

'민 소저 때문일 테지.'

진검문의 민희연. 청죽 삼조는 물론이고 추마대의 모든 무인이 선망의 눈길을 보내던 아름다운 여인이 지금 바로 손이 닿을 곳에 처참한 모습으로 누워 있다.

금주태와 방쾌성이 그녀를 흠모하고 따르던 것은 청죽 삼조의 공공연한 비밀이었으니, 지금 이렇게 평정을 잃고 눈이 뒤집힌 것도 어쩌면 당연한 일이었다.

"안 되네."

유원은 안타까운 얼굴로, 하지만 단호하게 고개를 저었다.

"어째서?"

"자네들마저 잃을 수는 없어."

"우리가 그놈에게 진다는 거요?"

"냉정하게 생각하게. 패마의 경지에 오른 마인. 우리 정파의 경지에 비교하면 절정에 이른 무인이야. 그것도 마기의 폭발로 가진 바 내력이 두 배 이상 늘어났을 테지. 그런 자를 정말로 자네 두 사람이 이길 수 있겠나?"

유원의 목소리는 차분했다. 그의 마음도 분노와 자괴감으로 들끓고 있었지만, 그래도 그는 현 상황을 가장 이성적으로 볼 수 있는 판단력이 있었던 것이다.

하지만 그의 이성적인 충고를 듣기엔 지금 두 사람의 마음속에 자리 잡은 분노가 너무나 컸다.

"그래서 어쩌자는 거요! 질지도 모르니 이대로 꼬리를 만 개처럼 고개나 수그리고 가만히 있으라는 거요?"

"쾌성……."

"내 이름은 부르지도 마시오! 당신을 따르던 청년들이 얼마나 많았는데! 같은 조원들의 복수도 외면하면서 어찌 정의검(正義劍)이라 불릴 자격이 있는가!"

방쾌성의 목소리는 절연(絶緣)을 선고하듯 차갑고 냉정했다. 그의 옆에 서 있는 금주태도 마찬가지다. 그의 가느다란 눈에 떠올라 있는 것은 강호에서 정의검이란 별호로 불리는 자, 유원에 대한 실망뿐이었다.

"주태, 자네도 같은 생각인가?"

"……."

"허어……!"

유원의 입에서 장탄식이 흘러나왔다.

막을 수 없다.

지금의 그가 어떤 말을 해도 두 사람을 막을 수 없다는 것을 깨달은 것이다.

"방 오라버니, 구 오라버니, 그래도 지금은……."

"린매, 너는 그만 돌아가라."

"오라버니들……."

"애초에 너를 이곳에 데려오지 않은 것도 이유가 있어서다. 당장 객잔으로 돌아가서 맹의 연락을 기다리고 있거라."

방쾌성의 싸늘한 목소리에 항상 당당하던 진린린조차 말문이 막혀 버렸다.

"주태, 가자!"

"……."

냉랭하게 외치는 방쾌성과 그의 뒤를 묵묵히 따르는 금주태는 더 이상 방해하지 말라는 듯 뒷모습이 단호했다.

두 사람이 몸을 돌린다, 더 이상의 생존자가 없는 처참한 연무장을 응시하면서.

한걸음 한걸음 핏물에 찰박거리는 발소리가 세 걸음쯤 이어졌을 때, 안타까운 얼굴이 되어 있던 진린린과 유원의 뒤에서 차가운 목소리가 흘러나왔다.

"우습군."

짧지만 깊은 여운이 남는 한마디였다.

진린린과 유원이 동시에 놀라 고개를 휙 돌리자, 특유의 무표정한 얼굴로 서서 날카로운 일침을 가하는 자가 보였다.

무진.

무진이 나선 것이다.

"뭐라고 했지, 지금?"

불감청이고소원이라 했던가. 터질 듯한 분노로 가득 차 있던 방쾌성과 금주태는 그 말을 듣자마자 기다렸다는 듯이 눈을 부릅뜨며 몸을 돌렸다.

"그 말, 지금 우리에게 한 건가?"

"그래."

무진의 대답엔 한 치의 망설임도 없었다.

"이……!"

"이류를 갓 벗어난 일류무인. 이제야 검에 기가 통(通)해 내력을 방출할 수 있게 되는 경지. 아직 진신내력(眞身內力)을 갖추지도 못했으면서 지닌 바 실력을 과신해서 실수를 하기가 쉬운 단계지."

"……!!"

"개가 사람을 물려고 마음먹었다면 아예 확실하게 죽여야지, 괜히 죽이지도 못할 거면서 시끄럽게 짖으며 나대는 건 귀찮게 일거리만 더 늘릴 뿐이야."

무진의 말은 신랄하게 두 사람의 마음을 파헤쳐 놓고 있었다.

두 사람도 바보가 아니니 마인과의 실력 차를 모르는 것이 아니었다. 다만 그걸 알면서도 싸움을 포기하지 못할 만큼 분노가 컸을 뿐이다.

더군다나 본래 사람은 정곡을 찔릴 때 더욱 화가 나는 법.

무진의 한마디는 마치 화약으로 가득 찬 상자에 불을 당긴 것처럼 두 사람의 감정을 폭발시켜 버렸다.

"그래서… 우리가 개라는 건가?"

"개보다도 못하지. 가족에게 도움도 못 되고 있지 않은가?"

"뭣이……!"

두 사람의 손이 허리춤의 검으로 향했다.

"네놈이 뭘 안다고……!"

"오만방자해도 정도껏이지! 우리가 그리 우습게 보이더냐!!"

당장에라도 검을 뽑을 것처럼 살기를 뿜어내는 두 사람이다.

아무리 정천맹에서 홀대를 받는다 해도 추마대는 추마대. 명실상부한 정파의 정예인만큼 두 사람이 합심해서 쏘아내는 살기는 만만치가 않았다.

그러나 무진은 그런 살기를 한 몸에 받으면서도 아무렇지도 않은 듯 태연했다. 아니, 입가엔 비웃음마저 매달았다.

"길수록 가관이고."

"뭐라!"

"손에 쥔 것, 뽑아보아라. 손속에 사정은 두지 않겠다."

"이런 방자한……!"

화아악!

당장에 달려들 것 같았던 방쾌성과 금주태는 무진의 몸에서 폭발하듯 뿜어진 살기에 몸이 굳어져 버렸다.

단순한 위협이 아니라 강제.

압도적인 힘의 차이는 개구리가 뱀을 만난 것만큼이나 거대한 공포심을 두 사람에게 심어준 것이다.

'어디서 이런 놈이……!'

'대체 정체가 뭐야?'

두 사람은 손끝 하나 까딱할 수 없는 압박감 속에서 다급하게 눈동자만 데굴데굴 굴렸다. 중단전이 발달하고 기감(氣感)이 경지에 오르면 백 개의 솔잎 중에서도 원하는 단 한 개의 이파리만을 상하게 할 수 있다고 했는데, 지금의 무진이 바로 그랬다. 유원과 진린린은 지금 무슨 일이 일어나는지 몰라 어리둥절해 서 있었다. 이렇게 강렬한 살기를 오직 두 사람만이 느끼고 있는 것이다.

꿀꺽.

방쾌성과 금주태는 마른침을 삼켰다. 마인과 대치했을 때도 이렇지는 않았거늘 어디서 이런 괴물이 튀어나왔단 말인가?

불과 약관이나 되었을까.

저 나이에 저런 경지라니.

무진이란 존재 자체가 두 사람에겐 불가해(不可解)나 다름

없었다.

후우욱…….

“…커헉, 헉…….”

그렇게 강렬하던 살기가 순식간에 썰물이 빠지듯이 사라져 버렸을 땐, 두 사람은 물에 빠져 있던 사람을 건져 올린 것처럼 숨을 헐떡였다.

짧은 시간이었지만 막대한 심력을 소모했으니 두 사람은 지친 기색이 역력했다.

“아직도 마인을 따라갈 생각인가?”

“…….”

대답을 하지 않는 것은 그래도 마지막 자존심이런가. 무진은 입을 꾹 다물고 침묵을 지키는 두 사람을 잠시 쳐다보다가 냉랭한 얼굴로 시선을 돌렸다.

“난 쫓을 거다.”

“누굴? 아, 마인을?”

“그래.”

진린린은 놀랐다는 듯이 눈을 동그랗게 떴다. 그녀가 뭐라 답하기 전, 옆에 있던 유원이 눈을 빛냈다.

“소협, 이미 마인이 자리를 뜬 지 시간이 꽤 지났소이다. 쫓을 방법은 있겠소?”

“있어.”

“그게 어떤 것이오?”

무진의 미간이 살짝 좁혀졌다. 분명 방법이 있으나 그걸 말해주기는 쉽지 않았던 것이다.

그가 그의 사부에게 들은 바에 의하면 혈마고는 매우 섬세한 생물이다. 충격을 받아서도 안 되고, 함부로 이동을 시켜서도 안 된다. 특히 암컷이 알을 낳는 중이거나 교미 중에 조금이라도 움직임이 있다면 죽어버리기 십상이라고도 했다.

지금껏 일어난 혈사를 돌이켜 보면 모두 이곳 정무관 안에서 일어난 것.

그러니 산란장도 번식장도 모두 이곳에 있으리라는 것은 당연한 일일 테니, 도망친 마인이 혈마고를 되찾기 위해 언젠가 다시 돌아오리라는 것 또한 너무나 당연했다.

하지만 그걸 어찌 말해줄 수 있겠는가?

쉽게 말해줬다가 그런 희귀한 정보들을 어디서 얻었냐고 추궁이라도 당하면 뭐라 대답을 하고.

'곤란하군.'

그런데 무진의 곤란함을 해결해 준 것은 뜻밖에도 진린린이었다.

"유 오라버니, 이 사람은 코가 발달했어요."

"코?"

"후각이요. 아까 정무관 대문에서부터 피 냄새가 난다고 그러던 걸요?"

유원의 눈에 반짝 이채가 떠올랐다.

　정무관의 대문이라면 이곳에서 이십 장 거리. 거기서부터 피 냄새를 맡았다면 보통 뛰어난 후각이 아닌 것이다.
　"소협, 혹시 추종술을 익히셨소?"
　"……."
　실제로 추종술을 익혔으니 사실이기도 했고, 굳이 번거롭게 어려운 설명을 할 필요가 없을 것 같아 무진은 그냥 고개를 끄덕였다.
　"잘된 일이오. 아무래도 소협은 하늘이 보내준 사람인 것 같소이다."
　"쓸데없는 말."
　"쓸데없는 말이 아니오, 소협. 나 유원, 염치불구하고 한 가지 청을 드리겠소이다. 부디 마인을 찾아주시오. 이러한 악행을 저지르는 마인은 반드시 죽여야만 하오."
　무진은 진실되고 맑은 눈을 하고 있는 유원과 호기심에 눈을 반짝이는 진린린, 그리고 분노를 속으로 꾹꾹 억누르고 있는 방쾌성과 금주태를 차례대로 응시했다.
　그리고 평소의 무심한 목소리로 대답했다.
　"좋아."
　"소협　！"
　"대신, 마인은 내가 죽인다. 끼어들지 말고 방해도 하지 마."
　방쾌성과 금주태는 뭔가 울컥하는 표정을 지었지만, 조금

전의 상황을 다시 떠올리곤 울분을 꾹 삼킬 수밖에 없었다. 이미 그들은 무진에게 아무런 항변도 할 수 없을 만큼 기가 눌린 것이다.

반면, 유원은 자신의 상황을 인정하고 진심으로 감사해했다.

"소협, 거듭된 이 은혜, 절대로 잊지 않겠소."

"……."

"소협의 이름을 물어봐도 되겠소?"

"……."

무진은 대꾸도 하지 않고 그대로 마인이 사라진 방향을 향해 뚜벅뚜벅 걸음을 옮겼다.

무례하다면 무례한 행동.

하지만 유원의 얼굴엔 그것을 기분 나빠하는 기색이라고는 조금도 찾을 수 없다. 넓고 정대한 포용력. 그는 이미 무진의 입장에서 모든 것을 이해하는 것처럼 보였다.

"비켜."

"……."

무진은 굳이 눈을 희번덕거리는 방쾌성과 금주태의 사이를 지나 연무장의 왼쪽에 위치한 담벼락으로 다가갔다.

코끝을 스치는 미묘한 혈향.

바닥에 점점이 떨어져 있는 핏자국.

마인은 스스로 오른팔을 끊은 뒤 조금도 지체하지 않고 이 담벼락을 넘었다.

'왜?'

무진의 눈빛이 깊어졌다.

이 담벼락 너머에 있는 것은 구산.

그리 크지 않은 산인데다 무진과 그의 사부가 살아가고 있는 곳이니 마인이 구산에 들어온 적이 없다는 것은 그 누구보다도 잘 알고 있었다.

그런데도 마인은 구산 쪽으로 도망쳤다.

무엇 때문에?

무엇을 위해서?

'교란… 인가?'

이 일은 무진의 입장에서 생각하면 안 된다.

마인의 입장에서, 그리고 마인을 쫓고 있는 정천맹의 추마대 입장에서 생각해야 하는 것이다.

본래 이들의 목표가 어디였던가? 다름 아닌 구산이다. 정무관의 우물이 핏빛으로 변했다는 정보만 들어오지 않았어도 이들은 지금쯤 무진의 안내하에 구산을 탐색하고 있을지도 몰랐다.

'구산으로 기는 척 시선을 돌리고, 이들이 구산을 탐색하기 시작하면 정무관으로 되돌아온다. 그런 생각이겠지.'

냉철한 머리로 논리정연하게 추리하자 숨겨진 진실은 순식간에 그 모습을 드러냈다.

무진은 벌써 말라붙기 시작하는 핏자국을 잠시 응시한 뒤, 곧장 담벼락을 뛰어넘었다.

"엇……!"

뒤쪽에서 경호성이 들리고, 살아남은 추마대원들은 재빨리 무진을 따라 담을 뛰어넘었다.

방쾌성, 금주태, 진린린, 그리고 유원.

무진은 그들이 다 넘어올 수 있을 때까지 기다려 준 뒤 바닥에 새겨진 흔적들을 추적하기 시작했다.

천리추종술이 힘을 발휘했다.

예민해진 후각, 먼 곳의 물소리도 들을 수 있는 뛰어난 청각, 거기다가 나무꾼으로 지내며 배운 산에 대한 지식까지 더해지니 마인의 흔적을 쫓는 것은 그리 어렵지 않았다.

살아 있는 것은 반드시 흔적을 남긴다.

발자국, 부러진 나뭇가지, 미묘하게 휘어진 나뭇잎, 한쪽으로 누운 풀잎, 벌써부터 피 냄새를 맡고 몰려든 개미와 곤충들까지.

무진은 그 흔적을 보는 것만으로도 마인의 걸음걸이와 속도, 그리고 현재의 몸 상태까지 훤히 알 수 있었다.

사박사박.

낙엽이 바스러지는 소리와 함께 무진이 묵묵히 구산의 산줄기를 타기 시작했다. 그 속도는 의외로 빨라 '앗!' 하는 사이에 어느새 시야에서 사라지려고 하는 바.

추마대원 네 사람은 잠시 서로의 눈치를 보다가 황급히 그의 뒤를 따르기 시작했다.

＊　　＊　　＊

어새고 질긴 수풀을 헤치며 한 사내가 산을 질주하고 있었다. 창백한 안색, 귀신처럼 새빨간 눈동자, 오른쪽 팔이 사라진 위중한 몸 상태임에도 산길을 내달리는 모습은 마치 평지를 달리는 것처럼 빨랐다.

그의 이름은 채건양.

세간에 알려진 혈우삼마(血雨三魔) 중의 막내이자 혈신교 본당(本堂)에서 사술과 생체병기를 만드는 혈제원(血祭院)에 소속된 고수였다.

"감히 그런 애송이가……!"

채건양의 두 눈에선 분노의 겁화가 이글이글 타오르고 있었다.

그는 패마의 경지에 오른 무인.

고수가 구름처럼 많다는 혈신교 안에서도 그리 낮은 위치가 아니었고, 무림에 나오면 아직 솜털이 보송보송 난 정파의 애송이들 따윈 몇 명이 덤비든 모조리 맨손으로 찢어 죽일 자신이 있었다.

그런데 이 꼴이 뭔가?

한 팔이 잘리고 등에는 거대한 상처까지 입었다. 그것도 아직 약관도 지나지 않은 듯한 애송이 때문에 이렇게 비참하게 도망치며 산길을 내달리고 있다니. 그는 지금의 상황이 믿어지지가 않았다.

"그 항마력. 불문의 제자인가? 놈! 절대로 살려두지 않겠다!"

채건양은 이를 갈며 귀신같은 적안을 희번덕거렸다.

이 굴욕은 절대로 잊지 않으리라.

그는 무슨 일이 있어도 이 치욕을 갚아주겠다고 마음 깊숙이 다짐했다.

휘이잉—!

구산을 옆으로 빙 둘러서 가다 보면 나오는 깎아지른 듯한 협곡.

채건양은 그곳에서 멈춰 선 뒤 갑자기 옆에 있던 커다란 오동나무 위로 뛰어올랐다. 한 팔밖에 없음에도 운신에 전혀 지장을 받지 않는다. 그는 절정의 무인으로서의 능력을 마음껏 뽐내며 오동나무에서 옆의 오동나무로 몸을 세 번이나 이동했다.

나뭇잎이 우수수 떨어지며 나뭇가지가 흔들렸다.

그것이 어떤 신호라도 되는 것일까.

채건양이 나무에서 내려오자마자 빠른 속도로 그를 향해 다가오는 인영들이 있었다.

"막내야, 무슨 일이냐?"

"긴급 신호라니, 황국이라도 온 것이냐?"

채건양에게 다가온 두 사람은 그와 똑같은 적색 장포를 입은 두 명의 중년인이었다.

각진 턱, 가늘게 째진 날카로운 눈매. 두 사람의 얼굴은 채건양과 닮아 있었는데, 실제로 세 사람은 모두 피를 나눈 형제였다.

첫째 혈우일마 채곤양.

둘째 혈우이마 채손양.

마지막으로 셋째 혈우삼마 채건양까지 합해지면 세 사람은 '혈우삼마' 라 불리는 공포의 마인들이 되는 것이다.

막내 채건양을 제외한 나머지 두 사람은 지금껏 구산 외곽의 동굴에서 그들이 그동안 얻은 성과를 시험해 보는 중이었다.

이번에 정무관에서 일으킨 일들은 그들에게 큰 발전을 주었다.

혈교에선 속 시원히 하지 못했던 실험들.

평소엔 주어진 명령만 수행하느라 하고 싶은 것을 하지 못했는데, 이제는 풍부한 실험체들을 대상으로 그동안 머릿속에만 담아뒀던 것들을 마음껏 펼쳐 볼 수 있었던 것이다.

그러니 발전이 있을 수밖에 없다.

산란장을 만들고, 혈마고를 더 진화시킬 수 있는 방법을 연구하고…….

둘은 지난 한 달간 그야말로 침식(寢食)을 잊고 연구에만 몰입했고, 실제로 소기의 성과를 거둘 수 있었다.

채건양이 목숨이 걸린 위기에만 사용하라던 신호를 쓰지만 않았다면 그 결과를 두 눈으로 확인할 수 있었을 텐데…….

그들로서는 안타깝기 그지없는 일이었다.

"형님들……."

"아니, 너, 그 팔……!!"

실험을 방해받아 불만이 가득한 표정이던 채곤양과 채손양의 얼굴이 서릿발처럼 굳어졌다. 그들의 형제가 치명상을 입고 있다는 것을 그제야 알게 된 것이다.

"청죽이냐?"

"말도 안 되는 말 마십쇼. 제가 청죽 따위에게 당할 놈입니까?"

"그럼?"

"모르는 놈이었습니다."

"모르는 놈?"

"기가 막힌 놈입니다. 기병(奇兵)을 쓰는 데다, 불문의 제자인지 항마력까지 가지고 있습니다."

채건양은 아직도 분이 가시지 않은 듯 이를 바득바득 갈았다. 옆에 있던 채곤양이 그 말을 듣자 눈빛이 심상치 않게 가라앉았다.

"소림이냐?"

소림(少林).

마도가 천하를 지배하는 시대에도 여전히 무림 강호의 태산북두로서 남아 있는 곳이다.

중원 무공의 시초.

모든 강호인의 이상향.

그게 바로 무림인들이 하남 숭실봉 소림사를 일컫는 말이 아니던가.

소림칠십이절예와 너무나 광대해 그 깊이를 측량할 수 없는 소림의 역사를 생각하면 항마력과 기병을 동시에 지닌 놈도 충분히 튀어나올 수 있었다.

'소림이라면… 긴장해야 한다.'

아무리 구룡성이 무림을 지배하는 마도천하, 게다가 현(現) 혈신교가 충천(衝天)의 기세로 세력을 불리고 있다고 한들 아직 소림사와는 단독으로 맞설 수는 없다.

더군다나 소림의 무승들이 나서면 그들로선 이곳에서 살아나간다고 자신할 수가 없는 것이다.

"소림이 아닙니다."

"뭐라고?"

"소림 무공은 이미 견식한 적이 있잖습니까. 소림 놈은 아닙니다. 그것과는 달랐습니다."

“확실한가?”

“확실합니다. 쇠사슬과 낫을 귀신같이 잘 쓰는데… 분명 쇠사슬이 소림십팔반병기에 들어간다고는 하나, 그 끝에 살기가 시퍼렇게 번뜩이는 낫을 달고 쓸 리는 없습니다.”

혈우삼마 채건양은 숨을 씨근거리더니 광기 어린 눈동자로 혈광을 토해냈다.

“쇠사슬과 낫이라…….”

혈우일마의 목소리가 가라앉았다. 그는 뭔가를 떠올리는 듯 인상을 찌푸렸지만 이내 그럴 리가 없다는 듯 고개를 저었다.

“그놈은 나이가 얼마나 됐나?”

“약관? 아니, 아마 약관이 넘진 않았을 겁니다.”

“어리군.”

채곤양은 뭔가 우려하던 것이 해결된 듯 찌푸렸던 표정이 풀어졌다.

그가 무엇을 떠올리고, 무엇을 걱정했는자, 그건 채곤양 본인 말고는 아무도 모를 일이다.

“예, 어리지요. 애송이 같은 놈이 감히……. 으득! 그놈, 절대로 가만두지 않을 겁니다!”

채건양의 두 눈에서 시퍼런 귀화가 일렁거렸다.

“원래 무림이란 그런 곳이야. 강함은 나이랑은 상관이 없지. 그나저나 네 성격에 여기까지 온 건… 복수를 해달라는 것이냐?”

“아뇨. 제 복수는 제가 합니다. 조만간 그놈이 살아남은 추마대 놈들과 저를 쫓아올 테니 형님들은 그놈 말고 다른 놈들을 맡아주십쇼.”

“복수는 스스로 할 테니 잡것들이 꼬이지만 않도록 도와달라?”

“예, 그겁니다.”

“자신은 있느냐?”

채건양은 입꼬리를 말아 올리는 웃음을 지었다. 누런 이빨. 그중에서도 짐승의 그것처럼 날카롭게 다듬어진 송곳니가 드러났다.

웃음.

혈우삼마가 웃을 때는 상대를 죽일 확신이 십 할(十割)일 때뿐이다.

“평지에서 기습당해서 그렇습니다. 다음번엔 제가 자신있는 곳에서 싸울 겁니다.”

“자신있는 곳… 그렇다면 ‘그걸’ 사용할 거란 말이렷다?”

“흐흐, 예. 그걸 사용할 겁니다.”

채곤양의 입가에도 만족스런 웃음이 떠올랐다.

“뒤따라오는 건 몇 놈이냐?”

“세 놈일 겁니다. 형님들도 오랜만에 피 맛 좀 보셔야죠.”

채건양의 자신있는 목소리에 혈우일마와 이마, 채곤양과

채손양의 눈에서도 혈광이 짙어졌다. 세 사람은 서로를 바라보며 앞으로의 살육이 기대되는 듯 섬뜩한 미소를 지었다.

그렇다. 이들은 마인.

애초에 패마의 무인이었던 덕분에 아직까지 이성을 가지고 있다고는 하나 폭주한 마기에 머릿속이 망가진 잔혹한 자들이다.

살육에 미친 광인(狂人).

그것이 마인의 본래 모습일 터.

"크크크, 좋다. 가자."

채곤양의 승낙이 떨어지자 나머지 두 사람도 함께 신형을 날렸다.

그들이 향하는 방향.

그곳엔 이미 처참한 지경이 되어 있는 정무관이 있었다.

*　　　*　　　*

온 정신을 집중해 흔적을 쫓아가던 무진은 어느 순간, 고개를 번쩍 들고 주변을 살폈다.

깎아지른 듯한 협곡이 보이는 구산의 끝자락. 전에 무진도 와본 적이 있는 곳이다. 질 좋은 오동나무가 자라고 이곳 구산의 왕이나 다름없는 커다란 불곰이 살고 있는 곳.

이곳은 나무꾼들조차 잘 알지 못하는 비밀스러운 장소 중의 하나였던 것이다.

'어째서 이곳으로 온 거지? 이곳엔 적왕(赤王)밖에 없는데?'

적왕은 구산의 동물들을 지배하고 있는 불곰을 말했다.

키가 칠 척, 무게는 사십 관이 넘는다.

다 자란 오동나무를 일격에 부러뜨릴 만큼 힘이 세지만, 또한 무진의 진가를 알아보고 먼저 싸움을 걸지 않을 만큼 영특한 놈이기도 했다.

'이곳에 뭔가가 있다. 대충 시선을 끌다가 정무관에 돌아가려고 했다면 여기까지 올 필요는 없었어.'

생각과 동시에 행동을 개시했다.

무진은 마지막 핏자국이 있는 곳에 바짝 엎드려서 바닥에 코를 대고 킁킁 냄새를 맡았다.

"저게 뭐 하는 거지?"

"냄새를 맡으면 뭘 아나?"

뒤에서 방쾌성과 금주태의 불만스런 목소리가 들렸지만 무진은 조금도 개의치 않았다.

지금 이 작업은 상승 무공을 펼치는 것만큼이나 집중을 요하는 일이다.

잔뜩 예민해진 감각으로 냄새를 느끼고, 그 느낌을 머릿속에 저장한다.

그리고 육체의 본능을 최대한 이끌어내 지금 이것과 똑같은 피 냄새가 나는 곳을 찾아내야만 하는 것이다.

'동남, 아니, 태극 손괘(巽卦)의 방향 쪽이다. 중심은 중궁(中宮), 방향은 생문(生門), 즉 손괘중생(巽卦中生).'

번뜩이는 기광을 발한 무진의 눈이 그가 서 있는 곳에서 삼 보쯤 떨어진 오동나무를 향했다.

천리추종술에 천팔괘(天八卦)와 구궁(九宮), 팔문(八門) 주역의 묘리를 더한다. 말은 쉽지만 이상적인 진리를 실생활에 적용한다는 것. 건곤일위강이라는 상승의 공부를 배운 무진만이 할 수 있는 방법이었다.

휙!

무진은 깃털처럼 가벼운 몸놀림으로 펄쩍 뛰어올라 오동나무 위에 올라섰다.

아래쪽에서 제일 굵은 나뭇가지.

그 위에 올라서서 커다란 아름드리 몸뚱이를 살피자 나무 껍질 사이로 미세한 핏자국이 발견되었다.

'이곳에 올라왔었다. 마인의 신법은 무겁고 직선적인 패도적인 신법. 몸무게는 십팔 관 정도. 나뭇가지에 남은 발자국과 나뭇가지에서 만들어진 탄력을 생각하면⋯⋯.'

무진의 시선이 이번엔 일 장 거리에 있는 조금 마른 듯한 오동나무를 향한다. 그는 곧장 다시 펄쩍 뛰어올라 그 오동나무에 올라탔다. 그리고는 또 유심히 핏자국을 살폈다.

"허어, 이것 참⋯⋯."

　원숭이처럼 이 나무 저 나무 뛰어다니는 모습은 상황을 모르는 사람들의 눈엔 미친놈으로밖에 보이지 않는 바.

　원래 무진에게 악감정이 있는 두 사람은 물론이고, 진린린과 유원조차 뭐라 말을 해야 할지 모르는 듯한 모습이었다.

　하지만 무진은 진지했다.

　그는 마침내 마인이 거쳐 갔던 세 번째 오동나무까지 찾아낸 뒤 발자국이 깊게 새겨져 있는 나무 사이의 공터까지 도착했다.

　무진의 눈이 번쩍 빛났다. 공터에 남은 흔적을 세밀하게 조사해 보니 진심으로 놀랄 수밖에 없었던 것이다.

　'혼자가 아니야?'

　눈을 의심해도 보고 혹시 착각한 건 아닌지 꼼꼼하게 흔적을 살펴보았지만, 아무리 봐도 바닥에 새겨진 흔적은 한 사람이 만들 수 있는 것이 아니었다.

　두 사람.

　아니, 최소한 세 사람이 이곳에 있었다.

　무진은 그의 뒤를 따라오고 있는 네 사람에게 소리를 질렀다.

　"가까이 오지 마!"

　"에⋯⋯?"

　"중요한 흔적이 있다. 너희가 흔적을 망가뜨리면 더 이상 뒤를 쫓을 수 없어."

마치 그들을 방해물로 생각하는 듯한 무진의 냉랭한 목소리에 방쾌성과 금주태는 울컥하는 표정을 지었다. 추마대의 자존심이 얼마나 세던가? 옆에서 대단하다며 떠받들어 줘도 부족할 판국에 이렇게 무시를 당하다니……. 아마 옆에서 진린린과 유원이 두 사람을 말리지 않았다면 더 이상 참지 못하고 검을 뽑아 들었을 것이다.

"이곳에서 기다려, 일각 안에 돌아올 테니."

"저기, 자, 잠깐……!"

휘이익─!

무진은 그들의 대답도 듣지 않고 곧바로 몸을 날렸다.

딱히 그들을 무시해서라기보다는 시간이 없었기 때문이다.

안 그래도 마인과는 거리가 꽤 벌어진 상황.

그런 상황에서 그가 지금 확인하려는 것을 찾아보고 다시 돌아와 흔적을 쫓아 추적하려면 잡담을 나눌 시간 따위는 조금도 없었다.

건곤일위강의 신법은 무진의 몸놀림을 바람처럼 표홀하게 만들었다. 오동나무 숲을 빠져나오고 검은색의 바위들이 늘어서 있는 오석(烏石) 지대에까지 도달하는 것은 순식간이었다.

오석 바위들 사이, 사람들의 눈에 띄지 않는 곳에 꽤 커다란 동굴이 보였다.

그곳이 바로 적왕의 거처.

무진은 날카로운 눈으로 주변을 살펴보았다.

마인이 공터에서 만난 나머지 두 사람.

그 사람들의 발자국을 되짚어가면 바로 이 적왕의 거처가 나오기에 이곳까지 왔다.

하지만 일단 입구에서 보기에 적왕의 거처는 지난번에 왔을 때와 변한 점이 없어 보였다.

'대체 이곳에서 무슨 짓을……?'

무진은 호기심과 불안감을 마음 깊이 갈무리하며 천천히 적왕의 암동(巖洞) 속으로 들어갔다.

암동은 고요했다.

맹수 특유의 노린내, 암동의 입구를 지나가는 바람 소리.

그 두 가지 말곤 암동 속에 아무것도 존재하지 않는 듯했다. 암동은 성인 남성 서른 명 정도가 한 번에 누울 수 있을 만큼 커다랬지만, 너무 어둡다 보니 몸이 꽉 조이는 것처럼 숨이 막히는 느낌이 들었다.

저벅저벅, 찰박.

"음?"

무진은 바닥을 내려다보며 미간을 좁혔다. 이곳은 바람이 잘 통해서 좀처럼 습기가 차지 않는 동굴이다.

그런데 바닥에 물기가 있다?

그것도 무진의 발이 반쯤 잠길 만큼 깊은 물이?

'이건… 뭐지?

무진은 바닥에 질척한 액체를 손에 묻혀 냄새를 맡아보았다.

처음엔 피인 줄 알았는데 피 특유의 쌉싸래한 쇳내가 조금도 나지 않는다. 그 대신 느껴지는 것은 비릿하고 불쾌한 냄새. 무진은 머릿속을 뒤져 그 느낌을 표현할 말을 찾아보려 했지만 도저히 찾을 수가 없었다.

굳이 비유하자면 산양유를 오랫동안 묵혀서 썩어버린 듯한 냄새라고 할까?

정체는 모르지만 절로 사람이 눈을 찌푸리게 하는 불쾌하기 이를 데 없는 냄새였다.

후우우…….

"……!"

그때, 어디선가 나지막한 숨소리가 들렸다. 조그마한 대롱에 큰 숨을 불어넣는 것처럼 가늘고 거친 소리. 무진은 깜짝 놀라 자신도 모르게 등 뒤로 손을 뻗었다.

있을 수 없는 일이다.

이미 절정의 경지에 오른 무진이 불과 일 장 거리에 있는 기척을 느끼지 못하다니.

"적왕?"

후우우…….

또 한 번의 깊은 숨소리.

그리고 마치 횃불을 밝히듯 새빨간 구슬 두 개가 허공에서 번쩍 나타났다.

"너……."

크아아앙——!

후우웅!!

미처 뭐라 말을 꺼내기도 전에 강맹한 공격이 날아왔다. 바람이 갈라지는 듯한 심상치 않은 공격. 무진은 재빨리 앞발을 피해 철판교의 신법을 펼쳤다. 머리가 땅에 닿을 듯 뒤로 굽혀진 허리 위로 날카로운 발톱이 아슬아슬하게 스쳐 지나갔다.

"어찌 이런……."

무진은 서서히 드러나는 적왕의 모습을 보며 눈살을 찌푸렸다.

이전과는 너무 다르지 않은가. 초점이 없는 눈, 입가에서 질질 흘러나오는 침. 마치 백치가 되어버린 광인처럼 적왕은 어떠한 생각도 할 수 없는 상태인 듯 보였다.

게다가 몸은 또 어떠한가?

평소의 당당한 풍채는 다 어디로 갔는지, 뼈대와 가죽만 남은 것이 바짝 마른 곰내이처럼 보였다. 멀리서 보면 곰이 아니라 표범이나 살쾡이로 보일 정도였다.

'이건… 아예 죽었다고 보는 것이 낫겠군.'

무진은 곧장 상황을 파악했다.

적왕에게선 살아 있는 생물에게서 느낄 수 있는 생기가 느껴지지 않았다. 칙칙하고 어두운 기운. 오히려 죽은 것에서 느껴지는 시기(屍氣)에 가까운 것을 보니 이런 일은 자연적으로 일어날 수 있는 일이 아니었다.

마인의 동료가 대체 무슨 짓을 저지른 것일까.

적왕은 마치 강시처럼 뻣뻣하게 움직이고 있었다.

크아아앙!

부우웅—!!

쉬지 않고 날아온 앞발이 무진의 귓불을 스치고 지나갔다.

동물답게 딱히 투로라고 할 만한 것은 없지만, 적을 쫓아 집요하게 휘두르는 앞발에는 폭풍 같은 거력이 담겨 있으니 마냥 우습게 볼 일은 아니다.

무진의 몸놀림이 빨라졌다. 그는 공력을 끌어올리며 강하게 진각을 밟았다.

쿵!

"합!"

낭랑한 기합성과 함께 무진의 손이 수평으로 날아오는 앞발을 슬쩍 밀며 아래쪽으로 방향을 바꿨다.

태극권과 같은 유권(柔拳). 이화접목을 사용한 유능제강(柔能制剛)의 한 수.

꽝!

동굴 전체가 흔들리는 듯한 진동과 함께 단단한 돌바닥이 폭발하듯 깨져 나갔다.

'이건……!'

무진의 눈빛이 깊어졌다. 바짝 말라 버린 적왕이 냈다고는 도저히 믿겨지지가 않는 굉장한 결과이지 않은가.

실제로 적왕의 몸 안에선 평소엔 느낄 수 없었던 기묘한 힘이 느껴졌다.

'죽일 수밖에… 없군.'

강한 힘을 썼다는 건 그만큼 빈틈이 크다는 뜻이기도 할 터.

무진은 곧장 몸을 띄워 아직 내려친 앞발을 회수하지 못한 적왕의 턱을 힘차게 올려 찼다.

빠악!!

컹……!

몸을 부르르 떨며 뒤로 세 보 물러서는 적왕.

무진은 쉴 틈을 주지 않고 곧장 앞으로 달려들었다. 이번엔 적왕의 품속으로 파고들었다. 마겸은 뽑지 않았다. 손가락을 붙여 꼿꼿하게 편 추장(錐掌)의 형태로 팔꿈치를 최대한 뒤로 뺐다.

파산장(破山掌).

나찰문의 본신 무공에는 들어가지 않지만, 혹시 모를 근접전을 대비해 배워둔 일류무공이다.

권법의 기기묘묘한 묘리들은 모두 필요없는 일. 활시위를

당기듯 배근(背筋:등 근육)을 최대한 수축시킨 뒤 오로지 추(錐)
와 탄(彈)의 묘리로 산[山]이 부서질[破] 만큼 강맹한 힘을 뿜어
낸다.

그것이 파산장.

일호십장(一呼十掌). 한 호흡에 열 번의 장을 뻗어내는 파산
장 십성 경지가 무진의 손끝에서 화려하게 터져 나갔다.

파파파파파팡!!

크… 어엉……!

폭죽이 터지는 듯한 굉음.

갈비뼈가 박살 나고 살갗이 터져 나갔다.

아무리 강력하다고 한들 미물은 미물에 불과할 터.

십연타(十聯打).

파산장의 경력(經力)에 내부가 짓이겨진 적왕은 더 이상 버
티지 못하고 바닥으로 풀썩 쓰러져 버렸다. 광기에 불타던 적
안이 서서히 빛을 잃고, 쩍 벌린 입에선 시뻘건 선혈이 줄줄
흘러내렸다.

무진은 꼿꼿이 서서 그런 적왕을 가만히 내려다보았다.

"동물의 몸에서 마기라니… 대체 그자들이 무슨 짓을 한
거지?"

적왕은 놀랍게도 마공을 익히다가 폭주한 마인들처럼 온
몸에서 마기를 뿜어내고 있었던 것이다.

아무리 생각해도 이해가 가지 않는 일이었다. 무진이 자세

히 살펴보기 위해 다가가려는데 갑자기 죽은 줄 알았던 적왕
이 덜컥 고개를 들었다.

그어어…….

기묘한 신음이 흘러나온다. 무진은 재빨리 뒤로 물러서서
거리를 벌렸다. 분명히 숨이 끊어졌는데 대체 어찌 된 일일
까?

적왕은 생기가 모두 사라진 눈으로 입을 쩍 벌리더니 콜록
콜록 기침을 해대고 있었다.

크헝! 크헝…….

새빨간 선혈이 주르륵.

핏물이 낀 송곳니 사이로 주먹만 한 물체가 동굴 바닥에 툭
떨어졌다.

애벌레처럼 꿈틀거리는 징그러운 모습.

직접 보는 것은 처음이지만 무진은 곧바로 그 정체를 알 수
없었다.

"혈마고!"

저런 기괴한 존재가 세상에 또 있을 리 없지 않은가.

피에 번들거리는 몸체가 점점 부풀어 오르고 있었다. 주먹
만 하던 것이 참외만 하게, 그리고 참외만 하던 것이 호박만
하게.

끼긱— 끼긱—

부풀어 오를 대로 부풀어 올라 이젠 스스로 기괴한 소리를

토해내기 시작하는 혈마고.

무진의 얼굴에 처음으로 다급한 표정이 떠올랐다.

혈마고의 자폭이 치명적인 전염성을 가지고 있다는 건 이미 알고 있는 바. 이 앞에 있다간 꼼짝없이 당할 판국이다. 찰나의 순간 수많은 생각이 떠올랐다.

어찌해야 하는가?

어떻게 피해야 하는가?

끼기긱—

그런 무진의 고민을 비웃듯 몸을 빵빵하게 부풀리는 혈마고.

그리고,

퍼엉—!

붉은색 핏덩이가 사방으로 비산했다.

第四章
정무관의 혈사(血事)

치이익—!

어두운 암동 속에서 피어오른 탁한 연기가 안을 가득 메우고 있었다. 혈마고의 자폭, 그 직후에 벌어진 일이다.

혈마고의 체액은 닿는 것을 뭐든지 녹여 버렸다. 체액이 닿은 동굴 벽은 진흙처럼 녹아내렸고, 질긴 적왕의 가죽엔 벌겋게 달아오른 쇠꼬챙이로 찌른 것처럼 구멍이 숭숭 뚫려 버렸다.

경악하지 않을 수가 없었다.

어찌 미물의 체액이 단단한 암석을 녹인단 말인가!

더군다나 혈마고의 체액이 이런 일을 벌일 수 있다는 것도 금시초문이었거늘.

오행으로 따지자면 극에 이른 화(火).

만약 사람이 맨몸으로 뒤집어쓴다면, 혈마고에 감염되는 걸 걱정하기 이전에 온몸이 타버리는 것을 먼저 걱정해야 할 판국이었다.

스르륵, 쿵.

"콜록… 콜록……."

석상처럼 우뚝 서 있던 적왕이 바닥으로 스르륵 미끄러져 내리면서 그 뒤에 숨어 있던 그림자가 모습을 드러냈다. 혈마고가 폭발하던 순간, 재빨리 적왕의 뒤로 숨는 덕분에 화(禍)를 면한 무진은 벌겋게 달아오른 얼굴로 연신 기침을 내뱉었다.

"쿨럭! 적왕, 네가 날 살리는구나."

혈마고가 자폭할 때 적왕의 시체가 없었다면 무진도 무사하진 못했을 것이다. 단단한 바위도 진흙처럼 녹여 버리는 독기라면 아무리 나살충충공의 공력으로 몸을 보호해도 피부가 처참하게 타버렸을 게 분명했다.

'이럴 줄 알았으면 살아 있을 때 조금 더 잘해줄 걸 그랬구나.'

적왕이 살고 있는 곳이 질 좋은 오동나무의 서식지이다 보니 무진이랑은 사사건건 부딪치고 으르렁거렸었다. 영리한 놈인지라 목숨 걸고 덤비진 않았지만, 괜히 다 정리해 둔 목재를 밀어서 무너뜨리고 무진이 나무를 하는 곳에 영역 표시를 해놓는 등 방해를 일삼았던 것이다.

물론 무진도 가만히 있지는 않았다.

적왕이 눈에 보일 때마다 후다닥 쫓아가서 겁을 주고, 한동안 사냥을 나올 수 없도록 일부러 동굴 바로 앞에 있는 나무를 며칠간 베기도 했다.

이렇게 처참하게 죽을 줄 알았다면 그렇게 괴롭히지 말고 좀 더 잘해주는 건데…….

안타까운 마음이 드는 것을 막을 수가 없다.

'그런데 도대체 그 마인들, 혈마고에 무슨 짓을 한 거지?'

무진은 시뻘겋게 변해 버린 적왕의 눈을 보며 심각한 표정이 되었다. 사부 종리단에게 들은 이야기 중에도 혈마고가 이런 독기를 가지고 있다는 것은 없었고, 소위 '토지신의 저주'라 불리는 마을에서 일어난 죽음 중에도 이런 식의 일은 없었다.

그저 혈마고가 폭발했고, 피가 묻어서 불쾌해했을 뿐.

만약 이런 식으로 그 폭발 자체가 참사를 일으켰다면 아마 지금쯤 구산마을의 주민들은 대혼란에 빠져 있을 것이다.

'그자들이 변형을 시켰다는 이야기겠지. 연구 장소는… 이곳이 아냐. 이곳에선 오래 머물지 않았어. 여긴 그저 실험장일 뿐이다. 혈마고가 자라려면 물, 강한 음기(陰記), 그리고 여왕혈마고가 필요하다. 그렇다면, 그래, 정무관의 우물. 그 옆에 우물을 뚫으면서 만든 작은 밀실이 있었지. 산란장과 번식장은 그곳이 분명해. 그렇게 생각하면 아이들의 몸속에 혈마고의 알이 들어간 것도 이제 이해가 된다.'

쭉쭉 뻗어나간 생각들이 정확한 결론에 도달하는 것은 그리 오래 걸리지 않았다. 무진은 적왕의 눈을 감겨준 뒤 동굴 입구로 빠져나와 바닥에 있는 흔적을 눈으로 쫓았다.

'두 명이 들어왔고, 두 명이 나갔다. 분명해. 이곳에서 실험을 하다 마인의 신호를 보고 그쪽으로 나간 거다.'

동굴 입구에 남겨진 흔적은 누군가가 직접 눈으로 본 것만큼이나 정확했다.

본래 무림의 고수든 평범한 농민이든, 쫓아가는 사람이 무엇을 보고 쫓아가는지를 모르면 다 똑같은 법이다.

마인들은 나름대로 경신술을 써서 발자국을 남기지 않으려 했지만, 짓밟힌 풀잎, 꺾인 나뭇가지가 그들이 간 방향을 정확히 가리킬 거라곤 상상도 못했을 게 분명했다.

무진은 결론을 내렸다.

마인은 세 사람.

그리고 그들이 간 방향은…….

"…징무관. 결국 거기군."

무진은 자신의 예상이 맞았다고 기뻐해야 할지, 아니면 착잡하게 생각해야 할지 모르겠다는 듯한 표정을 지었다.

잠시 후, 그의 몸이 바람처럼 사라졌다. 오동나무 옆의 갈

림길. 일행이 기다리는 그곳을 향해.

＊　　　＊　　　＊

"대체 어딜 갔다 온 거야!"

목소리를 낸 것은 진린린 한 사람이었지만, 그건 모두의 심정을 대변한 것이나 마찬가지였다. 무진은 약속대로 일각 안에 다시 돌아왔으나, 일각이라는 시간은 얼핏 보기엔 짧아 보이지만 막상 아무런 일도 하지 않고 그냥 기다리기엔 턱없이 길게 느껴지는 시간이다. 방쾌성과 금주태, 심지어 무진의 편을 들었던 진린린과 유원조차 미미하게 얼굴이 굳어져 있었다.

"숨겨진 흔적을 쫓아갔었어."

"뭐? 그럼 당연히 같이 갔어야지!"

"어차피 아무도 없었다. 그리고 내 생각엔… 지금 그 마인은 정무관으로 돌아갔을 확률이 높아."

무진의 담담한 목소리에 방쾌성이 버럭 소리를 질렀다.

"말도 안 되는 소리! 그럴 거면 왜 이곳까지 도망쳤겠어!"

"…정말 몰라서 묻는 건가?"

무진은 피식 웃는 듯한 표정을 지었다, 비웃음이 나온다는 것을 상대에게 알려주기 위해.

"뭐, 뭐라고?"

"정무관이 본거지였으니 그곳에 모든 게 남아 있을 테지. 이쪽으로 온 건 눈속임에 불과했다."

"눈속임?"

"그래."

"하! 그걸 어떻게 믿나? 네가 그놈과 한패라서 괜히 우릴 엉뚱한 방향으로 끌고 가는 거 아냐?"

방쾌성은 의심스런 눈빛을 던지며 고래고래 소리를 질렀다.

무진의 눈빛이 차가워졌다.

봐주는 것도 한두 번이지, 계속해서 이런 식으로 시비를 건다면 굳이 참아줄 이유가 없다. 무진이 앞으로 나서려고 마음먹는 순간, 유원이 재빨리 방쾌성을 뜯어말렸다.

"쾌성! 말이 심하다!"

"흥! 말이 심하긴 누가!"

"소협이 없었다면 우리가 지금 살아 있기라도 할 것 같은가!"

방쾌성은 삐딱한 목소리로 반박했지만, 그도 유원의 준엄한 외침엔 대꾸할 말이 없는 듯 노려보던 시선을 돌렸다.

일장(一掌)을 날리려던 무진도 손에서 힘을 뺐다.

'이대론 안 되겠군.'

무진은 이 일을 빨리 마치고 사라지는 게 좋겠다고 생각했다. 굳이 번거로운 오해를 받기 싫어서 이들과 함께하는 것인데, 오히려 함께 있을수록 더 큰 오해가 생기니 이대로 있다 간 큰 싸움이라도 날 것 같았다.

무진은 몸을 돌려 흔적이 이어진 방향으로 걸음을 옮겼다.

"이쪽으로."

"잠깐, 소협. 그쪽은 우리가 올라온 방향이 아니잖소?"

"마인은 이쪽으로 갔다. 그리고 이 길로 가는 것이 정무관 으로 가기엔 더 빨라."

무진이 몸을 날리고, 남은 네 명의 추마대원도 제각각 경신 술을 발휘해 그의 뒤를 쫓아가기 시작했다.

추마대원들은 모두 일류를 훌쩍 넘은 무인들이지만, 그들 이 아무리 빨리 달려도 마치 몸이 한 치 정도 공중에 떠 있는 것처럼 부드럽게 움직이는 무진을 따라잡기란 요원했다. 땅 위로 구불구불하게 튀어나와 있는 두꺼운 나무뿌리도, 뾰족 뾰족한 돌길 위로 커다랗게 솟아 있는 바위도 무진의 속도를 느리게 하진 못했다.

너무나 능숙하게 산을 타고 내려가는 무진을 보며 뒤따르 던 유원의 표정이 진지하게 굳어졌다.

'대체 저런 사람이 어디서 나타난 걸까? 저 나이에 저런 경 지, 그리고 싸우는 모습도 그렇고 경신술도 그렇고, 사대조장 에 조금도 뒤처지지 않는 듯한……. 아니, 아니지. 내가 너무 과민한 것인가?

유원은 과하다고 생각하며 상념을 걷어내기 위해 고개를

저었지만, 한번 떠오른 생각은 좀처럼 머릿속에서 사라지질 않았다.

추마대의 사대조장 수준이라니, 지나친 생각이다.

유원은 고개를 젓고 또 저었다.

그러는 사이, 무진은 어느새 산자락을 거의 다 내려가고 있었다.

가파르던 산길의 경사가 완만해지고, 마을의 울타리 너머로 정무관의 나지막한 담장이 눈에 들어왔다.

일행의 눈에 기대감과 불안이 차올랐다. 참담한 현장이 되어 있는 정무관. 동료들의 목숨을 앗아간 그곳에 그들은 또 한 번의 전투를 위해 돌아온 것이다.

스윽.

"음!"

"어?"

추마대원 네 사람에게서 각각 의아한 목소리가 흘러나왔다.

정무관의 담장까지 불과 열 보 정도 남겨놓은 곳에서 갑자기 무진이 걸음을 멈춘 것이다.

"이곳에서 기다려."

"아니, 무진 소협. 그게 무슨 말이오?"

유원은 어느새 진린린에게서 무진의 이름을 들은 듯 친근하게 물어왔다.

"마인은 하나가 아니야."

"하나가 아니라니? 그렇다면 마인에게 방수(幇手:조력자)가 있다는 것이오?"

"그래."

"허어!"

유원의 얼굴엔 경악이 가득했다.

"그런데 소협은 그걸 어찌 아셨소?"

"아까 그 오동나무가 있는 공터에서 사람의 흔적을 발견했어. 그 셋은 함께 정무관으로 내려왔지. 아마 안에서 뭔가를 꾸미고 있을 거야."

유원의 표정이 난감해졌다.

"셋이라니. 하나도 힘든데 셋이라……."

"무공 수준은 모르겠지만, 패마의 마인 곁에 있는 자들이니 아마 비슷한 경지에 있지 않을까 싶은데."

"……."

"그러니 기다려. 내가 가서 살펴본다."

대답도 듣지 않고 뚜벅뚜벅 걸음을 옮기기 시작하는 무진은 자신의 말이 이루어질 거라는 것에 추호도 의심을 갖지 않는 것처럼 보였다.

진린린과 유원이 서로 시선을 교환하며 난감한 표정을 지었다. 길을 이끄는 사람이 저렇게 말하면 그들은 어떻게 해야 하는 것일까?

그때, 방쾌성이 느닷없이 무진의 뒤로 따라나섰다.

"거기 서!"

"…뭐지?"

"그딴 식으로 한마디 던져 놓고 가면 우리가 그대로 따라 줄 거라고 생각하는 건가? 우리 일을 대신해 주니 고맙다고 절이라도 하면서? 하! 웃기는 소리! 이건 우리 일이다. 저곳에서 참혹하게 죽은 건 우리 동료들이고, 그에 대한 복수도 우리가 해야 할 일이야! 게다가… 우리를 기다리게 해놓고 이대로 혼자 슬쩍 마인들과 도망이라도 치면 그땐 어떻게 하라고?"

가슴을 쭉 펴고 말하는 방쾌성의 눈빛은 아직까지도 무진에게서 의심을 풀지 않은 듯 마치 언제라도 배신할 놈을 보는 듯한 살기등등한 기운을 품고 있었다.

"착각이 심하군."

"뭐?"

"고마워할 필요도 없고, 그런 건 바라지도 않는다. 여기 있으라는 건 나를 위해서다. 마인이 셋이나 있다면 나약한 사람을 신경 쓸 여력이 없어. 내가 싸우는 데 방해가 되니 여기에 있으란 말이다."

방쾌성의 얼굴이 벌겋게 달아올랐다.

그들도 무인. 칼끝에 목숨을 걸고 자존심에 죽고 사는 게 무인일진대, 이 이상 모욕을 참을 수 있을 리가 없었다. 옆에 있는 금주태를 한 번 힐끗 바라 본 방쾌성은 허리춤에 차고 있던 장검에 손을 얹었다. 그의 몸에서 살기가 흘러나왔다.

"네놈……!"

쩌엉!

"……!!"

하지만 이번에도 방쾌성은 검을 뽑지 못했다.

방쾌성이 검집에 손을 얹는 순간 흑요석처럼 새카만 눈동자를 부릅뜨고 번쩍 안광을 토해낸 무진. 그의 발이 무려 반 자 가까이 발밑의 바위를 파고든 것이다.

"아……!"

모두의 입이 쩍 벌어졌다.

무진이 밟은 것은 바위 형상의 진흙이 아니라 진짜 '바위' 였다.

척 보기에도 매끈하게 윤기가 흐르는 것이 대리석 못지않게 단단해 보이는데 그런 바위에 발자국을 남긴 것이다. 거미줄처럼 금이 간 바위는 이내 무진이 밟고 있던 곳을 제외하곤 폭삭 부서져서 바닥으로 쏟아져 버렸다. 저런 신위를 보이려면 내공이 얼마나 있어야 하는 것일까. 아마 적어도 한 갑자 이상의 내공이 필요할 것이 분명했다.

"이 바위를 나처럼 부술 수 있나?"

"……"

"없다면 이 자리에서 꼼짝 말고 있어라. 만약 내 경고를 무시하고 정무관 안에 들어온다면… 목숨은 보장할 수 없다. 정 죽고 싶다면 들어와라.”

나직한 목소리였으나 그 안엔 서릿발 같은 위엄이 깃들어 있었다. 시뻘겋게 달아올랐던 방쾌성의 얼굴이 순식간에 밀랍처럼 창백하게 질려 버렸다.

무림은 힘의 세계.

무진은 지금 그에게 나보다 강하면 들어오고, 아니면 들어오지 말라는 엄포를 놓은 것이다.

“당신…….”

“너도 마찬가지다. 이곳에서 기다려.”

진린린에게 단호하게 못을 박은 무진은 몸을 돌려 정무관의 담벼락을 뛰어넘었다. 군더더기가 없는 몸놀림이었다. 진린린의 입에선 한숨이 새어 나왔다.

“이게 대체 어떻게 돌아가는 건지…….”

진린린의 그 말은 이번에도 역시 모두의 심정을 대변하고 있었다.

*　　　*　　　*

정무관의 연무장에 도착한 무진은 심유한 눈빛으로 주변을 찬찬히 살펴보았다. 연무장의 모습은 그가 나갔을 때와 똑같았다. 코를 마비시키는 듯한 진한 피 냄새, 켜켜이 쌓여 있는 참혹한 주검들, 폭우가 온 다음날의 마당처럼 웅덩이를 이루고 있는 핏물.

"조용하군."

처참한 정무관의 모습과는 반대로 마을의 공기는 아무 일도 없었다는 듯이 고요했다.

누군가가 정무관 안으로 들어왔었다면 아마 이렇게 조용하진 못할 것이다. 온 마을 사람들이 몰려나오고, 어쩌면 관병들까지 올 수도 있었을 터. 최대한 목격자를 줄여야 하는 무진으로선 다행스런 일이 아닐 수 없었다.

저벅저벅.

무진의 걸음이 연무장을 지나 정무관의 관주실로 향하기 시작했다.

관주실은 대문 앞에 있는 접객실과 조금도 다를 게 없었다.

낡은 대청, 칠이 다 벗겨진 허름한 기둥, 그리고 색이 바랜 기왓장까지.

모든 것은 무진이 이곳을 떠나던 날, 십 년 전의 그날과 조금도 다를 게 없었다.

'그날 이후 처음… 인가?'

무진은 삐걱거리는 창호문을 열고 관주실 안으로 들어갔다. 관주실 안은 어두웠다. 아직 해가 지지 않았음에도 창이란 창은 모두 닫히고 호롱불 하나 켜두지 않은 관주실은 깊은 동굴 속처럼 어둡고 음습했다.

무진은 무표정한 얼굴로 갑작스레 박쥐가 튀어나와도 이상하지 않을 듯한 분위기 속을 걸어갔다.

"콜록… 콜록……."

무진의 눈빛이 살짝 흔들렸다.

침상에서 흘러나오는 기침 소리가 귀에 익숙했던 것이다.

"누구? 콜록… 콜록……."

정무관의 관주 이무혁은 초췌한 얼굴로 무진을 바라보고 있었다. 소박한 침상 위, 볼은 홀쭉하게 말랐고 눈 밑은 푹 꺼진 게 영락없이 해골이나 다름없었다.

무진은 침상 앞으로 다가가 무심한 목소리를 내뱉었다.

"아직 안 죽었네?"

"콜록… 콜록……. 음? 너, 그 말투……."

반쯤 죽어 있던 관주의 눈빛에 서서히 생기가 돌아왔다.

"무진! 무진이구나!"

"내 목소리만 듣고도 알아?"

"안다, 알아! 그 목소리를 어떻게 잊겠… 쿨럭쿨럭!"

흥분해서 소리치던 관주가 힘이 부치는지 피를 토할 듯 기침을 해댔다. 무진의 눈빛이 깊어졌다.

'폐에 하기(火氣)가 침범했다. 아직 피를 투할 단계는 아니지만, 이미 숨을 쉬기가 힘들 정도로 몸이 상했어. 이젠… 피를 토하면 죽어.'

심연보다도 깊어진 무진의 눈빛을 아는지 모르는지 관주

는 손을 내밀어 무진의 손을 잡으려 했다.

꾸욱.

무진은 피할 수 있었지만, 그저 관주가 손을 움켜쥐는 대로 가만히 있었다.

"천지신명의 돌보심이다. 결국 마지막에 너를 보고 가는구나."

"천지신명은 무슨."

"콜록… 콜록……. 그 비뚤어진 말투는 여전하구나. 명심하거라. 운명과 천의(天意)를 믿지 않는 자는 그 이상의 대가를 치르는 법이다."

초점이 사라진 눈. 꺼져 가는 생기를 붙들고 하는 말이라서 그럴까?

시골 무관의 겁 많고 능력없는 관주치곤 그 말에 깃든 현기(賢氣)가 웬만한 도력 높은 도인 못지않았다.

"천의? 무슨 천의? 당신을 이런 몰골로 저승에 보내는 천의?"

"허허… 쿨럭쿨럭… 아쉬우냐?"

"……."

"이미 십 년 전에 내가 할 일을 다 했으니 사실 이렇게 시간을 준 것만으로도 감사할 따름이지."

염화미소(拈華微笑)라고 했던가?

석가(釋迦)가 들어 올린 연꽃에서 진리를 깨달은 가섭(迦

葉) 존자처럼, 관주의 미소를 보는 순간 무진은 그의 말뜻을 대번에 알아챌 수 있었다.

'십 년 전……'

그 당시 무진의 나이 여덟 살.

관주는 지금 정무관의 광경과는 비교도 안 될 만큼 처참한 공간에서 무진을 데려왔었다. 총각이 애를 데리고 살긴 힘드니 정무관을 세우고, 능력이 없어서 지나가던 개도 안 먹을 식사를 밥으로 주는 형편에 오지랖 넓게 근처의 고아들을 끊임없이 데려왔었다.

그리고 그런 주제에, 무진을 살마 종리단에게 연결시켜 준 것도 바로 이 사람이다.

"내가 고마워할 것 같아?"

무뚝뚝한 무진의 말에 관주의 미소가 더욱 짙어졌다.

"예전과 똑같구나. 겉은 얼음조각상 못지않게 차가우면서 속은 누구보다도 뜨겁지. 부루퉁한 말투로 정나미 떨어지는 말을 하지만 사실 속으론 그 사람이 상처를 입진 않았을까 고민하는… 쿨럭… 쿨럭……!"

"헛소리를 하니까 하늘이 천벌을 내리는 거야."

"쿨럭… 쿨럭… 허허, 그런 모양이다……, 쿨럭… 쿨럭……!"

손을 붙들고 있던 관주의 손아귀에서 서서히 힘이 빠져나간다. 관주의 눈빛이 꺼지기 직전의 촛불처럼 희미해진 것을 보며, 이번엔 무진이 그의 손을 꽉 움켜쥐었다. 마치 육체에서 빠져나가려는 그의 혼백을 붙잡으려는 듯이.

"부탁… 하나만……."

"말해."

"죽으면… 불을… 몸에서 벌레는… 싫은……."

"알았어."

무진은 천천히 고개를 끄덕였다.

"노사에게… 안부… 너는… 최고… 무를……."

"그것도 알았어."

"미안… 했……."

무진이 꽉 붙들고 있던 손에서 이젠 완전히 힘이 빠져나갔다. 관주의 몸이 축 늘어졌다. 눈에선 빛이 사라졌고, 가쁘게 헐떡이던 가슴이 움직임을 멈췄다.

구산마을에서 가장 오지랖이 넓던 사내.

고아만 보면 무슨 수를 써서라도 데려와 맛없는 밥이나마 입에 넣어줘야 직성이 풀리던 사람.

정무관의 관주 이무혁. 그의 생이 마감되는 순간이었다.

"……."

무진은 관주의 손을 놓지 않은 채로 한참 동안이나 제자리에 서 있었다. 여전히 무표정한 얼굴이었지만 그의 눈빛만큼은 혼란스럽게 흔들렸다.

상실감, 격정, 슬픔.

그런 것은 모른다.

죽음이란 것은 여덟 살 때부터 익숙한 일이었지만, 그럼에도 지금 보고 있는 광경은 그의 가슴을 들끓게 만드는 무언가가 있었다.

"큭큭. 이거야 원, 너무 감동적이라서 눈물 없이는 못 보겠군."

철컹.

저절로 문이 닫히고 문 앞의 천장에서 한 사람이 뚝 떨어져 내렸다. 각진 얼굴, 사나운 눈매, 시뻘건 눈동자, 사라져 버린 오른팔과 쩍 갈라진 등판에서 나오는 피로 범벅이 되어 있는 사내.

무진에게 패퇴하여 구산 쪽으로 도망쳤던 마인이 모습을 다시 드러낸 것이다.

"이봐, 어르신이 말씀을 하시면 쳐다보는 게 도리지."

"……."

"어이, 사람 말이 말 같지가 않나?"

우웅—

마인. 채건양의 하나 남은 손에서 붉은색의 강기가 모습을 드러냈다. 당장에라도 달려들 듯 위협적인 불꽃이 넘실넘실 솟아올랐다.

그럼에도 무진은 돌아보지 않는다.

무시당했다고 생각했는지 채건양의 눈에서 살기가 폭사

했다.

"너 이 자식……."

"혈마고는 어디에 있지?"

호흡을 끊는 듯한 무진의 목소리.

처음엔 분노하는 표정이었던 채건양의 얼굴이 이내 경악으로 굳어졌다.

"아니, 잠깐! 네놈! 어떻게 혈마고란 이름을……!"

"네가 아닌가? 다른 동료가 가지고 있나?"

"……!"

"나머지 둘, 그들은 어디에 있지?"

무진의 목소리엔 확신이 깃들어 있었다.

채건양은 모른다.

무진이 얼마나 높은 수준의 추종술을 익혔고, 그 흔적만으로도 얼마나 많은 정보를 얻어낼 수 있는지.

그의 입장에선 무진은 그들의 정체를 아는 걸로밖에 느껴지지 않았다. 채건양의 얼굴색이 시시각각 변하더니 마지막엔 침중한 표정이 되었다.

"네놈, 정체가 뭐냐? 구룡성에서 왔나, 아니면 혈신교? 우리 형제들이 이곳에 있다는 건 어떻게 알았지?"

"……."

"말이 필요없다는 건가? 큭큭. 하긴, 그렇겠지. 미안하지만 나도 순순히 당해줄 수는 없다."

채건양이 손가락을 튕겨 소리를 냈다. 그와 동시에 관주실의 사방에서 기묘한 소리가 들려오기 시작했다.

사각, 사각, 사각, 사각……

종이를 찢는 소리 같기도 하고, 생쥐가 나무를 갉아먹는 소리 같기도 했다.

분명한 건 숫자가 많다는 것이다.

천지사방 도망칠 곳은 없었다. 관주실 안은 눈 깜짝할 새 시뻘건 몸체의 혈마고로 발 디딜 곳이 없어져 버렸다.

"큭큭큭큭! 대단하지 않나?"

채건양은 자신의 자식을 자랑하듯 큰 소리로 웃었다.

그리 크지 않은 공간에 주먹만 한 애벌레들이 사방을 가득 메운 광경.

보통 사람들에겐 혐오스럽기 그지없는 광경일 테지만, 채건양에겐 천군만마를 얻은 듯한 자신감을 불어넣어 주었다.

"이걸 그냥 보통 혈마고라고 생각했다가는 큰코다칠걸? 우리 형제들이 진화시킨 이 진(眞)혈마고는 몸에 닿기만 해도 피부를 태우고 상대에게 온몸이 찢어지는 듯한 고통을 준다. 그리곤 몸 안에 들어가서 내장과 혈액을 다 빨아먹지. 큭큭. 아무리 네놈이 고수라 해도 이 모든 혈마고를 피할 수는 없을 거다!"

채건양은 앙천광소를 터뜨렸다.

그의 눈에 비친 무진의 모습은 다 잡은 물고기요, 감옥에 갇힌 무력한 사형수나 다름없었다.

그가 어찌 상상이나 할 수 있었겠는가.

무진이 그의 말을 다 듣고도 동요하지 않고 앞으로 성큼 걸어나올 줄은. 그리고 맨손을 뻗어 스스로 혈마고 한 마리를 움켜쥘 줄은 말이다.

"무, 무슨……!"

진액이 번들거리는 혈마고를 손에 올려놓고도 미동도 하지 않는 무진을 보며 채건양의 두 눈이 찢어질 듯 부릅떠졌다. 집채만 한 불곰도 거품을 물고 쓰러질 고통일진대, 무진은 그저 고개만 살짝 갸웃했을 뿐 태연한 표정이었다. 그는 실망한 듯한 얼굴로 삼매진화(三昧眞火)를 일으켜 애벌레를 태워 버렸다.

"어, 어떻게……? 진액 때문에 신경을 칼로 찢는 듯한 극한의 고통이 가해졌을 텐데……!"

"난 고통에 강해."

"……!"

"이만 죽어라. 난 할 일이 있어."

무진은 상체에 둘둘 감아두었던 묵원삭을 풀어내고, 그 끝에 운겸을 매달았다. 가슴에서 들끓는 뜨거운 감정을 담아 휘두르는 손끝에 힘을 더했다.

추비무한연옥십팔로(追翡無限煉獄十八路)!

운겸(雲鎌)!

제이로 삭풍쇄혼(削風碎魂)!

촤자자자자작!!

휘두르는 묵원삭은 바람이요, 그 끝에 달린 운겸은 더없이 날카로운 칼날이었다.

그야말로 삭풍.

베고 깎아내는 극예(極銳)의 바람처럼, 무진의 몸 주변을 둥그렇게 둘러싼 하나의 겸막(鎌幕)은 그 범위 내로 들어오는 모든 것을 깎아내고 부수고 처참하게 잘라냈다.

푸화악─!

"아, 안 돼!!"

꿈틀거리며 다가가던 진혈마고들이 한 점의 육편이 되어 갈기갈기 찢어졌음은 당연한 일이었다. 바깥쪽에 있던 진혈마고들이 몸을 부풀려 독액을 터뜨렸지만, 심지어는 그 독액마저도 겸막을 뚫지 못하고 애꿎은 바닥만 녹여 버렸다.

완벽한 방어를 만드는 것과 동시에, 일정한 공간 안에선 더없이 강력한 멸살(滅殺)의 공격 초식.

그것이야말로 추비무한연옥십팔로 제이로 삭풍쇄혼의 힘이었다.

"안 돼─!"

채건양은 찢어지는 듯한 비명을 지르며 앞으로 달려들었다.

그들 삼형제가 평생 동안 이뤄낸 업적이 한순간에 무너지고 있는데 흥분하지 않을 수가 있겠는가.

그의 왼손에서 전력을 다한 홍사수 강기가 뿜어지고, 시뻘건 강기가 사방을 몰아치는 운겸의 칼날에 직접 들이밀어졌다.

까앙!! 콰과광!

"크윽……!"

무진의 나살충충공은 파사(破邪)의 무공.

단번에 홍사수 강기가 박살 나며 채건양의 손바닥이 찢어졌지만, 그는 거기서 그치지 않고 광기로 눈을 번뜩이며 무진이 서 있는 관주실의 바닥을 장력으로 후려쳐 버렸다.

우지직!

나무 바닥이 힘없이 박살 나는 것과 동시에, 무진의 신형이 구름처럼 위로 솟아올랐다.

무진의 눈이 번쩍 빛났다.

무공만 강하다고 싸움에서 이길 수 있는 것이 아니다. 지금도 분명 무공은 무진이 더 강했건만, 채건양은 어찌되었든 그의 공격을 중단시키지 않았던가.

상황이 많이 불리함에도 어떻게든 삭풍쇄혼을 막아내는 임기응변.

패마의 경지에 오른 마인. 절정의 무력이 그곳에 있다.

"키하아앗—!"

쒜에엑—!

공중에 몸을 띄운 무진에게로 채건양의 손바닥이 포탄처럼 쏘아졌다.

이번엔 강기가 보이지 않는다.

맨손 백타(百打). 마기로 만들어내는 강기가 속절없이 부서지는 것을 보았으니, 이젠 순수한 무공으로 무진을 노리는 것이다.

무진은 건곤일위강의 신법을 이용해 몸을 비틀어 공격을 피하고, 관주실의 천장을 발로 차버렸다.

쾅!

나무기둥이 부러질 듯 흔들리는 것과 동시에 무진의 몸이 그 반발력으로 쏜살같이 바닥으로 내리꽂혔다.

"헛……!"

아직 몸을 추스르지도 못한 채건양의 입에서 놀란 경호성이 튀어나온다.

코앞의 바닥에 떨어진 무진은 장난을 치듯 가벼운 몸놀림으로 잡고 있던 쇠사슬을 흔들었다.

차르르륵—!

운겸이 연을 날리는 것처럼 천장 근처를 한 바퀴 빙 도는 것과 동시에 채건양의 왼팔이 쇠사슬에 칭칭 감겨 버렸다.

"크아앗……!"

채건양은 발악하듯 몸을 비틀었지만 지난번과 똑같이 한 번 감긴 쇠사슬은 절대로 풀리지가 않았다.

다른 점이 하나 있기는 하다.

지금의 채건양에겐 쇠사슬에 감긴 팔을 잘라 버릴 반대쪽 팔이 존재하지 않았다.

"이놈! 이 찢어 죽일……!"

"조용히 해."

무진은 왼팔을 칭칭 감은 쇠사슬을 퍽 소리가 날 만큼 한 번 강하게 잡아당긴 뒤 그 반동으로 채건양의 뒤로 돌아갔다.

절묘한 몸놀림. 건곤일위강의 묘리다.

채건양이 반항하려 했지만 좀 전의 일로 어깨가 빠졌는지 팔이 움직이질 않았다. 무진은 쇠사슬을 잡아당겨 강한 완력으로 짓눌렀다.

"커허……!"

재빨리 쇠사슬로 목을 한 바퀴 감아 마치 개의 목줄을 잡듯 왼쪽 손으론 채건양의 목을 잡았다. 꿈틀! 억눌린 신음 소리와 함께 발버둥이 멎는다.

싸움은 끝났다.

채건양은 움직일 수 없고, 상황의 모든 주도권은 무진이 가져갔다.

그걸 깨닫는 순간, 무진의 눈에서 뜨거운 기운이 올라왔다.

턱.

"무, 무슨 짓이냐!"

딱히 계산을 하고 한 일은 아니다.

무진은 본능적으로 오른쪽 손을 들어 채건양의 등 뒤의 명문혈(命門穴)에 갖다 댔다.

상칠하칠(上七下七).

척추의 중심에 있는 것이 명문혈이다.

중단전과 하단전이 소통하는 곳.

생명의 문[命門]이라는 이름처럼 점혈당하면 생명이 위험해지는 급소 중의 급소.

"하아아……."

무진은 가쁜 숨을 내쉬었다.

이곳에 있다.

정무관의 대문 앞에서부터 그를 끌어들이던 것. 다른 것은 보이지도 않은 채 오로지 이 마인만 눈에 들어오게 만들던 본능의 목소리.

굶주림의 끝에 산해진미를 만난 것처럼, 아름다운 여체를 앞에 둔 것처럼, 거부할 수 없는 흥분이 온몸을 휩쓸었다.

두근! 두근!

심장의 고동이 점점 커져 갔다. 마인의 명문혈과 무진의 손바닥의 노궁혈이 하나로 이어지는 순간, 머릿속에서 반쯤 잊고 있었던 진마흡정공의 구결이 떠올랐다.

취마정(取魔精) 섭마령(攝魔靈)

마정지정(魔精之精)

마기지령(魔氣之靈)

이원일원(二元一圓)

흡주진태(吸主眞泰)

천하지(天下地) 마신강림(魔神降臨)!

눈부신 불빛이 눈앞에서 번뜩였다. 거센 심장의 고동 소리
와 손끝에서 느껴지는 마인의 떨림이 하나로 합쳐졌다.

마치 자철석에 쇠를 갖다 대듯.

마인의 몸에서 흘러나온 거대한 마기가 손바닥 중앙의 노
궁혈을 통해 하천이 범람한 것처럼 쏟아져 들어왔다.

"아……!"

그것은 무진에겐 형용할 수 없는 기묘한 감각을,

"끄… 아아아악……!!"

마인 채건양에겐 형용할 수 없는 고통을 주었다.

노궁. 수삼. 곡택. 소해.

장강처럼 도도하게 이어진 거대한 기의 물길이 손바닥에
서 몸으로 이어지는 심경 요혈을 통해 중단전, 임독맥, 그 뒤
광활한 하단전으로까지 흘러들어 갔다.

투둑, 투두둑.

혈관이 터질 것 같다는 것이 이런 느낌일까?

무진이 만약 고통을 느낄 수 있는 사람이었다면, 아마 지금 바로 눈을 허옇게 까뒤집고 기절해서 쓰러졌으리라. 강제로 하단전이 넓혀지며 기혈이 부풀어 오르는 것은 온몸을 갈기갈기 찢는 것과 다를 바가 없었다.

거센 물줄기가 강제로 하천을 만들어낸다.

몸을 푸들푸들 떨게 만드는 거대한 충격.

하지만 동시에 무진은 그제야 모든 것을 이해할 수 있었다.

나살문의 무공이 외공과 중단전의 그릇을 키우는 쪽으로 치우쳐 있었던 이유.

이 년 가까이 아무리 혹독하게 수련해도 그의 무공이 더 이상 늘지 않고 있었던 원인.

어째서 사부가 하단전의 축기에는 조금도 관심을 주지 않고 오로지 '그릇'을 만드는 데만 집중했는지에 대한 해답.

흡정(吸精).

다른 마인의 마기를 흡수하는 진마흡정공이야말로 그 모든 답을 가지고 있었던 것이다.

우우웅―!

"스하아아……."

오랜 기다림의 보답이던가?

단 한 번의 흡정으로 육성에 불과했던 나살층층공이 팔성

성취로 껑충 뛰어올랐다. 무진은 지금 무공이 발전할 때만 느낄 수 있었던 '살아 있는 감각'을 한껏 만끽하고 있었다.

미친 듯이 두근거리는 심장이, 온몸으로 뻗어나가는 이 강력한 기의 흐름이, 마치 타는 듯한 갈증을 해소해 주는 시원한 물처럼 그 어느 때보다 그의 몸에 생기를 불어넣어 주고 있었다.

"카… 악……."

반대로 무진에게 모든 것을 빼앗긴 채건양은 순식간에 처참한 모습이 되었다.

새카맣던 머리카락이 순식간에 허옇게 세어버리고, 탄탄한 근육으로 둘러싸여 있던 육체는 홀쭉하게 뼈만 남은 해골 같은 모습으로 변해 버렸다.

괴사(壞死).

그동안 무공의 힘으로 지탱되던 육체가 순식간에 무너져 내리고 있는 것이다.

"커… 허어… 컥……."

곧 숨이 넘어갈 듯한 헐떡임.

바로 그때, 두 개의 인기척이 관주실을 향해 일직선으로 쏘아져 들어왔다.

"막내야—!"

콰자작!

관주실의 문이 네 쪽으로 박살 났다. 무진은 마인과 똑같은 적색 장포를 입은 두 명의 중년인이 무서운 표정으로 달려드는 것을 볼 수 있었다.

각진 턱, 가늘게 잡아 째진 날카로운 눈매.

두 사람의 얼굴은 방금 쓰러뜨린 마인과 한 형제인 양 서로 닮아 있었는데, 그들에게서 느껴지는 마기는 방금 쓰러뜨린 마인보다 더하면 더했지 절대로 못하지 않았다.

그의 예상이 맞았던 것이다.

마인의 동조자는 둘.

그것도 둘 다 똑같이 패마의 경지에 오른 절정의 마인들이었다.

"네 이놈—! 가만두지 않겠다!"

"우리 혈우삼마를 건드리고도 살아남을 수 있을 줄 아느냐!!"

두 사람은 혈육을 잃은 분노로 엄청난 살기를 뿜어내고 있었다. 그 살기를 느낀 것일까. 무진의 손에 개처럼 붙들려 있던 채건양이 마지막 회광반조(廻光返照)의 힘으로 입을 열었다.

"형… 님……. 흐… 흡………."

"막내아!!"

"흡저… 반드… 시… 원수……"

큰 상처를 입고 평생의 공력을 강탈당한 혈우삼마의 막내는 결국 그의 목을 죄고 있는 쇠사슬을 양손으로 꽉 붙잡은 채 마지막 유언을 남겼다.

털썩.

그리고 쓰러진다.

죽었다.

마인에게선 더 이상 생기가 느껴지지 않았다.

"막내야아―!"

혈우삼마의 큰형으로 보이는 자가 큰 소리로 울부짖었다. 그의 손엔 한 쌍의 붉은색 비도가, 뒤따르는 둘째의 손엔 커다란 참마도가 들려 있었다.

두 사람이 살기를 뿜어내며 달려든다.

절정에 오른 두 마인이 뿜어내는 기세는 그야말로 폭풍.

무진은 막내 마인의 몸에서 쇠사슬을 풀어낸 뒤 운겸을 들어 올렸다.

하나의 상대에 생각보다 애를 먹었다.

그런 자가 둘이라면, 만약 이 두 마인이 그자보다 강하다면 그는 위험해질지도 모른다.

'하지만 할 수 있다.'

지금의 그는 조금 전과 또 다르다.

무진은 냉정한 눈빛으로 쇠사슬과 운겸을 각각 양손에 나눠 들었다. 쇠사슬에 공력이 주입되며 묵원삭이 새카만 색깔로 변했다.

"자, 잠깐! 그건……!"

　달려오던 혈우삼마의 큰형이 다급한 목소리를 내뱉으며 황급히 멈춰 선 건 바로 그때였다.

　그는 무진이 들고 있는 운겸과 새카맣게 변한 묵원삭을 보더니 귀신이라도 본 것처럼 얼굴이 하얗게 질려 버렸다.

　"형님! 빨리 저놈의 모가지를 비틀지 않고 뭐 하는……!"

　"멈춰! 멈춰야 한다!"

　혈우일마는 다급하게 둘째의 걸음을 막더니 누군가를 찾는 것처럼 주변을 살폈다.

　"네놈……!"

　일마의 눈동자가 고민하는 것처럼 불안하게 데굴데굴 구른다. 무진은 가만히 그의 눈을 응시하고 있었다.

　부딪칠 것인가, 말 것인가?

　참지 못한 무진이 먼저 쇠사슬을 들어 올리려는 찰나, 관주실 밖에서 소녀의 것인지 소년의 것인지 모를 중성적인 목소리가 들려왔다.

　"적매! 황국! 이곳에 마인이 있다―!"

　추마대의 정예인 적매와 황국에게 외치는 듯한 목소리.

　그 뒤엔 마치 대규모의 병력이 달려오는 것처럼 바깥에서 다그다거리는 말발굽 소리가 들려왔다.

　고민하고 있던 일마의 얼굴이 순식간에 마음을 정한 듯 단호해진 것도 바로 그때다.

　"후퇴다!"

“형님!”

“후퇴다! 후퇴! 설명은 나중에 하마!”

일마의 손에서 번쩍 빛이 나는 듯싶더니 날카로운 비도가 가슴을 노리고 날아왔다.

챙!

황급히 쇠사슬을 칭칭 감은 손등으로 공격을 쳐냈으나 비도에 실린 경력이 만만치 않아 손목 언저리에 상처가 남아버렸다. 혈우일마는 무진이 쫓아갈 틈도 주지 않고 곧장 품에서 뭔가를 꺼내 바닥으로 집어던졌다.

퍼엉!

“쿨럭! 이런……!”

작은 폭발과 함께 숨을 턱 틀어막는 메케한 연기가 피어오른다.

무진은 당황했다. 그가 아무리 강하다 해도 무림 초출. 싸움 경험이 일천한 탓에 상대가 이런 수를 쓸 거라곤 생각도 못했던 것이다.

무진이 흐르는 눈물을 닦아내며 재빨리 손바닥으로 연기를 흩어냈으나, 이미 혈우삼마 중 두 사람은 연무장 안에서 흔적도 없이 사라져 버린 뒤였다.

“놓쳤나?”

적을 놓쳤다는 아쉬움, 싸움이 끝났다는 안도감.

무진은 그 두 가지 마음이 동시에 드는 것을 느끼며, 바닥에 떨어져 있던 비도를 주워 들었다.

혈우비(血雨匕).

도신에 새겨져 있는 이름과 거무튀튀한 적색을 띠고 있는 칼날이 범상치 않은 모습이다.

"무진… 소협……."

힘겹게 헐떡이는 목소리가 들려왔다. 무진이 혈우비를 품 안에 넣고 관주실 밖으로 나가자, 관주실 앞에 펼쳐져 있는 또 하나의 참상을 볼 수 있었다.

"결국 들어왔나?"

무진의 목소리는 냉랭했다.

피투성이가 된 채로 힘겹게 서 있는 것은 유원.

그리고 처참한 모습으로 바닥에 널브러진 시체 두 구는 시종일관 무진에게 적대감을 표현하던 방쾌성과 금주태라는 이름의 두 청년일 게 분명했다.

"쾌성과 주태는… 결국 납득하지 못하고 담을 넘었소."

"죽으러 왔군."

"…맞는 말이오. 지금 생각해 보면 먼저 간 동료들을 따라 가려고 일부러 그랬는지도 모르겠소."

유원의 목소리엔 자괴감이 가득했다. 아무리 그들이 죽고 싶어했어도 그가 억지로라도 지켜줬어야 했는데, 힘이 부족해 그들을 지키지 못했다는 사실이 유원을 괴롭히고 있었던 것이다.

"너는 위험성을 아는 것 같았는데, 왜 이곳까지 왔지?"

"동료이자 동생들이 사지에 걸어가는데 두고 볼 수는 없었소."

"그래서 따라 죽겠다?"

"되도록이면… 지켜주고 싶었소."

무진은 피식 비웃음을 지었다.

"바보군."

"바보라도 좋소. 다만… 강한 바보가 아닌 게 한이 될 뿐이오."

"……."

무진은 더 이상 아무런 말도 하지 않았다. 마음 같아서는 더 비웃어주고 싶지만, 진지하고 솔직하게 인정해 버리는 유원을 보자 그런 마음이 싹 달아나 버렸다.

다그닥다그닥!

"아……!"

그때, 한 무리의 말을 이끌고 관주실 앞으로 온 진린린이 안타까운 탄성을 발했다.

그녀의 시선이 처참한 주검이 되어버린 방쾌성과 금주태를 쫓았다.

"결국……."

그녀는 도톰한 입술을 질끈 깨물며 결국 할 말을 잃어버리고 말았다. 유원이 그런 그녀를 보며 눈썹을 모았다.

"린매, 오지 말라고 했잖나."

"그런 말은 너무 늦었어요."

"…그래. 그런가."

"결국… 청죽 삼조의 생존자는 우리 둘뿐이네요."

진린린과 유원은 침중한 얼굴로 입을 꾹 다물었다.

무진은 그런 두 사람을 잠시 지켜보다가 다시 관주실로 들어가 해골처럼 변해 버린 혈우삼마 채건양을 관주실 앞의 대청으로 던졌다.

"네놈은 여기에 어울리지 않는다."

이무혁 관주의 마지막이다.

저승사자가 왔을 때, 이런 마인이 옆에 함께 있는다면 아마 실수로 지옥에 끌려갈 수도 있으리라.

무진은 관주실의 옆에 붙어 있는 부엌에서 어유(魚油)가 담긴 항아리를 꺼내 관주실의 곳곳에 세심하게 묻혔다. 품에 가지고 있던 화섭자로 불을 붙이자, 원체 낡은 나무 건물이라 그런지 순식간에 큰불로 번졌다.

화르르륵—!

불꽃이 타오른다.

과거를 깨끗이 지워내고 새로운 생명을 태어나게 하는 듯한 거대한 불꽃이.

'잘 가, 관주.'

침묵은 길지 않았다. 무진은 불꽃으로부터 몸을 돌려 멍하니 서 있는 유원과 진린린을 처다보았다.

"적매와 황국은?"

진린린이 의아한 표정을 지었다.

"무슨 소리야?"

"아까 적매와 황국에게 이곳에 마인이 있다고 소리치지 않았어?"

진린린은 '아아, 그거?'라고 말하더니, 해쓱한 얼굴로 애써 희미하게 미소를 만들었다.

"마인을 어떻게든 쫓아내려고 한 말이야."

"그럼, 거짓말?"

"뭐, 계책이라고 표현해 줬으면 좋겠지만, 거짓말이라면 거짓말이지."

무진의 눈썹이 꿈틀거렸다.

"그럼 저 말들은?"

"유원 오라버니가 두 사람을 말리기 위해 담을 넘자마자 당장 객잔에 달려가서 데려올 수 있는 만큼 말을 끌고 왔어. 솔직히 말들을 끌고 오는 동안 당신이 이미 죽었을 것 같아서 걱정했었는데… 멀쩡하니 정말 다행이야."

무진은 진심으로 감탄했다.

영특하다.

진린린은 그 급박한 순간에 마인들을 속여 넘길 만큼의 영리한 계책을 짜낸 것이다.

"그런데 말이야……."

진린린은 말꼬리를 늘이면서 뭔가를 깊이 생각했다.

"절정의 경지에 오른 패마, 그것도 마기를 폭주시킨 마인을 죽일 만큼 강한 무공, 이런 참상 속에서 얼굴색 하나 변하지 않는 부동심, 쇠사슬과 낫이라는 흔히 볼 수 없는 기병, 그 모든 걸 가진 사람이 이런 변두리 시골에서 왜 나무꾼으로 있었어?"

무진의 눈빛이 미미하게 흔들렸다.

의외의 일격을 맞은 것이다. 진린린의 타고난 재지(才智)는 이런 상황에서도 빛이 바래지 않는 것인가?

아니, 오히려 이런 극한 상황이기에 더욱 빛을 발하는지도 모른다.

그녀는 무진의 앞에 쓰러져 있는 마인, 손에 들린 쇠사슬과 운겸, 그리고 피가 묻은 옷을 유심히 바라보았다.

"당신, 혹시……."

의구심이 가득한 눈초리가 무진을 향했다.

第五章
추마대의 무진(無瞋)

"당신 혹시 은거기인(隱居奇人)이야?"

순간적으로 긴장했던 것이 허무할 만큼 맥이 빠지는 질문이었다.

하긴, 이곳은 정파의 본거지인 남경 근처의 땅.

구룡성 살마의 후예가 숨어 있다기보단 세상에 모래알만큼이나 많다는 기인이사 중 한 사람이 살고 있다고 생각함이 타당할 것이다.

"…그런 셈이지."

얼버무리듯이 대답한 것이 오히려 진린린에게 더욱 확신을 준 듯했다.

"역시 그럴 줄 알았어. 그래서 나무꾼인 척 정체를 숨겼던 거구나? 세상에 나가지 말라는 게 일종의 문규(門規) 같은 거야?"

"…맞아."

나살충충공과 추비무한십팔로가 팔성의 경지에 이르기 전엔 절대로 나서지 말지어다.

나살문에도 그런 규칙이 있으니 딱히 틀린 말은 아니다.

"알겠어. 그런 강한 무공을 가지고도 왜 숨기고 있었는지 궁금했는데, 이제야 이해가 되네."

진린린은 납득했다는 듯이 고개를 끄덕였다.

무진은 딱히 할 말을 찾지 못하고 우두커니 서 있기만 했다. 이런 어색한 상황에서 넉살 좋게 빠져나갈 만큼 그는 말수완이 좋지 못하다.

잠시 머뭇거리던 진린린이 휘청거리는 유원을 재빨리 부축했다.

"괜찮아요? 유 오라버니, 괜찮은 거예요?"

"나는 괜찮아. 그나저나 린매 덕분에 위기를 넘겼군. 고마워."

그는 초췌한 얼굴로 희미하게 웃었다.

진린린의 영특함을 미리 알고 있었던 것으로 보이는 유원. 그리고 자신이 한 일에 뿌듯한 듯 소년처럼 씩 웃는 진린린.

두 사람 사이에선 오랜 세월 서로를 보아온 끈끈함이 느껴졌다.

무진은 무표정한 얼굴로 그 두 사람을 가만히 지켜보았다.

"내상을 입은 것 아니에요? 정말로 괜찮아요?"

"내 서왕진기(西王眞氣)는 아직 성취가 모자라지만… 그래도 내상을 빨리 낫게 하는 효능이 있어. 너무 걱정하지 않아도 돼."

유원은 진린린의 도움을 받아 제자리에 털썩 주저앉더니 천천히 숨을 고르기 시작했다.

그리고는 갑자기 다시 벌떡 일어섰다.

"소협."

"……."

"경황 중이라 자세히 보진 못했으나, 마인의 적색 강기를 산산이 부숴 버리던 그 모습은… 분명 파마의 공능을 가진 불가의 그것과 같다고 느꼈소."

유원은 아직 부들부들 떨리는 손으로 양손을 모아잡고 정중하게 포권을 취했다. 성품이 원래 그런 것인가? 그의 포권은 너무나 진지해서 얼핏 종교적인 의식으로 보일 정도였다.

"소협, 잔인하게 짓밟힐 뻔한 청죽의 의기(義氣)를 구하고 제 목숨을 두 번이나 살려주신 의로움, 그리고 잔악한 마두를 홀로 당당하게 쓰러뜨리신 용맹함. 이 유 모는 소협께 가슴 깊이 탄복하고 감탄하였소. 실례가 안 된다면 이름을 물어도 되겠소이까?"

스스로를 낮추는 겸손함, 정중하게 감사의 인사를 하는 예(禮).

유원의 태도는 어느 모로 보나 정파의 표상이라고 할 만큼 곧고 정의로웠다.

하지만 정작 그를 구해줄 생각은 조금도 없었던 무진의 입장에선 불편하기 짝이 없는 과례다. 게다가 이미 진린린에게 들어 이름을 알고 있으면서 왜 굳이 이렇게 정식으로 이름을 알려달라고 하는 것인가?

'인사… 인가?'

깊어졌던 무진의 눈빛이 다시 평소대로 돌아왔다. 왠지 이 유원이라는 사내의 성격을 알 것 같은 기분이다. 쇠사슬을 잡고 있던 손에서도 긴장이 풀렸다.

"무진."

"없을 무, 부릅뜰 진. 성냄이 없다라……. 과연 오욕칠정(五慾七情)을 절제하는 불가의 후예다운 이름이외다."

꿈보다 해몽이라더니!

놀랍게도 유원은 무진이란 이름의 뜻을 단번에 알아맞힌 뒤 자신의 생각에 맞게 해석까지 척 내놓았다.

옆에 있던 진린린이 되레 놀라서 눈을 동그랗게 떴다.

"당신, 정말로 불가의 제자야?"

"……."

"아, 맞아. 은거기인이지. 미안. 실언이었어."

어떻게 대답해야 할지 고민하는 모습이 두 사람에겐 비밀스런 문파의 문규 때문에 입을 꾹 다물어야만 하는 정파의 은거기인으로서 보인 모양이다.

진린린과 유원은 서로를 보며 의미심장하게 눈빛을 교환하더니 고개를 끄덕였다. 유원의 고개가 더욱 깊이 숙여졌다.

"무진 소협, 목숨을 살려준 이 은혜, 평생토록 잊지 않겠소이다. 혹시 세상 밖으로 나올 때가 되면 모산파에 꼭 들러주시거나, 정천맹에서 유원을 찾아주시오. 내 무슨 일이든 힘닿는 데까지 도와드릴 것이오."

"악주진가로 와도 돼. 내가 아버지께 무슨 일이든 도와주라고 당신 얘기를 꼭 해놓을게."

유원과 진린린의 호의가 가득한 말.

모산파와 악주진가가 무진을 돕는다.

이러다간 사방팔방에 무진이란 이름이 떠돌아다닐 판국이다.

무진은 단호하게 고개를 저었다.

"안 돼."

"어?"

"이 일은 비밀로 했으면 좋겠군. 다른 곳에 내 이름이 알려져서도 안 되고."

진린린과 유원은 잠시 이해가 안 되는 듯이 눈을 끔뻑거리다가, 이내 더욱 감탄한 얼굴이 되었다.

“이름이 알려지길 거부하다니…….”

“공명심(功名心)조차 뒤로하고 오직 조용히 사람을 돕기만을 원하는 그 순수한 의(義)! 나 유 모는 또 한 번 소협께 감탄했소이다!”

무진의 눈썹이 찌푸려졌다.

마치 그가 의도한 대로 의사가 전달되지 않는 것이 불편하다는 듯.

‘가야겠군.’

무진은 운겸을 분리해 허리춤에 꽂아 넣고 쇠사슬은 둘둘 말아 정리했다. 마인은 처리했고, 진린린은 죽지 않았다. 할 일은 다 한 듯하니 이젠 한시라도 빨리 이 자리에서 벗어나는 것이 좋을 듯했다.

“그럼, 이만.”

“엇! 소협! 잠시만!”

건곤일위강 신법이 펼쳐지며 순식간에 무진의 몸이 정무관 밖으로 빠져나갔다. 그를 부르는 유원의 목소리는 메아리처럼 점점 멀어져 종래엔 들리지 않게 되었다.

그가 처음에 왔던 노선.

창고의 뒤를 돌아 울타리를 뛰어넘으며 무진은 머릿속으로 이제 그가 해야 할 일을 생각했다.

오전 중에 촌장 집에 갖다 주기로 한 장작을 만들고, 장씨 객잔에서 부탁한 오동나무도 찾으려면 시간이 빠듯하다.

오시(午時)엔 구산 위의 초가집에 가서 사부의 점심을 준비해야 하고, 미시(未時)에 양기가 충만할 때 해야 하는 나살충충공의 참선 수련도 빼놓을 수 없다.

"내가 오늘 잘한 건지 못한 건지……."

그에 대한 답은 아무래도 꽤 오랫동안 생각해 봐야 낼 수 있을 듯하다.

무진은 사슬을 상의 안쪽에 칭칭 감아 숨긴 뒤 오솔길의 입구에 아무렇게나 쓰러져 있던 지게를 다시 짊어지고 구산 위로 뛰어올라 갔다.

몸이 뜨겁다.

어느새 그의 머리 위엔 아침 해가 선명하게 떠올라 있었다.

*　　　*　　　*

정무관의 혈사가 있은 뒤 십 일이 지났다.

무진은 오늘 아침 촌장의 집에 장작을 배달해 주면서 드디어 '토지신의 저주'가 끝났다는 이야기를 들었다. 지금껏 일어난 모든 일은 구룡성의 사악한 마인들이 한 일이었고, 남경의 정천맹에서 파견한 추마대원들이 그 마인을 무찌르면서 모든 일이 해결되었다는 것이다.

또 하나의 협행(俠行)!

촌장은 그 이야기를 하는 내내 자신이 정천맹의 일원이기라도 한 양 구룡성을 욕하고 자랑스럽게 추마대의 업적을 부르짖었다.

묘한 일이다.

정작 그 악랄한 마인을 쓰러뜨린 것이 다름 아닌 마도인, 그것도 오마 중 한 사람의 후예라는 것을 알게 되면 촌장은 어떻게 생각할까?

콰직!

"후읍!"

도끼로 나무를 후려친 손이 지이잉 하고 울렸다.

등 근육이 풍선처럼 부풀어 오르고, 양팔의 상박이 돌덩이처럼 단단하게 굳어졌다. 길이가 한 자 반. 날의 크기만 해도 양 손바닥을 합친 것만큼이나 커다란 도끼는 튼튼한 자루를 통해 그의 몸과 하나가 되었다.

무진은 도끼질을 멈추지 않은 채 골똘히 생각에 잠겼다.

항상 느끼던 점이다.

내공을 사용하는 것은 어쩌면 사람들이 쉬운 길로 가겠다며 지름길을 택한 것이 아니었을까?

인간의 몸이란 적절하게 단련만 하면 내공을 쓰지 않아도 경이로운 힘을 낼 수 있도록 만들어져 있다.

마치 지금 장정 셋의 품 넓이보다도 커다란 아름드리나무가 그의 전력을 다한 단 두 번의 도끼질에 무너지는 것처럼.

본래 고대(古代)의 무인들은 내공의 운용과 상관없이 그저 한계의 한계까지 몸을 부딪쳐 가며 금강석마냥 단단한 육체를 만들어내지 않았겠느냐는 말이다.

게다가 그렇다고 해서 그 시절의 무인들이 약한 것도 아니다. 전해져 내려오는 이야기에 의하면 그 시절의 무인들은 무공이 발전한 작금에 비춰봐도 비교가 안 될 만큼 신처럼 강했다.

우지직!

쿠구궁—!

쓰러져 가는 나무가 비명을 질렀다. 팔 장이 넘는 높이의 나무가 쓰러지자마자 주변의 나무들이 나뭇잎들을 머리 위로 우수수 쏟아부었다.

툭. 툭. 툭.

무진은 등 뒤에서 준비해 온 낫을 꺼내 묵묵히 나무둥치에서 가지들을 쳐내기 시작했다. 가벼운 손놀림에 두꺼운 나뭇가지들조차 너무나 손쉽게 서컹서컹 잘려 나갔다.

무진의 얼굴은 진지했다.

모든 것을 수련이라 생각하고 해야 한다.

하지만 또 한편으론 지난번 흡정 이후 또다시 무공의 성취가 멎어버린 것이 너무나 답답했다.

나살충충공 팔성.

추비무한연옥십팔로 팔성.

사부로부터 구결은 다 배웠다.

수련법도 다 배웠다.

이제 남은 것은 무의(武意)를 깨닫는 것뿐인데.

아무리 몸이 부서져라 투로를 연마하고 육신을 단련해도 무공의 성취는 도대체 느는 기미가 보이질 않았다.

어쩌면 좋을까?

자꾸 마기가 폭주한 다른 마인을 찾아 정기를 뽑아내야 한다는 생각이 머릿속에서 가시질 않았다. 미칠 듯한 갈증이 해소되던 그 상쾌한 감각. 전율이 흐르던 그때의 감동이 바로 어제 있었던 일처럼 생생하다.

하지만 어떻게 그럴 수 있겠나? 폭주한 마인이 무슨 시장통의 야채마냥 흔한 것도 아니고, 지난 팔 년간 그래 왔듯 구산의 산골 마을엔 앞으로도 변변한 무인조차 찾아오지 않을 텐데 말이다.

"후우……."

무진은 답답한 한숨을 내쉬며 깔끔하게 가지가 정리된 나무둥치를 옆으로 데굴데굴 굴려 비스듬하게 세워놓았다.

그리곤 손잡이를 가볍게 쥔 낫으로 나무 몸통의 꼭대기에서부터 수직으로 내리그었다.

쩌억!

결(決)의 묘리.

잘 익은 수박이 갈라지는 듯한 소리와 함께 팔 장 높이의 나무둥치가 절반으로 쩍 갈라졌다.

세상 모든 것에는 결이 있다.

강물의 물줄기에도 결이 있고, 짐승의 가죽, 나무, 공기, 바람, 심지어는 단단한 바위에도 일정한 결이 있게 마련이다.

날카로운 안목으로 그 결을 찾아 단번에 갈라내는 것!

그것이 낫을 처음 들게 되었을 때 사부로부터 배운 첫 번째 무공의 요결이다.

"이제… 어떻게 해야 하지?"

무진은 낫을 들고 있던 팔을 내렸다. 아직 할 일이 남았음에도 할 마음이 들지 않았다.

사부는 십 일째 그와 말을 섞지 않는다.

심지어 이레에 두 번 사부의 고통을 줄이기 위해 몸에 술을 붓는 날에도 그에겐 단 한마디도 말을 하지 않았다. 조심스레 말을 걸어보고 질문도 던져 보았지만 돌아오는 것은 무거운 침묵뿐.

'사부는 나에게 생각할 시간을 주는 거야. 어떤 결정을 내리든 스스로 생각하고 납득할 결정을 내리라고.'

무진의 눈빛이 어두워졌다.

무공에 진척이 없다는 것?

물론 그것도 고민되는 일이긴 하지만, 사실 생각을 다른 곳에 돌릴 핑계일 뿐이었다.

정무관의 관주 이무혁.

그의 죽음이 있은 후 무진은 뭔가 가슴속에 커다란 응어리가 져 있는 것을 느끼고 있었다.

'복수는 했어. 셋 중에 하나뿐이긴 하지만, 분명히 관주만큼이나 고통스럽게 죽였으니 복수는 한 거야. 관주가 그런 걸 원할 사람도 아니고.'

이무혁 관주가 지금 옆에 있다면 아마 그냥 네가 참고 넘기라며 웃으면서 무진의 어깨를 두드려 줄 것이 분명했다.

관주가 평소에 짓던 태평하고 순한 얼굴이 떠오른다. 무진은 갑자기 가슴속에서 뭔가가 울컥 올라오는 것을 느꼈다.

'이, 감정… 이 뭐지? 이런 건 처음이야. 왜 이렇게… 아픈… 거지……?'

무진은 스스로 '아프다' 라고 생각하는 것을 보며 깜짝 놀랐다.

아프다.

가슴이 아프다.

명치 근처, 커다란 돌덩이를 삼킨 것처럼 저릿저릿한 감각은 분명 그렇게밖에 표현할 수가 없었다.

'관주, 아아… 관주.'

무진은 심장이 조여오는 듯한 아픔에 가슴을 쥐어뜯으며 무릎을 털썩 꿇고 눈을 질끈 감았다.

머릿속에서 그를 처음 봤을 때가 떠올랐다.

십 여 년 전, 온통 새빨갛던 세상. 붉은색의 언덕 사이로 굽이굽이 흘러내리던 붉은색의 강물. 코가 마비될 만큼 비릿하던 쇳내. 또래 아이들의 비명과 신음 소리를 들으며 무진은 제발 자신은 고통없이 죽게 해달라며 하늘 위의 누군가에게 빌고 또 빌었다.

그때 눈부신 햇살을 가리면서 나타난 사람이다.

바닥에 드리워진 기다란 그림자 사이로, 그는 온기가 가득한 손을 뻗어 그 당시 작았던 무진을 가슴속에 끌어안았었다.

'이런! 어떻게 이런 짓을! 이리 오거라. 이제 아무도 해치지 않는다. 아무도 해치지 않아.'

그때 그의 목소리는 마치 자장가처럼 온화하고 따뜻해서, 그 말을 듣자마자 잠이 들어버렸던 기억이 났다.

그때 이후로 무진은 다시 태어났다.

그전의 기억은 모두 잊었으며, 고통을 느끼지 못하는 체질이라는 것을 깨닫고 가슴속의 감정을 잘 표현하지 못하는 무뚝뚝한 성격으로 지금껏 살아왔다.

이무혁 관주는 무진이 사부 종리단을 만나기 전까지, 아니, 만난 뒤로도 계속해서 오지랖 넓게 신경 쓰고 무진을 챙겨주었다.

정무관에서 무공을 배운 적이 없으니, 사실 그를 관주라고 부르는 것은 맞지 않다.

아무런 조건도 바라지 않고 그를 위해주는 사람.

예를 들면…….

'아버… 지…….'

무진은 답답한 가슴을 붙잡고 숨을 삼켰다.

출산 후 핏덩이가 된 아이를 부둥켜안는 아비처럼, 피투성이가 되어 있던 무진을 부둥켜안고 키워낸 이무혁 관주는 아버지라는 말로밖에 표현할 수 없으리라.

'이런 게… 슬픔…….'

무진은 무릎을 꿇고 앉아 이를 악물었다.

그는 고통을 느끼지 못하지만 감정이 없는 것은 아니다.

이무혁 관주의 사후 십 일.

슬픔이란 감정이 이제야 표면 위로 떠오르고 있었던 것이다.

하지만 무진은 울지 않았다.

아니, 운다는 것 자체를 어떻게 하는지 몰랐다.

그저 뜨거워진 눈을 꾹 감고, 흘러나오는 신음을 억지로 삼키며, 가슴이 조여오는 아픔을 온몸으로 인내했다.

한 시진이 지나고, 두 시진이 지났다.

마침내 세 시진이 되어갈 때쯤, 무진은 그제야 마음을 정리하고 자리에서 일어섰다.

더 이상의 아픔은 없었다. 무진은 평소와 마찬가지의 무표정한 얼굴로 돌아와 있었다.

바스락바스락.

“……!”

무진이 멀지 않은 곳에서 들려오는 인기척에 몸을 낮추고 낫을 들어 올렸다. 감각을 날카롭게 끌어올리자 인기척은 더욱 선명하게 느껴졌다.

험준한 오솔길 아래 이십 장 거리. 누군가가 이곳을 향해 다가오고 있었던 것이다.

'나무꾼?'

아니다. 무진은 이내 고개를 저었다.

'평범한 나무꾼이라기엔 발걸음이 너무 가벼워. 더군다나 자세히 기척을 들어보면 오른쪽 발걸음과 왼쪽 발걸음 사이에 간격이 길다. 마치 공중을 훨훨 날아오듯이……'

“…경신법이군.”

상대가 무인이라는 것을 깨닫자마자 온몸의 감각이 바늘처럼 곤두섰다.

다가오고 있는 상대는 둘.

한 사람은 건장한 성인 남자, 한 사람은 자그마한 체구의 가벼운 사람이다.

더군다나 내공에서 느껴지는 기운은 어딘지 만난 적이 있는 것처럼 익숙한…….

“아……!”

그 순간 상대의 정체를 깨달은 무진은 고개를 끄덕이며 긴장을 풀고 운겸의 손잡이에서 손을 뗐다.

잠시 기다리자 삼 장 거리에서 무성한 수풀을 헤치고 두 사람이 나타났다.

"무진 소협, 그간 안녕하셨소?"

꼿꼿한 자세, 고급스런 의복, 명가의 자제라는 것을 단번에 알 수 있는 묵직하면서 우렁우렁한 목소리와 고풍스러운 말투.

유원은 변치 않는 만년석처럼 처음과 다름없는 모습으로 정중하게 포권을 했다.

"당신, 오랜만이야… 요."

그리고 그 옆에 따라붙은 조그맣고 당돌한 꼬마 처녀.

진린린은 처음 만났을 때와 다름없이 활기차게 인사하려다가 유원의 눈치를 보면서 슬그머니 말꼬리에 존댓말을 붙였다.

'저자에게 한 소리라도 들은 건가?

그때 본 유원의 성격이라면 분명 진린린에게 예의에 관해 한소리 했을 게 분명하다.

"여긴 어쩐 일이지?"

무진은 유원에게 묻는 것도 아니고 진린린에게 묻는 것도 아닌 애매한 어조로 물었다.

강호의 예의대로라면 그도 유원에게 정중한 말투를 사용해야겠지만, 스스로가 마도인이라는 생각을 갖고 있는 그에겐 유원이 사용하는 정중한 말투는 익숙지 않고, 그런 말투는 쓰고 싶지도 않았다.

"나 유원, 무진 소협께 드리고 싶은 말이 있어서 이렇게 염치불구하고 찾아왔소이다."

유원은 무진의 말투에 개의치 않는 듯 씩씩하게 웃으며 말을 받아주었다.

"소협께선 언제까지 이곳에 은거하실 생각이오?"

"…언제까지냐니?"

"평생을 이곳에서 보내진 않으실 것 아니오? 남아로 태어나 세상에 나아가서 의(義)를 관철하고, 그 이름을 세상에 떨칠 수 있도록 온몸을 다해 세상과 싸워보는 것이야말로 무를 단련한 자들의 숙명 아니겠소? 세상은 지금 온통 마의 기운으로 뒤덮여 있는 난세. 그런 때에, 더군다나 무진 소협처럼 능력이 있는 분이 이런 세외의 산속에서 세월을 보내는 것은 큰 낭비나 다름없다고 생각하오."

길게 이어진 말에 무진의 안색이 변했다.

그리 크지 않은 변화지만, 평소의 무진을 비춰볼 땐 강산이 일 년을 겪은 것만큼이나 큰 변화다.

무진은 머릿속으로 생각했다.

그렇다.

그는 어째서 세상으로 나갈 생각을 하지 않고 있었던 것일까?

대체 언제까지 이곳에 있으려고 했을까? 평생? 만약 사부가 허락지 않으면 영원히?

"무진 소협, 우리 추마대에 들어와서 바른 하늘[正天]을 위해 함께 싸워보지 않으시겠소? 곳곳에 숨어 있는 마귀(魔鬼)와 마두(魔頭)들을 모두 처단하는 것이오. 이곳에서 일어났던 참변처럼 이 세상엔 마기가 폭주한 마인들에게 고통을 받고 있는 무고한 백성들이 너무나 많소이다. 모두를 구해주는 것이 마땅한 일이나, 사실 그들을 모두 구해주기엔 우리 정천맹의 무사들이 너무나 부족한 것이 현실이오."

척!

유원은 포권을 취하며 정식으로 무진에게 예를 취했다. 정의로운 사내가 우렁차고 심금을 울리는 목소리를 토해냈다.

"항마(抗魔)의 무(武)를 가진 무진 소협! 이 세상이 당신을 원하고 있소이다!"

쿠구궁!!

무진은 그런 천둥소리를 들었다고 느꼈다.

그의 앞을 가로막고 있던 벽이 단번에 무너져 버리는 듯한 소리. 스스로를 금제하던 머릿속을 하얗게 비워 버리는 언어의 번개.

천 근 바위 아래에 깔려 있다가 삼장법사를 만난 제천대성이 된 듯한 심정으로 무진은 제자리에서 멍하니 굳어버렸다.

그는 마도인(魔道人).

그 중에서도 그저 그런 마공을 익힌 평범한 마인이 아니라, 구룡성의 최정상에 군림하던 살마 종리단의 후예이다.

그런 그가 호랑이 굴이나 다름없는 정천맹의 추마대에 자진해서 들어간다?

말도 안 되는 소리다.

지나가던 개도 듣고 코웃음칠 법한 말이다.

아무리 살마의 무공이 보통의 마도인들과 궤를 달리한다고는 해도 그런 짓은 섶을 지고 불속에 뛰어드는 것과 다를 게 하나도 없지 않은가?

그런데, 그런 말도 안 되는 소리에 귀를 기울이게 만드는 매력이 눈앞의 유원에게는 있었다.

유원은 그가 필요하단다.

세상이 그를 필요로 한다고 말한다.

모산파의 장제자 유원은 그가 항마의 무를 지녔다면서 마기가 폭주한 마인들을 상대로 함께 싸우기를 바라고 있다.

"……."

무진은 겉으론 아무런 내색도 하지 않은 채 조용히, 조용히 생각을 이어나갔다.

만약 유원을 따라나서면 그에겐 한 가지 이득이 있었다.

폭주한 마인.

마인이 가지고 있는 마정(魔精).

멈춰 버린 무공의 성취를 다시 끌어올릴 수 있는 유일한 탈

출구를 이들과 함께라면 당당하게 쫓아다닐 수 있다.

"무진 소협, 내 청을 받아주시겠소?"

"……."

무진은 입을 꾹 다물고 있다가 느릿느릿 대답했다.

"시간이… 필요해."

"물론이오. 쉬운 결정은 아닐 거라 생각했소."

"아니, 내 결정은 내렸어. 다만… 사부의 마음을 돌려야 해."

잠시간의 침묵.

마침내 그 뜻을 이해한 유원과 진린린은 뛸 듯이 기뻐하며 환한 미소를 지었다.

"잘 생각하셨소! 정말 잘 생각하셨소!"

"잘 생각했어! 당신 정도의 무공이면, 앞으로 마두들이 당신 이름만 들어도 벌벌 떨게 될 거야… 요!"

무진은 방방 뛰면서 생각이 너무 앞서나가는 두 사람에게 손을 들어 말렸다.

"우리 사부는 만만치 않은 사람이야. 허락하지 않을지도 몰라."

"내가 함께 가겠소!"

유원이 거침없이 앞으로 나섰다.

"내가 소협을 이 길로 끌어들였으니, 소협의 사부님 또한 내가 책임지고 설득해야 하는 것 아니겠소?"

"…사부를 설득한다고?"

"그렇소! 소협이 얼마나 큰 인재인지, 지금 세상이 얼마나 소협을 필요로 하는지 내가 차근차근 말씀드리겠소! 정 안 되면 내가 마당에서 무릎을 꿇고 사흘 밤낮을 버티는 한이 있더라도 반드시 소협의 사부님의 마음을 돌려놓겠소이다!"

무진의 눈썹이 불편하게 꿈틀거렸다.

무식하면 용감하다더니.

유원은 그의 사부를 선풍도골에 허허거리며 웃는 무골호인으로 생각하기라도 하는 모양이다.

살마 종리단이라는 사람은 안면식도 없는 누군가가 마당에서 무릎 꿇고 버틴다고 한들 눈 하나 꿈쩍할 위인이 아니거늘.

"아니, 그건 절대로 좋은 생각이 아니야."

무진은 단호하게 거절의 뜻을 밝혔다.

"사부는 다른 사람을 만나는 것을 좋아하지 않아. 그쪽이 가봤자 역효과만 나게 될 거야."

"그래도 이렇게 손을 놓고 있을 수는……."

"내가 혼자 하는 게 나아. 만약 내가 말해보고도 안 된다면, 그건 내가 아직 밖으로 나갈 때가 안 되었다는 뜻이겠지."

유원은 아쉬운 얼굴이었지만, 무진의 말에 따라 순순히 물러났다.

"알겠소이다. 소협의 뜻이 정 그렇다면……."

"어느 사부가 자신의 제자가 정천맹의 추마대에 들어가서 이름을 날리겠다는데 싫어하겠어? 당연히 괜찮을……."

"으음, 린매."

유원은 철없는 진린린을 나지막한 목소리로 말린 뒤 그녀의 소맷자락을 잡아당기며 함께 뒤로 물러났다.

"우린 마을의 객잔에서 기다리고 있겠소이다. 무진 소협, 꼭 좋은 대답을 기다리겠소."

"밑에서 봐!"

힘차게 손을 붕붕 흔드는 진린린과 기대감이 가득한 눈빛을 남기고 떠나가는 유원.

두 사람은 경신법을 사용하지 않았음에도 빠른 속도로 시야에서 사라져 버렸다.

"…남아출세(男兒出世)."

남아로 태어났으면 세상에 나아가라.

제자리에 가만히 서서 한참이나 생각에 잠겨 있던 무진은 이내 반으로 쪼개놓은 통나무를 굴러떨어지지 않도록 똑바로 눕혀놓은 뒤 지게를 짊어지고 떠날 채비를 했다.

한걸음 한걸음 평소와 다름없는 모습으로 걸음을 옮긴다.

그가 향하는 곳.

구산의 정상, 초옥이 있는 곳이었다.

구산의 정상. 초가집.

종리단은 처마 밑 마루에 앉아 언제나와 같이 사색에 잠겨 있었다. 나무 의각으로 땅을 짚고, 헐렁한 왼쪽 소매는 바람에 휘날린다. 그는 티 없이 푸르기만 한 창천을 올려다보며 무슨 생각을 하는지 알 수 없게 무표정한 얼굴로 한 시진이고 두 시진이고 저렇게 석상처럼 가만히 앉아 있곤 했다.

무진은 항상 그런 그를 보며 '상처 입은 맹수라는 게 이런 것일까?' 라고 생각했다.

태산의 꼭대기에서 천하를 내려다보던 호랑이가 어느 날부턴가 고개를 반대로 들고 하늘만을 올려다보는 것이다.

그건 천명을 다했으니 하늘의 명을 기다린다는 걸까? 아니면, 이 생명을 모조리 불태워서라도 하늘마저 정복하겠다는 마지막 야욕일까?

"사부."

하얗게 세어버린 눈썹 아래 부리부리한 호안(虎眼)이 무진을 흘깃 바라보더니 다시 하늘로 고개를 돌렸다.

"얼굴이 가관이구나."

사부는 사부라는 것인지, 겉으로 보기엔 무표정하기만 한 무진의 속마음을 그는 단번에 꿰뚫어 보았다.

"그렇게 보여?"

"똥 마려운 강아지마냥 어쩔 줄 몰라 하는 꼬락서니 하고는. 쯧쯧. 나살문의 후예는 천자(天子) 앞에서도 당당해야 하느니라."

"그런 말, 역모 아니야?"

"동창에 연락해서 잡아갈 수 있으면 잡아가 보라 말하거라."

오만해 보일 정도의 당당함은 종리단에겐 꼭 맞는 옷처럼 잘 어울렸다.

무진의 입가에도 드물게 옅은 미소가 떠오른다.

사부는 부모요, 제자는 자식이다.

부모의 모든 것을 물려받는 것은, 자식이 선택할 수 없는 천의 중의 하나.

무진이 물려받아야 하는 것 중엔 이 천하를 오시(傲視)하는 자신감도 포함되어 있다.

"사부."

"앉아라."

무진이 평상시처럼 옆에 앉으려 하자, 종리단은 손가락으로 대청 아래 평평한 돌바닥을 가리켰다.

"꿇어라."

무진은 군소리하지 않고 바닥에 무릎을 꿇었다.

"마음을 정했으렷다?"

"정했어."

"마(魔)에 사로잡히지 않을 자신이 있느냐?"

"물론."

마중불마(魔中不魔)!

마 속에 있으면서 마가 아닐지어다!

그 오묘하고 모순적인 이치야말로 나살문의 문규가 아니던가.

하늘만을 쳐다보던 사부의 시선이 처음으로 무진을 향했다.

그리고 번쩍 튀어 오르는 검은 번개!

탁!

"건방진 놈! 팔성에 오르긴 올랐구나."

종리단은 혀를 차면서도 흡족한 듯한 목소리였다.

추비무한연옥십팔로.

제칠로 일관파천(一貫破天)의 한 수다.

무진은 그의 미간을 뚫어버릴 뻔한 물체를 검지와 중지 사이에 끼우고 가만히 살펴보았다. 아직까지도 그 물체는 여력이 가시지 않은 듯 부르르 떨고 있었다. 한쪽은 둥그렇고 한쪽은 길쭉한, 그것이 투박하게 만들어진 거무튀튀한 열쇠라는 사실을 깨닫자, 무진의 눈이 크게 뜨여졌다.

"이건……!"

종리단은 클클 웃더니 등 뒤의 창호문을 열고 그 안에서 갈색의 보따리 하나를 던져 주었다.

보따리 안에는 현철로 만들어진 가로세로 한 뼘 크기의 상자가 들어 있었다.

무진의 눈빛이 흔들렸다.

사부는 그가 이런 결정을 내릴 거란 것을 미리 알고 있었음이 틀림없다. 안 그랬으면 이런 귀중한 물건을 이렇게 손닿는 곳에 뒀을 리가 없을 테니.

무진은 긴장이 역력한 얼굴로 열쇠를 상자의 자물쇠에 밀어 넣었다.

철컥.

우웅—!

자그마한 상자 안.

범어(梵語)가 적혀 있는 붉은빛의 비단 위에 손바닥만 한 작은 낫이 조심스레 올려져 있었다. 거대한 중압감이 주변을 짓눌렀다. 이 물건이 이곳에 존재하는 것만으로도 주변의 공기가 무거워지는 듯한 느낌. 무기가 살아 있는 생물처럼 존재감을 가지고 있다면 믿을 수 있겠는가?

태양조차 빨려들어 갈 것 같은 짙디짙은 흑색의 날이 오랜만에 맛보는 속세의 공기가 좋은지 몸을 부르르 떨며 찌르르 검명을 토해냈다.

무진은 그 무섭도록 아름다운 무기의 모습을 가만히 들여다보았다.

'ㄱ' 자로 꺾인 흑색의 날엔 손잡이가 없었다.

그저 손가락이 하나 들어갈 법한 구멍이 날의 양쪽 끝에 뚫려져 있을 뿐이다.

이 세상 어떤 무기에 손잡이가 없겠냐마는, 바로 이 낫이 그랬다. 이 자체로 완벽하기에 어떠한 명장도 감히 손잡이를 달아주지 못한 최고의 무구(武具).

"진겸(震鎌)……!"

천둥번개를 몰고 오는 하늘의 심판.

대륙에 단 하나뿐인 벼락의 무구.

마군지병(魔君之兵)이라 불리는 육마겸(六魔鎌). 그중에서도 최강임을 자랑하는 진살마겸(震殺魔鎌)!

무진은 격동이 어린 얼굴로 천천히 진겸을 향해 손을 뻗었다.

그가 항상 품 안에 갖고 다니던 것은 이 진겸과 크기만 똑같이 만들어진 모조품일 뿐이다. 이거야말로 진짜 나살문의 장문패(掌門牌:장문인을 상징하는 패찰)나 다름없는 것.

파직!

"으음……."

진겸에 손을 대는 순간 묵빛이 튀어 오르며 손끝의 살가죽이 깊이 파이더니 피가 주르륵 흘러내렸다.

무진은 퍼뜩 정신을 차린 것처럼 몸을 빼려고 했다.

고통은 없지만, 괜히 함부로 손을 댔다가 손가락이 잘려 나가는 건 절대로 사양이다. 그런데 종리단이 그것을 말렸다.

"잠시 기다리거라."

똑. 똑. 똑.

세 방울 정도의 피를 흡수하고 나자 진겸은 이제 되었다는 듯 몸을 부르르 떨며 묵빛을 번뜩였다.

무진의 얼굴에 감탄이 어렸다.

과연 마겸.

처음 보자마자 주인의 피부터 요구하다니, 발칙하지 않은
가?

기이잉—

진겸이 그의 피를 마신 뒤론 겸날을 잡아도 손가죽을 베이
지 않았다. 마치 살아 있는 심장이 두근거리듯 묵빛의 겸날은
나지막하게 진동했다.

웅… 웅… 웅…….

마치 낫이 그에게 말을 거는 듯한 느낌이었다.

영(靈)과 영(靈)이 연결되는 느낌.

진겸의 운명과 무진이란 사내의 운명이 하나로 합쳐지는
듯한 초현실적인 감각.

무진은 진겸을 그의 심장 위에 갖다 댄 채 한참 동안이나
그렇게 우두커니 앉아 있었다. 그의 표정은 어미의 품에 안긴
어린아이처럼 편안했다.

"나는 이 일을 최대한 미루고 싶었다."

"…사부."

"진마흡정공에 발을 들여놓는 순간부터 너는 마도에 들어
서게 되었느니라. 평온한 나무꾼 생활 따위는 이제 끝이지.
잠도 쉽게 자지 못할 것이고, 오욕(五慾)에 번뇌하는 땡중처

럼 항상 정신을 바짝 차리고 너 자신과 싸우지 않으면 안 될 것이다."

사부는 나른하게 몸을 살짝 뒤로 눕히더니 무시무시한 안광으로 그를 쏘아보았다.

"백 인의 마정을 모을 때까진 편히 살 생각은 꿈도 꾸지 말거라."

사아악.

머리끝에서 발끝까지 전율이 치달렸다.

두려움이 아니다.

지금 이 순간, 뭔가가 시작되었다는 운명적인 예감에서 오는 전율이었다.

"백 인의 마정을… 다 모으고 나면?"

"나에게 찾아와라, 곧바로."

"안 오면 무슨 일이 생기는데?"

"죽는다."

"…죽는다고?"

"일백의 마인이 평생토록 모은 정이 네 하단전에서 와글와글댈 것이다. 너는 그게 어떨 것 같으냐?"

머릿속에서 잔인한 마두들이 좁은 방 안에서 백 명이나 부대끼는 모습이 떠올랐다.

"지옥이네."

"그럼, 지옥이지. 야차와 나찰, 배고픈 아귀들이 우글거리는 지옥 중에서도 상지옥이다. 그리고 너는 그들을 관리하는 지옥의 수문장이 되는 것이다. 명심해라. 네가 잠시라도 방심하는 순간, 너는 그놈들에게 산 채로 뜯어 먹힌다.”

상투적인 경고가 아니라, 자신이 직접 경험하고 그 경험을 가르쳐 주고 싶어하는 진심 어린 충고였다.

무진은 사부에게 진중하게 고개를 숙였다.

“명심할게.”

“백 인의 마정. 그 후엔 곧장 이리로 오는 것이다. 알겠느냐?”

“알았어. 그렇게 할게.”

무진은 아직까지 심장 위에 대고 있는 진겸을 놓지 않은 채였다.

사부는 턱짓으로 그것을 가리켰다.

“그게 우리 나살문의 상징이라는 것은 알고 있으렷다?”

“알아.”

“정천맹으로 가려느냐?”

무진은 고개를 끄덕였다.

“관주가 죽었기 때문이냐?”

“그건… 아냐.”

종리단은 이곳 구산의 꼭대기에 홀로 고립되어 있으면서도, 천 리를 내다보는 것처럼 모든 것을 다 알고 있었다.

“마을에 나타났던 건 혈신교의 마인이었어.”

"원래 혈마 놈 밑에 미친놈이 많았지."

"잔인한 놈이야."

"미친놈이 원래 그렇다."

"삼 형제가 있었는데, 막내가 내 손에 죽었고 나머지 둘은 살아서 도망쳤어."

"……."

"혈신교랑 앞으로도 자주 부딪칠 것 같아."

종리단은 가만히 고개를 끄덕이더니 그에 대해선 아무런 말도 하지 않았다.

무진은 앞으로 그가 갈 곳에 대해서도 털어놓았다.

"정천맹 추마대야."

"그럴 줄 알았다. 추마대가 왔다는 얘기를 듣고 네가 눈을 반짝일 때부터 알아봤어."

"그래?"

"좋은 선택이다. 적당히 절차만 잘 따르면 마정을 모으면서 몸을 숨기기에도 좋겠지. 구성 이상의 능력만 발휘하지 않으면 된다."

"그건 알고 있어."

나살문의 무공은 마인의 마기를 제압하기 위해 만들어진 무공.

흡정공이 소림의 합기(合氣)와 전이대법에서 시작되었듯, 나살층층공의 원류엔 불가와 도가의 깨달음이 가득 담겨 있다.

즉, 파사와 파마의 공능을 가지고 있기 때문에 구성 이상의 무공만 발휘하지 않는다면 겉으로 보기엔 정파의 무공과 똑같아 보이는 것이다.

"만약 네가 구룡성에 가서 정체를 밝혀야 된다면… 그 진 살마겸으로 구룡(九龍)을 쪼개거라."

"구룡을 쪼개라고?"

"일단은 그렇게만 알고 있으면 된다. 네가 백마정을 흡수해서 오면 그때 자세히 알려주마. 아마 그전까진 구룡성에 돌아갈 일이 없을 테지."

종리단은 그 말을 끝으로 벌떡 일어서더니 뒷짐을 진 채 휘적휘적 방으로 돌아갔다. 그리고는 방문 밖으로 커다란 보따리 하나를 휙 집어 던졌다.

쿵!

보따리가 하나 떨어졌을 뿐인데, 철괴가 떨어지는 것처럼 육중한 소리가 났다.

무진이 풀어보자 보따리 안엔 다섯 개의 낫과 두 개의 회백색 쇠사슬이 놓여 있었다.

뢰(雷), 운(雲), 우(雨), 풍(風), 폭(爆).

왼쪽에서부터 크기순으로 정렬되어 있는 육마겸. 진살마겸을 제외한 나머지 다섯 무구의 이름이었다. 크기도 제각각, 모양도 제각각, 위력과 효능도 제각각이다.

무진은 깊게 가라앉은 얼굴로 그것들을 하나하나 무명천
으로 감아 행낭에 챙겨 넣었다.

종리단이 이것들과 함께 쇠사슬까지 내놓았다는 것은 이
걸 갖고 당장 떠나라며 등을 떠밀고 있는 것과 마찬가지였다.

"사부."

방 앞에서 불러봤으나 대답은 들려오지 않았다. 무진은 잠
시 입을 꾹 다물고 있다가 이야기했다.

"앞으로도 장씨 객잔에서 술은 무한정 대줄 거야. 식사도
마찬가지고. 원래 식사는 보통 사냥으로 해결하긴 했지만, 가
끔이라도 민가의 밥이 먹고 싶으면 장씨 객잔에 내려가면 돼.
다만 걱정은 이레에 두 번씩 있는 그건데……."

이레에 두 번씩 있는 그것.

종리단의 등에 있는 커다란 상처를 진정시켜 줄 수 있도록
술을 부어주는 일을 말함이다.

"내가 네놈이 신경 써줘야 살 수 있을 만큼 나약해 보이더
냐!"

더 이상 못 견디겠다 싶었던지 드디어 안쪽에서 대답이 들
렸다.

"하지만 술을 붓는 건 혼자 할 수가 없잖아?"

"걱정 마라. 마을에 널린 게 과부다."

"…그 나이에 혼인이라도 하려고?"

"혼인까진 필요없다. 그냥 하나 데려다가 살면 되는 거지."

무진의 입가에 미소가 떠올랐다.

이 순간, 장씨가 말했던 '힘 좋은 영감님'이 생각나는 것은 어째서일까?

"사부."

"또 뭐냐?"

"마지막으로 묻고 싶은 게 있어. 사부 등에 있는 그 상처, 누가 낸 거야?"

앉아서 구만 리를 내다보는 종리단도 이 질문은 예상치 못했던 걸까?

방문 안에선 한참 동안이나 대답이 없었다.

"그건 알아서 뭣에 쓰려 하느냐?"

"누가 적인지는 알아야지."

"……."

무진은 싸늘한 목소리로 말했다.

극강의 무인인 사부가 한 팔과 한 다리를 잃고 평생 동안 고통에 시달려야 하는 커다란 상처를 입었다. 게다가 그뿐인 가? 자신의 집이나 다름없는 구룡성을 떠나 벌써 팔 년째 정천맹의 본거지 근처에서 숨어 살고 있다.

살마가, 천하의 구룡성의 살마가!

그게 가능하려면 구룡성 내부에 적이 있다는 소리밖에 말이 되지 않는다.

"…쯧."

잠시간의 침묵 뒤에 종리단이 혀를 차는 소리가 들려왔다.

덜컹.

문틈 사이로 붉은색의 비도가 밀려 나왔다.

눈에 익은 모습이다.

피를 뭉쳐서 만든 것처럼 범상치 않은 붉은색 칼날에 한쪽
엔 혈우비라는 이름이 새겨져 있는 혈우일마의 무기.

그런데 사부는 혈우비가 아니라 그 반대쪽 칼날에 새겨져
있는 글씨를 보여주었다.

"혈신교……!"

혈신교.

즉, 혈마!

무진의 눈빛이 흔들렸다.

사부의 등에 커다란 상처를 낸 자.

다른 자도 아닌 같은 구룡성의 오마 중 한 명이었던 것이
다.

"큭. 복수 따윈 할 필요 없다. 혈마 놈은 이미 내가 죽였으
니까."

종리단의 목소리에선 메마른 웃음기가 느껴졌다.

"그럼 왜 숨어 살아?"

"귀찮아서다. 원한을 갚겠답시고 덤벼드는 날파리들이 좀
많아야지."

"구룡성에 남아 있었으면 그 날파리들이 근접도 못했을 거

아냐?"

"성주 놈도 없는데 내가 거기서 뭘 하느냐? 그놈 말고는 거기서 내가 말이라도 섞고 싶은 놈은 하나도 없었다."

무진은 새카만 흑요석 같은 눈으로 종리단을 바라봤다.

"구룡성주가 죽었어?"

"아니. 그놈이 죽을 놈이 아니지. 그냥 사라져 버렸다, 바람처럼."

무진은 방문을 열고 종리단의 얼굴을 보기 위해 일어섰다. 그런데,

쿵.

곧바로 잠시나마 열렸던 방문은 굳게 닫혔고, 종리단과 무진 사이엔 창호지로 만들어진 얇은 창이 가로막았다.

무진은 지그시 눈을 감았다.

구룡성주가 사라졌고, 마도의 규율을 관리하던 살마가 은거했다.

그런데 어떻게 그렇게 구룡성은 멀쩡하게 돌아가고 있는 걸까?

소문은 본래 바람보다도 빠른 법이다. 그 정도의 큰 사건이 터졌다면 어느 정도는 그와 비슷한 이야기라도 들려와야 하는 게 당연할 텐데, 이건 뭐, 아무것도 없다.

마치 아예 없었던 일인 것처럼.

"…알겠어."

무진은 다시 눈을 떴다.

의문은 많지만 더 이상 물을 필요는 없었다.

한 세대가 가고 다른 한 세대가 시작되니, 거기에 다른 말은 필요없는 법이다.

그저 말없는 축복과 거기에 부흥하는 보답만이 필요할 뿐.

"사부, 갈게."

무진은 종리단이 있는 초옥을 향해 아홉 번의 절을 한 뒤 몸을 돌렸다. 마당의 대문을 나설 때쯤 뒤에서 종리단의 목소리가 들렸다.

"가거라. 이제 나살문은 네 것이다."

"……!"

"마중불마! 그것만 잊지 말거라."

쿵.

문이 닫혔다.

무진은 초옥의 밖에서 마치 그의 사부가 하늘을 바라보듯 한참 동안 구산의 하늘을 바라보았다.

구산의 나무꾼 무진.

무림이라는 세상에 드디어 한 발을 내디뎠다.

第六章
강소성의 혈교(血教)

마도
협객전

장씨 객잔으로 찾아가자 주인 장춘은 반색을 하며 무진을 맞아주었다.

"무진! 이 녀석!"

"왜 그래?"

"너, 저 무림맹의 협사님들과 함께 떠나는 거냐? 그렇지? 아이고! 부러워라! 나도 이십 년, 아니, 십 년만 젊었어도 따라가는 건데!"

장춘은 진심으로 안타까운지 나무 탁자를 두드리며 울상을 지었다.

"누구한테 들었어?"

"듣긴, 그냥 눈치로 안 거지. 객잔 장사 하루 이틀 한 줄 아냐? 추마대의 협사 두 명이 매일같이 너에 대해 꼬치꼬치 캐물으면서 떠나질 않고 있잖냐? 별로 하는 일도 없이 목이 빠져라 문만 바라보고 있는데 그것도 모르면 죽어야지."

무진은 속으로 감탄하며 고개를 끄덕였다. 과연 장춘은 누가 장사꾼 아니랄까 봐 눈치가 빨랐다.

"그나저나, 정말 가는 거냐?"

장춘은 은근한 목소리로 물었다.

"갈 것 같아."

"오오!"

"할 말이 있어."

"뭔데?"

"사… 아니, 할아버지를 잘 부탁해."

"노인장 말이냐? 그거야 네가 부탁하지 않아도 잘해드려야지."

"그런 거 말고, 지금처럼 매주 한 동이씩 술을 준비해 줘. 술 가지러 직접 오시면 식사랑 요리도 좀 해드리고. 그에 대한 대금은… 내가 마을 입구에 흑오동나무 스무 그루를 베어다 놨어. 그 정도면 몇 년치 술값이랑 밥값은 되지?"

술과 밥 이야기를 할 때 조금 어두워지던 장춘의 얼굴이 오동나무 이야기를 하자 환하게 밝아졌다.

무진이 베어온 흑오동나무는 적왕이 사는 구역에 있는 최고급의 오동나무였다. 탄력도 좋고 튼튼해서 고급 가구를 만드는 데 쓰이는 흑오동나무는, 이런 시골이 아니라 도시에 내다 팔면 그야말로 부르는 게 값인 것이다.

싸구려 화주와 가끔 주면 그만인 밥값으론 충분하고도 남는 일이었다.

장춘의 얼굴엔 감출 수 없는 웃음이 매달렸다.

"저, 정말로 괜찮겠나? 스무 그루나?"

"대신 할아버지께 잘해줘."

"잘해드리다 뿐이냐! 여기 오시면 내가 당초소배골(糖醋小排骨)을 해드리마!"

당초소배골은 장춘이 젊은 시절 상해(上海)에서 배워왔다는 돼지 요리로, 연한 갈빗살을 새콤달콤한 양념에 버무려 구운 일품 요리였다.

평소엔 웬만해선 절대로 하지 않는 요리인데 해주겠다며 큰소리를 치는 것을 보니 장춘이 지금 얼마나 기분이 좋은지를 알 수 있었다.

'이 정도면 괜찮겠지.'

무진은 그 뒤로 사부에게 필요할 듯한 일들을 몇 가지 더 일러주었다.

"무진 소협!"

"당신! 왜 이제야 온 거야!"

그때, 익숙한 목소리와 함께 진린린과 유원이 객잔의 계단으로 뛰어내려 왔다. 특히나 진린린은 어미를 만난 새끼 토끼 같은 얼굴로 후다닥 뛰어와 무진의 소매를 덥석 붙잡았다.

"있잖아. 난 당신한테 반말을 해도 된다고 생각하거든? 처음 만났을 때도 그랬고, 더군다나 당신도 나한테 반말 쓰잖아? 그런데 유원 오라버니는 내가 꼭 존댓말을 쓰고 예의를 지켜야 한다는 거야. 그래서 내가 그랬지. 당신한테 직접 물어보고 당신이 원하는 대로 하자고 말이야. 그래서, 어때? 당신은 내가 꼭 존댓말을 쓰면서 거리를 뒀으면 좋겠어, 아니면 편안하게 서로 반말을 쓸까?"

무진의 눈썹이 자세히 보지 않았다면 모를 만큼 미미하게 꿈틀거렸다.

반가운 인사까진 바라지 않더라도, 적어도 다짜고짜 이런 질문이 날아올 거라곤 생각하지 못했던 것이다.

무진이 슬쩍 유원을 쳐다보자 그는 청명한 얼굴 위로 난감한 표정을 짓고 있었다.

무진은 어떻게 대답할지 결정을 내렸다.

"마음대로 해."

"그렇지! 거봐, 유 오라버니! 내가 괜찮다고 했잖아!"

진린린은 기분 좋게 씩 웃으며 득의양양한 표정을 지었다. 유원은 뭔가 말하고 싶은 것이 있는 듯 입술을 달싹거렸지만, 결국 아무 말도 못한 채 쓴웃음만 지었다.

"무진 소협."

유원은 정중하게 포권을 하며 고개를 살짝 숙였다.

"등에 지고 있는 그 보따리는 승낙의 뜻으로 봐도 괜찮겠소?"

"사부의 승낙을 받고 오는 길이야."

"잘되었소! 정말 잘되었소! 사실 삼 일간이나 오지 않아서 조금 걱정을 하고 있던 참이오."

무진은 부러운 눈으로 그를 쳐다보는 장춘을 힐끗 쳐다보았다. 그가 객잔으로 돌아오는 데 삼 일이나 걸린 것은 장춘에게 줄 오동나무를 마련하느라 시간이 걸린 탓이다.

"일부러 엿들으려고 한 것은 아니지만, 소협이 주인장에게 부탁하는 것을 들었소. 사부님과의 관계가 돈독한 것이 보기가 좋던데, 본의 아니게 소협의 사부님께 폐를 끼친 것은 아닌가 걱정이 되는구려."

"상관없어."

"정말… 괜찮겠소?"

다시 묻는 유원은 진심으로 미안한 듯 보였다.

"우리 사부는 마인을 많이 잡을수록 좋아할 사람이야. 그런 쪽으론 신경 쓰지 않아도 돼."

"그렇소? 하지만 만약 소협이 꼭 사부를 봉양해야 할 상황이라면……."

"자꾸 같은 말 하게 하지 마. 결심했으면 한다. 이제 와서 번복할 거라면 시작하지도 않았어."

무진의 대답은 대쪽 같았다. '과연!' 이라고 말하며 감탄하는 유원. 그는 더 이상 그에 관해 묻지 않았다.

"우리 정천맹에 소협 같은 분이 합류했으니 이젠 머지않아 마천이 사라지고 다시 올바른 하늘이 중심이 될 날이 올 것이오."

"너무 확대 해석하는 것 같은데."

"아니오. 나는 확신하고 있소."

유원은 감격한 얼굴로 무진에게 자리를 권한 뒤, 장춘에게 차를 주문하고는 차분한 목소리로 지금의 상황을 설명하기 시작했다.

"이제 정천맹으로 돌아가기만 하면 되겠구려. 소협만 괜찮다면 조금 행보를 빨리하고 싶은데 괜찮겠소? 정천맹에 허락은 받았지만, 사실 예정보다 늦어져서 조금 서둘러야 할 상황이 되었다오."

무진은 괘념치 말라는 뜻으로 손을 내저으려다 문득 눈살을 찌푸렸다.

"…잠깐. 그럼 귀환 명령이 떨어졌는데 억지로 남았다는 건가? 무슨 핑계를 대고?"

"아, 그건……."

유원은 안타까워 보일 만큼 거짓말을 못했다. 어떻게 설명해야 될지 몰라서 망설이는 표정이 역력하게 드러났다.

"혹시… 나에 대한 이야기를 정천맹에 한 건가?"

“…….”

유원의 얼굴이 죄책감으로 일그러졌다. 무진의 눈빛이 차가워졌다.

“내가 비밀로 해달라고 했을 텐데? 혹시, 나한테 정천맹에 들어오라고 권유하러 왔던 것도 위에서 시킨 명령이었나? 그때 한 말도 모두 맹에서 시켜서 한 말들이고?”

무진은 일부러 기분 나쁜 내색을 하며 말했다.

만약 그때 구산의 중턱에서 마음을 움직였던 유원의 말들이 모두 진심에서 흘러나온 것이 아니었다면, 그는 유원에 대한 평가를 모조리 다시 해야 했다. 속을 알 수 없는 인물. 그만큼 위험한 심계(心計)를 가진 자가 또 있으랴.

“아니! 그렇지 않소이다! 그때의 말들은 모두 나와 린매가 진심으로 우러나서 했던 말들이오.”

“그럼 맹에선 나에 대해 얼마나 아는 거지?”

“그건…….”

유원은 오히려 그간 숨겨둬서 답답했다는 듯 있었던 일들을 모두 이야기하기 시작했다.

“정무관 혈사가 있고 이틀 뒤, 청검단(靑劍團)의 감찰관이 왔었소. 아! 청검단은 정천맹의 무사들의 보고가 진실인지 확인하는 감찰 기구요.”

“그래, 그래서?”

“맹에서 이번 혈사에 상당한 관심을 기울이고 있다는 걸 알 수 있었소. 추살된 마인이 혈우삼마의 막내 채건양인 데다가, 패마의 경지에 오른 자였기 때문이오.”

“패마를 잡는 게 흔치 않은 일인가보지?”

“채건양 정도로 이름이 있는 마인을 잡은 것은 맹으로선 이 개월 만의 업적, 우리 청죽부대로선 일 년 만에 있었던 일이라오.”

“…그래?”

아무래도 혈우삼마가 생각보다 유명한 자들이었던 모양이다. 유원은 미안하다는 듯 고개를 푹 숙였다.

“감찰관이 세밀하기 이를 데 없이 사건의 진상을 조사했고, 누가 잡았냐고 묻는 말에, 나는 청죽부대가 한 일이 아니라는 것을 밝힐 수밖에 없었소. 미안하오, 무진 소협. 하지만 린매도 나도 소협의 이름과 정체는 절대로 밝히지 않았소이다.”

진린린은 옆에서 ‘맞아, 맞아. 절대로 말 안 했어!’ 라며 맞장구를 쳤다.

“즉, 근처에서 은거하고 있던 무인이 채건양을 잡았다. 하지만 그게 누군지는 모른다 이건가?”

“그렇소.”

“그럼 맹에선 나를 왜 찾지?”

“현재 정천맹은 재야에 묻혀 있는 인재를 찾기 위해 혈안이 되어 있소이다. 구룡성을 상대하기엔 아무래도 세력이 부

족하니 아마 입맹을 권유하기 위해 찾는 것일 거라 생각하
오.”

유원의 눈빛은 조금도 숨기는 것이 없는 듯 순수했다.

싸늘하게 굳었던 무진의 얼굴이 조금이나마 펴졌다.

“사실 맹에선 기인을 찾기 위해 수색대를 파견하겠다고 했
는데… 내가 억지로 뜯어말렸소. 기인이 낯을 많이 가리는 분
이라, 이미 안면이 있는 나와 린매가 가지 않으면 숨어버릴지
도 모른다고 말했더니 허락을 해주더이다.”

드르륵.

유원은 곧장 의자를 밀며 자리에서 일어나더니 정중하게
사과의 예를 올렸다.

“본의 아니게 사실을 숨긴 것이 되어 정말 미안하오. 지금
이라도 소협이 모든 게 싫어져서 다시 재야로 돌아가겠다고
한다면 나는 말릴 염치가 없소이다.”

“…….”

무진은 한숨을 내쉬며 고개를 저었다.

‘고지식하군.’

어차피 그 일을 직접 본 사람은 진린린과 유원 두 사람밖에
없다. 만약 청죽부대가 채건양을 잡은 거라 했다면 혈우삼마
의 막내를 잡은 것은 그들이 되었을 터.

성격이 너무 올곧아서 기회를 찾아먹지 못하는 바보 같은
자들이었다.

푸른 대나무라는 이름 그대로.

똑바로, 똑바로, 꼿꼿하게 밖에 살 줄 모르는 꼬장꼬장한 족속.

"하지만 싫지 않아."

무진은 유원과 진린린을 쳐다보며 그렇게 말했다.

'아마 정의로운 정파랍시고 거들먹거리는 녀석들 중에서도 이 정도로 솔직하고 곧은 녀석은 찾아보기 힘들겠지.'

무진은 확신했다.

그리고 사실 그런 점이 있었기에 애초에 이들과 함께해도 좋을 것 같다는 생각이 들었던 것이다.

"무진 소협?"

"그런 점이 싫지 않아. 함께 간다고 했으니 함께 간다. 나는 말을 쉽게 바꾸는 사람이 아니야. 그쪽이야말로 이제 와서 싫은 건 아니겠지?"

유원은 감격한 얼굴로 무진의 손을 꽉 붙들었다.

"그럴 리가 있겠소! 나 유 모를 믿어줘서 다시 한 번 고맙소. 앞으로 같은 맹에 소속된 한식구로서 잘 지내봅시다."

옆에 있던 진린린도 기쁜 얼굴로 방방 뛰었다.

"잘됐어! 이럴 게 아니지. 바로 맹으로 가자. 여기요―! 주인장―! 우리 갈 거예요! 말 좀 가져다줘요!"

장씨가 있을 주방으로 곧장 뛰어들어 가는 진린린.

그 모습을 보며 너털웃음을 터뜨리는 유원.

왁자지껄한 소리와 함께 무진의 새로운 생활이 시작되었
다.

*　　　*　　　*

기묘한 곳이었다.

시장통을 열어도 될 만큼 넓고 커다란 방에 전후좌우, 위아
래 육방(六方) 모두를 중양절 축제에서나 볼 법한 새빨간 홍
지(紅紙)로 덮어놓았다.

바닥엔 새벽녘의 안개처럼 뿌연 연기가 무릎 높이까지 차
올라 있었는데 그 연기는 사람이 움직일 때마다 살아 있는 생
물마냥 옆으로 꿈틀거렸다.

다른 세상에 온 것 같은 광경이다.

냄새는 또 어떠한가?

향유(香油)에 사향(麝香)을 섞은 것처럼 시큼하면서도 쌉쌀
한 향기가 방 안을 가득 채우고 있다. 거기다가 여인네들의
분 냄새 같은 것까지 합해지니 그 냄새를 맡는 것만으로도 가
슴이 뛰고 피가 빨라지며 욕정이 치밀어 올랐다.

넓은 방.

뿌연 연기 사이로 간신히 어둠을 면할 만큼만 빛을 뿜어내
는 등불이 일 장 간격으로 놓여 있다.

혈우삼마의 첫째와 둘째 채곤양과 채손양은 방문 앞에서

납작 엎드린 채로 슬그머니 고개를 들어 전면을 살폈다.

태사의까지 등불이 일곱 개.

즉, 칠 장 간격.

가깝다고 할 수 없는 거리이나, 패마의 경지에 오른 그들에겐 코앞이나 다름없는 거리이기도 하다.

흔들리는 그림자 사이로 묘한 신음이 억눌린 듯 새어 나왔다.

"하아… 하아……."

"아아, 으음……."

찰랑거리는 물소리와 함께 땀에 젖은 살과 살이 맞부딪치는 소리가 연이어 들려왔다.

칠 장 밖에서도 선명하게 느껴지는 격렬한 움직임.

욕정을 참느라 귀까지 새빨갛게 달아오른 두 사람에게 천상의 옥구슬마냥 맑고 영롱한 목소리가 들려왔다.

"함께할 텐가?"

미성(美聲).

하지만 여인의 그것이 아니라, 청년이 낼 수 있는 미성이었다.

지금 하고 있는 동작으로 봐선 가쁘고 탁한 녹소리가 나와도 시원찮거늘, 아름다운 목소리는 책을 읽다가 묻는 말처럼 평온하기만 하다.

게다가 그 말이 뜻하는 바는 제정신이 박힌 자로선 상상도 할 수 없는 파격(破格).

"무, 무슨 말씀을……."

나름대로 한 지방의 패자까지도 노려볼 법한 무인인 혈우일마가 말까지 더듬으며 땅에 머리를 찧었다.

"혈존(血尊)께서 한 자리에 있을 수 있도록 허락해 주신 것만으로도 삼대가 감읍할 영광이옵니다."

혈우일마의 목소리엔 공포와 존경심이 가득했다. 그로서는 상대가 혈존이니 그럴 수밖에 없었다.

혈존이라 불릴 수 있는 자는 천상천하에 단 한 명뿐이다. 사도 팔만 혈신교도의 교주이자 혈미륵의 재래(再來)라 불리는 자.

구룡성 오마 중의 일인.

혈마 무휼(無恤).

그는 천상의 목소리로 두 사람에게 요구했다.

"고개를 들라."

스륵.

안 된다는 것을 안다.

설령 혈마가 그러라 했어도 감히 그래선 안 된다는 것쯤은 두 사람 모두 잘 알고 있다. 그런데도 그들은 고개를 들었다.

마치 뭔가에 홀린 듯이.

도저히 거부할 수 없는 힘에 의해 고개를 들고 사도의 왕을 똑바로 응시했다.

“아… 아흑……!”

“아아……!”

대체 뭘 어떻게 했는지 두 여인에게서 동시에 짤막한 비명이 뱉어졌다. 방 안은 전장의 북소리마냥 뜨거운 숨소리로 쿵쿵 울렸다.

철퍽철퍽.

태사의엔 커다란 욕조가 놓여 있었다. 새빨간 적석(赤石)에 눈부신 황금으로 섬세하게 봉황이 조각된 값비싼 물건. 그 안에서 찰랑이는 것은 끈적끈적한 핏물이다.

그것이 사람의 피라고 가정한다면 일이백 정도론 어림도 없는 끔찍할 만큼 많은 양의 피.

그 안에서 한 명의 청년과 두 명의 여인은 교접하는 백사(白蛇)마냥 물 위를 오르락내리락하며 격렬하게 뒤엉키고 있었다.

그 모습이 아름답다고 하면 이상할 것인가?

사이(邪異)하고 괴이(怪異)한 그 모습엔 사람을 미치게 만드는 마력이 숨어 있다면 믿을 수 있겠는가?

펑!

욕조에서 가장 가까이에 있던 등불 두 개가 폭발하듯 거세게 타올랐다.

청년의 모습이 백일하에 드러났다.

서역에서 온 백인들보다도 더 하얀, 핏줄이 다 들여다 보일 만큼 창백한 피부가 드러나고, 그는 두 사람의 시선이 아무렇지도 않은 듯 양팔을 벌리며 교접의 행위에 열중했다.

나이는 스물? 서른? 또는 십대의 소년?

도저히 나이를 짐작할 수 없는 얼굴에 관옥만큼이나 빼어난 외모를 가진 그가 각각 세 개의 눈동자로 그의 몸에 달라붙어 있는 두 여인에게서 시선을 떼지 않는다.

삼중안(三重眼).

세 개의 눈동자로 각각 현세, 과거, 미래를 보는, 삼국시대 와룡 제갈공명이 가지고 있었다는 신의 눈동자.

두 여인은 모두 월궁항아라고 해도 믿을 만큼 아름다운 용모를 지닌 여인들이었다. 그녀들의 눈은 백태가 낀 것만큼이나 탁했고, 가쁜 숨을 내뱉는 얼굴에선 애욕(愛慾) 말고 다른 생각은 찾아볼 수가 없었다.

세뇌가 된 것이다.

머리가 하얗게 비워진 두 여인은 혈존의 성욕을 채워주는 인형이자 제물일 뿐.

바들바들 떨리는 다리와 대리석 같은 피부에 드문드문 나 있는 붉은색 손자국은 혈존이 그녀들을 얼마나 거칠게 다뤘는지를 말해주고 있었다.

"아아……!"

우득!

절정의 순간, 밑에 깔려 있던 여인 중 하나가 피를 토해내며 힘없이 널브러졌다. 혈마 무휼은 어린아이처럼 해맑게 웃었다.

"인형 주제에 주인보다 먼저 만족하다니. 건방지다."

천상의 목소리로 패악한 말을 내뱉는 혈마.

목이 꺾인 여인은 핏물로 가득한 욕조 속에 잠겨들어 이내 머리끝까지 가라앉아 보이지도 않게 되었다.

그 모습을 모두 지켜본 채곤양과 채손양은 몸을 부들부들 떨며 공포에 질렸다. 함께 몸을 섞던 여인조차 마음에 안 든다고 곧바로 목을 꺾어버리는 존재다.

핏물 속에 잠겨드는 그 모습이 마치 자신들의 미래처럼 보여 그들은 당장에라도 몸을 돌려 뛰쳐나가고 싶은 것을 억지로 참아야만 했다.

"너희 둘, 할 말이 있다고 했다지?"

혈마는 여인들에게 흥미를 잃은 듯 나른하게 몸을 늘어뜨리며 두 사람에게 시선을 돌렸다. 하나 남은 여인은 곧장 자리에서 일어나 감정없는 얼굴로 그의 뒤에 시립했다.

"혈교천하(血敎天下)! 미륵공양(彌勒供養)! 혈신재래(血神再來)!"

채곤양은 혈교인이라면 누구나 알고 있는 만세삼창을 외친 뒤 덜덜 떨리는 목소리로 말을 이었다.

"예, 혈존. 저희가 본래 본당에 있으려 했으나, 마기의 유혹을 이기지 못하고 욕망에 빠져서……."

“용건만 간단히.”

“예, 예. 결론부터 말하자면… 살마를 본 것 같습니다.”

꿈틀.

항상 온화한 표정을 짓고 있던 혈마의 얼굴에서 처음으로 인간다운 감정이 나타났다.

“살마라고?”

“예, 예. 정확히 말하자면 살마의 후예로 보입니다만…….”

“잠깐.”

스윽.

혈마는 채곤양의 말을 끊고 자리에서 일어나 한쪽 손을 들어 올렸다.

그러자,

휘리릭—!

“허, 허억!”

대체 어디서 나타난 것일까?

옅은 바람과 함께 갑자기 채곤양과 채손양의 앞에 얼굴에 탈을 뒤집어 쓴 세 사람이 나타났다.

사자탈을 쓴 거한.

귀면탈을 쓴 난쟁이.

용안탈을 쓴 호리호리한 사내.

이들이 바로 혈마의 곁을 보위(保衛)하는 혈신삼호법(血神三護法)!

극마 중에서도 최고의 경지에 올라, 구룡성의 오마를 제외하곤 상대할 자가 아무도 없다는 강자들 중의 강자가 이들이 아니던가!

바람처럼 다가온 사자탈의 거한이 육중한 철곤으로 채곤양의 뒷목을 찍어 눌렀다. 용안탈의 호리호리한 사내가 채손양을 펄쩍 뛰어넘더니 손가락을 매의 발톱처럼 구부린 응조수(鷹爪手)로 그의 양쪽 어깨를 짓눌렀다.

채곤양와 채손양 또한 나름대로 절정의 경지에 오른 무인이었으나, 삼호법의 동작에는 반항 한번 할 수가 없었다.

철퍽.

혈마가 자리에서 일어나자 등 뒤에 시립해 있던 여인이 붉은색 비단 장포를 그의 몸에 걸쳐 주었다.

그리고 한 걸음.

단 한 걸음 만에 혈마는 칠 장의 거리를 격하고 그들의 코앞까지 다가왔다. 마치 축지법처럼 공간을 줄여 버리는 극성에 이른 포연보(浦淵步)였다.

"열흘에 한 번밖에 할 수 없는 만혈지공(萬血之功)을 방해하고, 내 즐거움을 방해했다. 만약 그 입에서 나온 말이 사실이 아니라면……"

스릉!

혈마의 뒷말은 귀면탈의 난쟁이가 직접 몸으로 보여주었다.

오 척 길이.

그의 짧은 몸만큼이나 거대한 대도(大刀)를 꺼내 들고 채곤양과 채손양의 옆에서 당장에라도 목을 내려칠 듯 상단세를 취한 것이다.

"거, 거짓이 아닙니다!"

혈마는 빙그레 웃었다.

"무엇 때문에 그리 확신을 하지?"

"거, 검은색의 쇠사슬과 날이 바깥쪽에 달려 있는 기묘한 형태의 낫을 사용했습니다."

"그걸로는 부족해. 무림엔 기병을 쓰는 사람들 천지다."

"게다가 저희 혈우삼마의 막내인 건양이가 손도 못 쓰고 당했습니다. 겨우 두 수나 세 수 정도밖에 겨루지 못하고 당한 것처럼 보였는데……. 그 나이 또래에 그런 성취를 이룬 자가 흔하겠습니까?"

"나이가 얼마더냐?"

"아직 약관도 안 된……."

"그걸로도 부족해. 젊은 잠룡 중에 낫과 쇠사슬을 무기로 쓰면서, 너희 정도의 수준을 손쉽게 벨 수 있는 자? 그 정도론 살마의 이름 비슷한 것도 꺼내선 안 된다."

혈마의 얼굴에 떠올라 있던 미소가 점점 짙어졌다.

채곤양은 피가 마르는 것을 느꼈다. 무시당한 것도 개의치 않았다. 혈마는 항상 웃는 사람이지만 사람을 죽이기 직전엔 더더욱 환한 미소를 짓는 사람이다.

이대론 죽는다.

그는 그것을 직감한 것이다.

"흐, 흡정……!"

"뭐라고?"

"제 동생은 죽기 직전에 흡정이라고 말했습니다! 분명히 그랬습니다! 그리고 반드시 원수를 갚아달라고……."

그는 그 당시 제대로 듣지 못했던 불확실한 사실까지 말해버렸다. 결과야 어찌 되든 모든 것을 해보고 죽자는 발악이었던 것이다.

"……."

그리고 그것은 통했다.

얼굴에서 웃음기가 사라진 혈마가 말없이 등을 돌렸다.

"물러가거라."

"예, 예!"

"이 일은 다른 곳에서 말하지 않는 것이 좋을 것이다. 그리고 명이 떨어질 때까지 본당을 떠나지 말거라."

"여, 여부가 있겠습니까!"

사자탈과 용안탈이 그들의 몸에서 손을 뗐다. 귀면탈도 대도를 다시 도집 안으로 집어넣었다.

채곤양과 채손양은 자신들이 살아남은 것이 믿기지 않는다는 듯한 얼굴로 재빨리 방 밖으로 빠져나갔다. 혈신교의 집법당에 잡혀 당연히 죽을 거라 생각한 그들이 천운에 의해 살아남은 것이다.

두 사람의 기척이 멀어진 뒤.

가만히 뒤돌아서 있던 혈마의 입에서 아름다운 목소리가 흘러나왔다.

"팔 년 전에 사라진 살마가 후예를 남겨놓았다? 그리고 그 후예가 하필 지금 나타나고? 재밌구나, 재밌어. 정말이지, 재밌어."

혼잣말을 하듯 조용히 읊조리는 혈마의 뒤로 삼호법이 그림자처럼 뒤에 버티고 섰다.

그중에 대도를 들고 있는 귀면탈.

체구가 작은 난쟁이가 입을 열었다.

"정말로 살마일까요?"

"살마가 진마흡정공을 갖고 있다는 것은 구룡성 내에서도 극소수의 인물만이 알고 있는 사실이지. 진짜가 아니라면 저 놈들이 그걸 알 리가 없어."

"그렇다면 어째서 살마가 직접 나서지 않았을까요? 그가 직접 나섰다면 목격자를 살려두는 저런 실수는 하지 않았을 텐데 말입니다."

귀면탈은 쇳조각과 쇳조각을 긁는 소리로 말을 하는 듯한 거슬리는 목소리를 가지고 있었다. 듣는 사람 모두가 얼굴을 찌푸릴 법한 소리. 하지만 혈마는 익숙한 듯 은은하게 웃는 얼굴로 자신의 매끈한 턱을 쓰다듬었다.

"살마는 한 팔과 한 다리가 잘린 데다가 극성에 이른 혈음력(血陰力)에 등이 갈라졌었다. 나서고 싶어도 나서지 못할 게 틀림없어."

"그렇습니까?"

"그래. 그보다 중요한 것은 이제껏 숨어 있다가 왜 하필 지금 흔적을 드러냈느냐는 건데……. 후훗. 하긴, 그래서 더욱 재밌는 일이지. 살마의 후예라……. 어떤 녀석일지 보고 싶어서 미칠 지경이야."

귀면탈이 고개를 까딱였다.

"잡아올까요?"

"아니, 아니지. 그럴 필요는 없다. 때가 되면 자연히 만날 테지. 살마에겐 갚아야 할 빚도 있으니 일단은 조금 지켜보는 게 나아."

"그렇다면 혈귀(血鬼)들을 붙이겠습니다."

"후훗, 좋은 생각이구나."

혼자서 키득키득 웃던 혈마가 다시금 욕조를 향해 다가갔다. 그리고 한 발은 욕조에, 한 발은 바깥에 걸친 채로 문득 생각난 듯이 말했다.

"아! 아까 그 둘은 혈혼당(血魂黨)에 맡겨라. 입을 막으려면 죽여야겠지만 그냥 죽이기엔 좀 아까워. 얼마 전에 혈혼당주가 이번 계획에 쓸 강시 재료가 필요하다고 했던 것 같은데?"

“예. 패마의 마인이니 좋은 재료가 될 겁니다.”

“그래, 잘되었구나.”

깊숙이 고개를 숙인 삼호법이 다시 그림자 속으로 녹아들고, 혈마는 다시 욕조에 몸을 담그며 인형처럼 서 있는 여인을 끌어다가 품에 안았다.

첨벙첨벙.

끈적끈적한 땀방울과 거친 숨소리.

핏물이 물결쳤다.

＊　　　＊　　　＊

진린린의 말은 갈색의 몸에 하얀색 점박이 무늬가 박혀 있는 아담한 크기의 대완구, 유원의 말은 티끌 하나 없이 깔끔한 황토색의 장마(長馬)였다.

점박이는 진린린을 보자마자 달려와서 그녀의 볼을 혀로 핥으며 애교를 떨었고, 황토색의 말은 꼿꼿한 자세로 터덜터덜 걸어와 안장에 올라타라는 듯 공손하게 목을 아래로 쭉 뺐다.

재미있는 일이다. 둘 다 행동만 봐도 누가 주인인지 알 수 있을 만큼 빼닮지 않았는가?

“아! 쟤는 당신 거야.”

장씨가 끌고 온 말들 중엔 그 둘의 말 말고도 한 마리가 더 있었는데, 진린린은 그 말을 가리키며 무진에게 그가 남경까지 타고 갈 말이라고 했다.

대단한 위용을 자랑하는 말이었다.

윤기가 흐르는 짙은 흑갈색 털에 온몸의 근육이 탄탄하게 잘 발달되었고, 북슬북슬한 털로 뒤덮인 두 쌍의 발굽은 각각 성인 남자의 양 주먹을 합친 것만큼이나 커다랬다. 땅에 디딘 발굽에서부터 머리까지, 키만 해도 무려 칠 척가량.

그만한 녀석이 사납게 투레질을 하며 노려보는데, 이건 호랑이를 앞에 둔 것처럼 기세가 대단하다.

무진은 무표정한 얼굴로 지그시 말의 눈을 바라보았다.

"만총전장의 구 오라버니가 쟤는 서역에서 수입한 말이라고 그랬어. 대륙에선 구할 수 없는 귀한 애라고 했는데… 아마 구 오라버니도 다른 사람에게 가는 것보다는 당신이 타는 걸 더 좋아할 거야."

진린린의 눈가에 슬그머니 이슬이 맺혔다.

만총전장의 구 오라버니, 분명 정무관에서 물건들을 수습할 때 말했던 이름 중의 하나다.

"죽은 자의 말이라……."

기묘한 감정에 사로잡혀 그 말을 가만히 쳐다보는 데 어느새 자신의 말에 올라탄 유원이 옆으로 다가왔다.

"구제는 매번 그 말을 길들이질 못해서 끌고만 다녔소. 언젠가는 꼭 올라타겠다며 오기를 부렸지만, 거의 대부분은 마

차를 타고 대열을 쫓아올 수밖에 없었소이다.”

무진은 고개를 끄덕였다.

“어쩐지 길들인 녀석치고는 너무 사납다고 생각했다.”

“하하! 그렇소? 하긴, 엄밀히 따지자면 주인이 없는 말이오.”

“말을 타는 것은 처음이지만…….”

무진이 조용히 중얼거리자, 유원은 깜짝 놀라는 듯한 얼굴이었다.

“아! 내 실수였소. 무진 소협에겐 그저 좋은 말을 주고 싶은 마음에 생각이 짧았구려. 당장 근처에서 다른 말을 구해보겠…….”

유원의 말이 끊어졌다. 그의 얼굴엔 놀란 기색이 역력했다.

히히히힝—!

우렁찬 울음소리와 함께 흑갈색의 거마(巨馬)가 흥분한 것처럼 콧김을 뿜어냈다. 등 뒤엔 무진이 어색한 표정으로 앉아 있는 채다. 유원은 동그랗게 치켜뜬 눈으로 무진과 그 말을 번갈아 쳐다보았다.

“무진 소협, 말을 타는 것은 처음이라고 하지 않으셨소?”

“처음 맞아.”

“그런데 어떻게…….”

유원은 차마 말을 잇지 못했지만, 어떻게 이 말을 길들였나고 묻는 것이 분명했다.

"동물을 길들이는 것은 처음이 아니야. 동물은 모두 똑같지. 내가 그 녀석보다 위라는 것을 알려주면 돼. 그럼 겁을 먹고 말을 듣거든."

간단한 이치다.

자연이란 힘의 섭리에 지배당하는 세계.

자신보다 강하다는 것만 알게 되면 순순히 말에 따르는 것이 동물이다.

"말은 그렇게 다루는 게 아닌데……."

점박이를 친구 이상으로 생각하는 진린린은 불만스러운 듯 툴툴거렸지만 무진이 고삐를 당기는 방향에 따라 순순히 방향을 트는 말을 보며 더 이상 아무 말도 하지 못했다.

세 사람과 세 마리의 말은 천천히 한쪽 방향으로 걸음을 옮기기 시작했다.

"무진 소협은 언제나 나를 놀래키시는구려. 구제의 흑첩(黑捷)이 그렇게 쉽게 굴복할 줄이야. 역시 동물도 뛰어난 사람의 비범함을 알아볼 수 있는 모양이오."

"흑첩?"

"그 말의 이름이라오. 삼국시대의 관운장, 여포와 비교되던 위신(魏臣) 장료의 애마가 흑첩이란 이름을 가지고 있었다고 하더이다."

무진은 흑첩이란 이름이 이 고고하고 거대한 말과 잘 어울린다고 생각했다.

다각다각다각.

앞으로 나서야 직성이 풀린다는 듯 성큼성큼 걸어가는 흑첩을 따라 유원, 진린린이 바싹 뒤에 붙었다.

구산의 마을이 점점 뒤로 멀어진다. 세 사람은 본격적으로 남경을 향해 출발했다.

구산으로부터 남경까지는 걸어서 육 일은 족히 가야 하고 말을 타면 이틀에서 사흘 안에 갈 수 있는 거리.

해가 질 때쯤 그들은 처음으로 야영을 하게 되었는데, 놀라운 점은 고지식해 보이던 유원은 물론이고 아직 꼬맹이나 다름없는 진린린조차 야영에 익숙해 보였다는 점이다.

그들은 무진이 딱히 도와줄 틈도 없이 순식간에 모닥불을 피우고, 미리 준비해 온 두꺼운 천과 나뭇잎으로 하룻밤을 보낼 침상을 만들어냈다.

무진이 할 일이라곤 근처의 숲을 찾아서 땔감을 주워오는 것뿐이었다.

"우리 청죽대는 야영을 할 기회가 많았소. 이건 그 덕분에 얻은 경험이외다."

"흥! 자랑할 게 아니에요. 잘난 녹난부대 애들이 매번 숙소를 다 차지하니까 그렇지."

"린매!"

녹난이라면 남궁, 제갈, 황보가 등의 대(大) 세가연합의 자제들이 소속되어 있는 부대다.

"녹난?"

"그것들이 얼마나 잘난 척을 하는데? 적매부대는 도가 문파 무사들, 황국부대는 불가 문파의 무인들. 그런데 따지고 보면 녹난이랑 우리 청죽이랑은 모두 속가의 무사들이잖아? 그럼 서로 더 잘해줘서 한편이 되어도 모자랄 판에, 꼭 지네들은 특별한 것처럼 유세를 떤다니까?"

진린린은 쌓인 게 많은지 몸까지 부르르 떨며 분해했다.

"사실 차이가 크긴 하지. 그들은 명문 대가 출신이고, 우린 지방의 중소 문파 출신이잖나? 실제로 실력도 그들이 더 낫고 말이다."

"유 오라버니! 오라버니가 매번 그런 식으로 생각하니까 그놈들이 우릴 우습게 보는 거라고요!"

"우습게 본다고?"

"그럼요! 늦게 온 주제에 숙소를 빼앗고, 매번 우리가 마인을 찾아놓으면 그것들이 가로채고! 그게 다 우습게 보는 거지 뭐예요! 오라버니는 자신감을 좀 가져요! 내가 알기론 정천맹 전체에 오라버니만큼 정의롭고 정직한 사람은 아무도 없어요!"

진린린은 불같이 화를 내며 제자리에서 방방 뛰었다.

무진은 그 이야기만 듣자 청죽대와 유원이 어떤 대우를 받는지 잘 알 수 있었다.

군자(君子)처럼 온유한 성품을 가진 유원이 그들 앞에서 어떻게 행동할지, 그리고 청죽부대가 야영을 많이 할 만큼 열심히 뛰어다니고도 제대로 된 실적은 못 쌓는 이유가 뭔지도 말이다.

"하지만 마인들과의 싸움은 확실히 녹난부대가 하는 것이 나아."

"오라버니, 우리끼리도 잘할 수 있어요!"

"…이번처럼 말인가?"

타닥타닥 타들어가는 모닥불 빛 사이로 침울하게 가라앉은 유원의 얼굴이 보였다. 드러내지 않았을 뿐, 정무관에서의 혈사로 스스로를 많이 자책하고 있는 모양이었다.

무진은 침울해진 유원을 가만히 바라보다가 입을 열었다.

"중소 문파의 무사가 대문파의 무사보다 약한 것은 어쩔 수 없는 일이야. 죽을힘을 다해 연마하지 않은 이상, 배워온 무공의 깊이가 다른데 어쩌겠어?"

"당신……!"

무진이 비꼬는 것으로 들렸는지 진린린이 흥분한 얼굴로 그의 소맷자락을 잡으려 들었다.

휘릭―!

"엇……!"

무진은 손을 옆으로 한 치 정도 이동하는 것만으로 그 동작을 가볍게 피해내며 계속해서 말을 이었다.

"대신 청죽부대엔 다른 게 있잖아? 상계(商界)와 연결된 치밀한 정보망과 여기 꼬마 처녀처럼 뛰어난 머리를 가진 모사가(謀士家). 힘이야 열심히 수련해서 기르면 되지만, 이런 재능은 평생을 두고 구해도 인연이 닿지 않으면 구하지 못하는 것 아니던가?"

"아……!"

"청죽부대의 무력이 불만이라면 네가 책임지고 단련시키면 되는 거다. 사람의 잠재력은 무궁무진하다. 목숨을 걸고 한계까지 수련하다 보면 당연히 다른 사람보다 강해지게 되어 있어. 그럼 실적도 오를 거고. 녹난이든 황국이든 아무도 너희 부대를 무시하지 못하겠지."

무진의 목소리엔 스스로가 그 일을 겪어본 듯한 확신이 가득 담겨 있었다.

유원은 흔들리는 눈으로 무진을 바라봤다.

"안타깝게도 나는 청죽부대를 단련시킬 만한 위치에 있지 않소이다."

"음? 네가 청죽의 대장 아니었던가?"

"당치도 않소이다. 나는 아직 청죽 삼조의 조장일 뿐. 그나마도 선대 조장이 이번 일로 숨을 거두는 바람에 되었을 뿐이니 아직 그만한 인물이 아니외다."

옆에서 진린린이 '유 오라버니는 그만한 인물이라니까요!'라고 소리쳤다. 유원은 자리에서 벌떡 일어나 무진에게 포권을 했다.

"하나, 무진 소협이 말한 그 금과옥조와 같은 이야기, 가슴 깊이 새겨 넣고 반드시 그것을 이루도록 하겠소. 소협은 언제나 나에게 큰 깨달음을 주시는구려."

무진은 고개를 저었다.

"됐으니까 포권만 하지 마. 무슨 말만 하면 포권하는 것 보기 싫어."

"하하, 알겠소. 그렇게 하겠소. 하긴, 친우라면 이런 사소한 일로 포권을 해선 안 되겠구려."

친우라는 말에 무진이 미미하게 인상을 찡그렸지만 그 이상 아무런 말도 하지 않았다. 유원이 기분이 좋은 듯 빙그레 웃는다. 진린린은 유원을 친우로 대할 것 같으면 자신은 진 소저나 린매라 부르라며 억지를 부렸다.

유원이 기분이 풀린 듯 호탕하게 웃더니 주변을 바라보며 농담을 던졌다.

"그나저나 으스스한 날이구려. 귀신이라도 나올 것 같소이다."

실제로 넓은 관도에 사람이라곤 딱 무진과 유원, 진린린 이렇게 세 사람밖에 없는 상황이다. 구름에 가려서 별빛 하나 새어 나오지 않는 어두운 밤하늘. 우중충한 바람이 불 때마다 기괴한 소리를 내며 몸을 떠는 나무들.

유원의 말대로 귀신이라도 나오기 딱 좋은 날씨다.

그러다 문득 무진은 유원이 모산파 출신이라는 것을 떠올렸다.

"모산파는 퇴마와 부적술로 유명하지 않았나?"

"아, 그게……."

선뜻 답을 하지 못하고 유원의 표정이 어색해진다.

무진은 의아함을 느꼈다.

모산파라면 구파일방까지는 아니더라도 이곳 남경 근처에 굉장히 큰 세력을 가지고 있는 거대 방파.

굳이 전진도교의 신자들이 모산파를 따르는 것을 언급하지 않더라도, 퇴마와 부적술로 벌어들이는 돈이 엄청난 곳이니 정천맹도 무시할 수가 없는 방파인 것이다.

더군다나 그곳의 대제자라면? 적어도 세가 연합이 있는 녹난부대에는 끼워줬어야 하는 것 아니었을까?

"물론 모산파의 대제자로서 나도 부적술과 퇴마술을 알아야겠지만, 안타깝게도 모산파는 대부분의 술법들을 잃어버렸소."

유원의 목소리엔 씁쓸함이 가득 배어 있었다.

"어쩌다가?"

"팔 년 전쯤, 혈교가 이곳 남경까지 쳐들어온 적이 있었소. 우리 모산파는 그때… 모든 것을 빼앗겼소이다."

담담하게 말하지만, 유원의 눈에선 분노와 자괴감, 그리고 감출 수 없는 실망감이 가득했다.

무진은 혈교가 대륙의 모든 술법을 모으고 있다는 이야기를 떠올렸다.

"그 탐욕스런 마인 놈들은 모산파의 식구들을 모조리 죽이고 재물, 술법서, 무기, 뭐 하나도 남김없이 모조리 약탈한 뒤 건물을 불태웠소. 나는 그 당시 잠시 고향에 다녀오는 덕분에 살았지만, 이제 모산파에 남아 있는 것은… 황폐화된 터와 폐인이 된 두 분의 사숙, 그리고 반쯤 타버린 현판뿐이오."

"운이 좋았네."

"그걸 운이 좋았다고 할 수 있을지 모르겠소."

유원의 얼굴에선 여러 가지 감정이 소용돌이쳤다.

무진은 그 감정들을 신기하다는 듯이 관찰했다.

"술법이 아니라 무사의 길을 택한 것도 결국 그래서인가?"

"그렇소. 모산파의 대제자로서 나는 모산파를 다시 부흥시킬 의무가 있소이다. 그런데 그 무공조차 반쪽짜리이니 암담할 따름이오."

"무공을 다 전수받지 못했나?"

"그렇소. 내가 익힌 서왕진기는 모산파의 진신기공이지만, 장문인에게 전해지는 위화상청신공(違和上淸神功)과 비교하면 여러 가지로 부족하다고 말할 수밖에 없소이다."

무진은 유원에게선 조급함을 느꼈다.

젊은 나이, 대제자라는 신분, 멸문한 것이나 다름없는 문파를 재건해야만 하는 거대한 임무.

아마 그런 것들이 모두 합쳐져 지금의 저 과도하게 꼿꼿한 '협사' 유원을 만들었을 것이다.

대화는 거기서 끊어졌다.

진린린마저 입을 꾹 다물자 모닥불이 타들어가는 소리만이 가끔씩 들려왔다.

바스락… 스락!

"음?"

무진이 갑자기 자리에서 벌떡 일어서자 유원과 진린린이 의아한 눈으로 그를 올려다봤다.

"왜 그러시오, 무진 소협?"

"쉿!"

무진은 눈을 감고 귀에 정신을 집중했다.

관도를 따라 이 리쯤 떨어진 곳.

그곳에서 누군가 말을 타고 급박하게 달려오고 있다.

다그닥! 다그닥! 다그닥!

"어?"

"이 소린……!"

잠시 후 거리가 일 리 이내로 좁혀졌을 때, 비로소 기척을 느낀 진린린과 유원이 자리에서 일어나 시선을 돌렸다.

어두운 밤하늘. 말을 탄 한 사람이 전력을 다해 이쪽으로 달려오고 있다.

윗머리는 남겨둔 채 옆머리만 싹 밀어버린 특이한 머리 모양과 날카로운 인상의 갸름한 얼굴.

온통 먼지투성이가 된 옷차림에 며칠간 잠을 못 잔 듯 초췌한 몰골 뒤로, 말의 등자에 매달려 나부끼고 있는 정(正)의 깃발이 보였다.

그는 모닥불을 향해 곧장 달려오더니, 유원이 입고 있는 청색의 무복과 검의 수실을 보며 반색을 했다.

"정천맹 추마대 청죽부대 제삼조 유원!"

유원이 반사적으로 자리에서 일어났다.

"내가 유원이오!"

"나는 응천부(鷹天府)의 혁웅태(奕熊太)! 맹으로부터의 급보요!"

그는 능숙한 몸놀림으로 곧장 말에서 뛰어내리며 품에 갖고 있던 노란색 죽간을 유원에게 내밀었다.

어리둥절한 얼굴로 그 죽간을 받아 든 유원은 한눈에 내용을 읽어 내려간 뒤 경악한 표정으로 바뀌었다.

"이게… 정말이오?"

"그렇소."

죽간을 가져온 사자(使者)는 무거운 얼굴로 고개를 끄덕였다.

"정천맹은 혈교의 병력에 포위되었소이다."

혼란, 경악, 공포.

여러 가지 감정이 허공을 떠돌고 있었다. 특히나 진린린은 불신에 가득한 얼굴로 소리쳤다.

"거짓말!"

"소저는……?"

"청죽부대 삼조의 진린린! 혈교는 서안에 있어요. 그렇다면 혈교에서 이곳 남경까지 대규모 병력을 움직이려면 화산파가 있는 섬서와 소림이 있는 하남을 지나야 한다는 이야기인데… 어떻게 아무도 그걸 알아차리지 못한 거죠? 설령 그곳을 지나 왔다고 해도 이곳 강소성엔 정천맹의 모사 신기묘산(神技妙算) 제갈성 대협이 만든 열다섯 개의 연락망과 삼십육방 척후진이 펼쳐져 있어요. 그렇게 불쑥 나타나서 포위하는 것은 불가능하다고요!"

진린린의 말은 논리 정연했고, 정확한 논점을 찌르고 있었다.

처음엔 어린아이의 치기인가 싶어 짜증스런 얼굴을 하고 있던 혁웅태마저 표정이 일변했다.

"작은 소저, 물론 우리도 그럴 거라 생각했지만, 그들은 놀랍게도 사천을 지나왔소이다."

"사천을요?!"

진린린의 눈동자가 토끼처럼 휘둥그레졌다.

"그럴 수가? 거긴 또 어떻게? 당가, 아미, 청성에 점창까지! 사천은 지금 정파에 남아 있는 몇 안 되는 거점지 중 하나인

데……!"

"그 이상은 지금 말씀드리기가 곤란하오."

혁웅태는 그 말을 하며 무진을 힐끔 바라봤다.

마치 멀리 떨어진 바윗덩어리를 보는 듯한 무관심한 눈빛. 그는 아무래도 외인이 있으니 말을 못하겠다는 듯했다.

"이 사람은 지금 추마대에 입대하러 가는 중이에요. 같은 맹의 식구나 다름없는 사람이니 말해도 상관없어요."

"하지만 아직 입대를 한 것은 아니지 않소?"

"그건……."

"그렇다면 말할 수 없소. 외인은 이번 일에 절대로 관여되어선 안 된다는 것이 위에서 내려온 지시요."

혁웅태는 원리원칙을 중시하는 깐깐한 사람인 것처럼 보였다. 안됐지만 아무리 거칠 것 없는 진린린도 그 점은 어쩔 수 없는 부분.

진린린이 붉으락푸르락한 얼굴로 반론을 하지 못하자 혁웅태는 고개를 돌려 절대로 타협하지 않겠다는 듯 깐깐한 얼굴로 유원을 응시했다.

"청죽부대가 지금 결사의 임무를 수행하고 있소."

"결사… 의 임무라고 하셨소?"

"그렇소. 그리고 그곳에선 지금 당신들의 도움이 필요하오."

그 말엔 유원과 진린린의 표정이 또 한 번 급변했다.

"지금 청죽부대는 어디에 있소?"

"위치는 진강 북쪽의 북고산(北固山). 자세한 건 가는 길에 말씀드리겠소."

혁웅태는 당장에라도 말에 올라탈 듯한 기세였다.

"잠깐, 그럼 무진 소협은 어떻게 되는 것이오?"

"외인은 절대로 이 일에 연관될 수 없소이다."

"하지만 무진 소협 또한 정천맹을 위해 칼을 들고 일어난 협사요! 정의를 위해서 은거까지 깬 사람이란 말이오!"

"아무리 뜻이 옳다고 한들 섣부른 행동이 계획을 망가뜨린다면 그건 정천맹에 도움을 준다고 할 수 없는 일이오."

유원은 침통한 표정을 지었다. 그는 원망스럽다는 듯이 그의 손에 들려 있는 죽간을 노려보았다.

"죽간엔 웅천부 혁웅태의 지시를 따르라고 되어 있다."

"유 오라버니, 그럼……."

"우린, 가야 한다."

유원은 무진에게 미안한 눈빛을 보냈다.

"무진 소협, 일이 곤란하게 되어버렸소. 이 일이 처리되자마자 돌아올 터이니 우리를 기다려 주실 수 있으시겠소? 이 관도를 쭉 따라가면 희음현에서 가장 큰 마을이 나올 것이오. 그곳의 객잔에서 기다려 주시기만 하면 되오."

유원은 미안함과 간절함을 담은 시선을 보내오고 있었다.

무진은 그 시선에 답을 해주지 못했다.

그보단 지금 이들에게 말할 수는 없지만 귓속에 벌레가 들어간 것처럼 신경이 쓰이는 곳이 있었으므로.

"알았어."

"괜찮… 겠소?"

"회음현 가장 큰 마을의 객잔. 그곳에 있으면 되는 것 아닌가?"

무진은 그 간단한 일이 뭐가 괜찮겠냐는 건지 오히려 의아해져서 물었다. 그런데 유원은 그 말을 듣더니 어쩐지 복잡한 듯한 표정이 되었다.

"그렇… 소."

뭔가 아쉽고 섭섭해하는 듯한 표정.

그는 뭐라고 하고 싶은 말이 있는 듯했으나, 혁웅태의 재촉에 곧장 말에 올라탔다.

"자! 갑시다!"

"당신! 객잔에만 있어! 딴 데 가면 안 돼!"

다급한 말발굽 소리와 함께 혁웅태와 진린린, 그리고 복잡한 표정의 유원이 순식간에 멀어졌다.

그러자 갑작스럽게 찾아드는 고요함.

축축한 밤공기 속에서 빨갛게 타오르는 불씨 앞에 무진 한 사람만이 남겨졌다.

차르릉—

무진은 그들이 관도 너머로 사라지자마자, 입고 있던 무복의

옷고름을 풀어헤친 뒤 상체에 칭칭 감아둔 쇠사슬을 풀었다.

왼손에 일 장, 오른손에 일 장.

등 뒤엔 여섯 개의 사슬낫.

그리고 방문객을 기다린다.

두두두두—!

땅을 울리는 진동과 함께 구산이 있는 방향에서부터 일단의 사내들이 몰려왔다.

온몸에 피를 묻힌 것처럼 살기가 흐르는 사내들이었다. 하나같이 똑같은 적색의 장삼을 입고 허리엔 하나의 단도와 하나의 장검을 차고 있다.

말을 탄 인원만 서른 명.

그리고 그들의 가슴에 새겨져 있는 한 글자.

혈(血)!

히히힝!

모닥불 앞에서 대열을 멈춰 세운 그들은 날카로운 눈으로 주변을 둘러보았다.

"벌써 떠났나?"

인솔자인 듯 보이는 한 명의 사내와 그 옆에 있는 문사 차림의 두 명을 제외하고 어쩐지 생기가 느껴지지 않는 사람들이었다.

감정을 잃어버린 듯한 무표정한 얼굴, 초점이 뿌옇게 흐려진 눈으로 인솔자의 명령만을 기다리는 맹목적인 태도.

세뇌다.

무진의 눈빛이 차가워졌다.

소속된 무사들을 세뇌시켜 강인하게 변화시키는 술법. 현 무림에 그런 일을 하는 단체는 단 하나뿐이다.

"혈교?"

물었으나 대답은 없었다.

아니, 인솔자인 사내는 아예 무진을 이곳에 없는 사람처럼 취급했다.

"좌사(左士), 다음에 해야 할 일은?"

"첩보에 의하면 풍웅(風鷹) 혁웅태는 북고산으로 갈 거라고 했습니다. 그리로 쫓아가야 합니다."

인솔자의 왼쪽에 있던 염소수염을 가진 문사의 대답이었다.

"우사(右士), 네 생각은?"

"좌공(左公)의 생각과 동일합니다. 다만 풍웅과 진린린은 청죽부대와 합류하기 전에 사로잡는 것이 좋습니다."

이번엔 오른쪽 눈가에 주름이 자글자글한 괴팍해 보이는 중년 문사의 대답이었다.

"그럼 속도를 올리는 것이 좋겠군."

"그렇습니다."

"가자. 전속력으로 간다."

그 사내는 아무렇지도 않게 말하며 말을 출발시키려는 듯 말고삐를 들어 올렸다.

그 순간,

쒸이이익─!

바람을 가르며 쏘아져 오는 비도 하나.

마치 발길에 거치적거리는 돌멩이를 치우듯 생명에 대한 존중도, 살인에 대한 망설임도 없는 철저하게 비정한 한 수.

탁!

무진은 그것을 손가락 두 개로 눈앞에서 잡아챘다.

"음?"

그제야 그 사내는 처음으로 무진에게 관심을 가졌다. 낫을 꺼내 들기 전까진 무진은 그저 시골의 나무꾼 청년으로 보일 뿐이다. 사내는 무진이 비도를 잡아낸 것이 믿기지 않는다는 듯 중얼거렸다.

"내 탈명비(脫命匕)를 손가락 두 개로 잡아?"

탈명비.

무진은 확실히 소맷자락을 터는 것만으로 비도를 쏘아 보내는 은밀한 동작은 탈명비라는 이름과 잘 어울린다고 생각했다.

사내는 의심스럽다는 듯 무진을 쏘아보았고, 사내의 옆에 있던 두 명의 문사는 곧장 기묘한 손짓을 해서 무사들을 움직였다.

두두두두!

스물여덟의 무사는 품이 넓은 학익진을 형성하며 주변을

둥그렇게 포위하려 했다. 흙먼지가 뿌옇게 일어나며 말발굽 소리가 사방에서 울려 퍼졌다.

무진은 진세의 선두에 있는 두 무사를 바라보며 양팔을 벌렸다.

"그 이상 넘.어.오.지 마.라."

그가 목소리에 지난번 혈우삼마의 셋째에게서 빼앗은 공력을 담자, 효과는 곧바로 나타났다.

우당탕!

히히힝……!

무진의 말에 겁을 집어먹은 말들이 굳어버린 듯이 발을 멈추는 것과 동시에, 그 위에 타고 있던 무사들이 옆으로 굴러 떨어져 버렸다.

모두가 무공을 익힌 무사들인지라 다친 사람은 없었지만, 진세가 무너지며 난장판이 되는 것은 순식간이었다.

"네놈, 누구냐?"

인솔자 사내의 눈은 이제 불신을 넘어 경악에까지 도달해 있다.

"당신보다 비도를 잘 던지는 사람."

"뭐라?"

채앵!!

"큭……!"

무진은 사내가 탈명비라고 했던 동작 그대로 소맷자락을

털 듯 단검을 날려주었다.

은밀한 동작. 팔꿈치와 팔목의 탄성을 최대한 이용하는 무리(武理).

애초에 추비무한연옥십팔로가 무기를 던지는 투(投)의 묘리를 사용하는 무공이기에 무진에겐 탈명비를 따라하는 것에 아무런 문제가 없었다.

사내는 재빨리 도를 꺼내 비도를 막아냈으나, 그 안에 실린 강력한 경력을 이겨내지 못하고 그의 말이 주춤주춤 뒤로 두 걸음이나 물러났다.

“이, 이런……!”

갑자기 나타난 새파랗게 젊은 놈의 공격을 받고 무려 두 걸음이나 물러났다.

게다가 탈명비라는 그의 무공으로.

조롱당했다고 생각한 그의 얼굴은 당장에라도 터질 것처럼 벌겋게 달아올랐다.

“감히 나 무정도(無情刀) 장환(張環)에게 이런 모욕을……!”

씩씩거리며 일도(一刀), 일검(一劍)을 치켜드는 장환에게선 범상치 않은 기세가 느껴졌다. 검끝과 도끝에서 맴도는 사이한 강기.

이자도 패마의 경지.

오기조원에 도달해 가는 절정의 경지다.

“패마이군.”

무진은 무심하게 중얼거렸다.

사람들은 조금만 신경을 긁어도 너무나 손쉽게 감정적으로 변한다. 특히나 오욕칠정이 극대화된 사마의 무인이라면 더더욱.

지금도 장환이 흥분한 덕분에 이렇게 그의 경지를 알 수 있게 되지 않았는가.

"진린린은 왜 잡으려 하는 거지?"

"……."

장환은 대답하지 않았다.

처음에 그랬듯 없는 사람처럼 무시했기 때문이 아니다. 그는 곧장 전투태세에 들어갔는지 살기 어린 눈으로 무진을 노려보며 빈틈을 찾고 있었다.

"네놈, 얼마나 강한지 모르겠으나 극마는 아닐 테지. 그렇다면 이만한 숫자에 둘러싸이고 빠져나갈 수 있을 성싶으냐?"

장환은 으르렁거리듯이 말했다.

그리고 그 말은 아마 장환의 상대가 무진이 아닌 다른 사람이었다면 맞는 말이었을 것이다.

유일경차 십인불대적(唯一境差 十人不對敵)!

오직 하나의 경지가 차이 나면 십 인 이상 상대할 수 없는 법!

그 말은 이미 무림에선 진리나 다름없이 받아들여지고 있었다.

패마의 경지에 오른 마인에겐 일류무인 열 명이, 극마의 경지에 오른 마인에겐 절정의 무인 열 명이 한계라는 것은 갓 무림에 입문한 핏덩이들조차 아는 진실.

즉, 아직 패마의 경지에 머물러 있는 무진으로선 이들을 한꺼번에 상대할 수 없는 것이 당연한 것이다.

"쳐라!"

장환은 자존심 때문에 일을 그르치는 성격의 인물이 아니었다. 그는 잔뜩 흥분했으면서도 무진을 얕잡아보지 않고 부하들과 함께 덤벼들었다.

크하아앗―!

두두두두―!

기괴한 괴성과 함께 표정없는 무사들이 살기를 뿜어내며 달려든다.

장환까지 합해서 그 수가 스물아홉.

그들이 일제히 달려드는 모습을 가만히 지켜보던 무진은 가장 가까이에 있는 무사 둘을 향해 마치 시장통의 물건을 향해 손을 뻗듯 양손을 쭉 뻗었다.

콰드득!

"끄아악……!"

소매 밑에서 팔이 길어지는 것처럼 일직선으로 쭉 뻗어나간 쇠사슬이 두 무사의 가슴을 꿰뚫고 갈비뼈를 휘감아 박살냈다.

우지직 섬뜩한 소리가 났다. 핏물이 튀어 올랐다.

감정은 없어도 고통은 느끼는지 무사들이 찢어지는 듯한 비명을 터뜨렸다.

무진의 눈에 미묘한 감정이 떠올랐다.

저런 처절한 비명은 아마 그가 평생 낼 수 없는 소리일 것이다.

촤르르륵—

무진의 단호하고 잔인한 손속에 놀랐는지 달려오던 무사들이 잠시 행동을 머뭇거렸다.

그 틈이면 충분하다.

무진은 쇠사슬을 회수한 뒤 허리춤을 더듬었다.

오늘은 다수가 상대.

그러니 육마겸 중 가장 큰 마겸이자 일도양단(一刀兩斷)의 뢰겸(雷鎌).

그리고 둥그렇고 단단한 날을 가진 패력절삭(覇力切削)의 풍겸이 제격이었다.

철컹! 철컹!

무진은 물 흐르듯 부드러운 움직임으로 피가 묻어서 더욱 검게 보이는 쇠사슬의 끝에 뢰겸과 풍겸을 매달았다. 두 개의 마병이 피를 볼 것을 예감한 듯 찌르르 떨림을 토해냈다. 거침없는 풍뢰의 힘이 승천을 앞둔 마룡(魔龍)처럼 난폭하게 꿈틀거렸다.

"안됐지만……."

부웅—! 부웅—!

쇠사슬을 돌리는 손끝의 묵직한 느낌이 전의(戰意)를 일깨운다. 심장이 쿵쿵 뛰고 피가 빨라지며 가슴이 벅차오른다.

마기가 폭주한 마인이 없으니 진마흡정공은 사용할 일이 없을 것이다.

그러니 다 죽이면 된다.

아! 아니다. 물어볼 것이 있으니 한 명은 잠시 살려둬야 한다. 어째서 진린린을 잡으려 했는지 물어보고 그 뒤엔 죽일 것이다.

"…나는 다수에 더 강해."

촤르르르륵—!

영롱한 소리와 함께 무진의 등 뒤로 날개처럼 풀려 나가는 쇠사슬.

마귀 마(魔), 낫 겸(鎌).

칙칙한 쇠사슬에 묶긴 채 당장에라도 날뛰고 싶다며 칭얼거리는 풍뢰의 마겸이다. 무진은 그의 양팔을 뜯어버릴 듯 잡아당기고 있는 쇠사슬을 있는 힘껏 붙들었다.

그는 예전에 그의 사부가 싸운다는 것은 기분 좋은 일이라고 이야기 했던 이유를 깨달았다.

지금 이렇게 힘을 끌어올리며 당장에 닥쳐올 적들을 쳐다보고 있는 기분이라는 것은……

"죽여! 당장 죽여!"

어디선가 들려오는 외침. 하지만 누가 외쳤는지는 쳐다보지 않았다. 양팔을 쭉 펼친 채 덮쳐오는 무사들의 중심을 바라봤다. 손끝에서 팽팽하게 당겨지고 있는 쇠사슬과 그 끝에서 적들을 모조리 휩쓸어 버리겠노라고 소리치는 두 개의 목소리가 느껴진다.

난폭한 두 개의 천벌.

풍, 그리고 뢰.

"……."

심장을 울리는 강렬한 두근거림. 파르르 떨리는 온몸의 근육. 어둠을 밀어내며 다가오는 붉은색의 무사들.

무진은 팽팽하게 당겨진 그의 두 손을,

추비무한연옥십팔로(追翡無限煉獄十八路)!

뢰겸(雷鎌), 풍겸(風鎌)

제팔로 광풍일살(廣風一殺)!

…놓았다.

第七章
남경의 정천맹(正天盟)

마도
협객전

인적조차 드문 어두운 밤의 관도.

전력을 다해 내달리던 세 기의 인마(人馬) 중 가장 앞에 있던 말이 돌연 제자리에 멈춰 섰다.

히히힝—!

"유일경차 십인불대적!"

풍웅 혁웅태가 손을 번쩍 들며 낭랑한 목소리로 외친 말이다.

"그거야말로 현재 우리 정천맹이 노려야 할 한 수라고 할 수 있소."

안내자인 혁웅태가 말을 멈췄으니 뒤따르던 유원과 진린

린도 제자리에 멈춰 설 수밖에 없을 터.

진린린은 뜬금없는 말에 의아한 얼굴로 눈을 찌푸렸다.

"그게 무슨 소리예요?"

"아무리 우리 정천맹이 전성기에 비해 많이 약해졌다고는 하나, 혈교 하나만을 상대하기엔 이미 충분한 협사들이 모여 있소. 지금까지 파악된 혈교의 병력은 이백 정도. 나름대로 정예의 병력인 듯해도 우리 쪽의 숫자가 많으니 충분히 막아 낼 수 있소."

"우리 측 무사들의 수가 더 많으니 합격진으로 싸우자는 뜻인가요?"

"그렇소."

한마디 말에 곧장 그 요점을 파악한다.

진린린은 동그란 눈에 재지를 반짝이며 순순히 고개를 끄덕여 수긍했다.

"그래요. 그게 낫겠네요."

혁웅태의 말은 옳았다. 숫자가 많다면 그걸 최대한 살리는 게 옳은 거다. 쓸데없이 무의 자존심이 어쩌고 해봤자 그러다 가 지기라도 하면 얻는 것은 아무것도 없는 법.

이건 전쟁이다.

예의 차리며 승부를 겨루는 비무가 아니다.

그렇다면 도의를 거스르지 않는 선에서 할 수 있는 건 뭐든 지 해서 이기는 게 옳다.

"역시 내가 사람을 잘못 보지 않은 모양이군."

혁웅태는 진린린을 평가하듯 지그시 바라보더니 고개를 끄덕이며 시선을 돌렸다. 그의 흔들림없는 눈이 다음으로 바라보는 곳, 그것은 대나무처럼 꼿꼿한 자세로 말 위에 앉아 있는 유원이다.

"청죽부대 제삼조 유원. 정의검(正義劍)이라는 별호가 있다고 들었소."

"부끄러운 호칭이오."

"그런가? 인품은 그 이름에 충분히 어울리는 것으로 보이나, 그 검은 어떨지 모르겠소. 모산파의 이름은 이미 사라진 거나 마찬가지라는 말도 들리더군."

혁웅태는 돌려서 말하지도 않았고, 입바른 소리로 사람을 띄워주지도 않았다. 어찌 보면 사람을 화나게 만들려고 작정한 듯한 말투. 하지만 유원은 화내지 않고 순순히 수긍했다.

"많이 부족하오."

"아직 상승에 오르진 못했으나 일류는 될 테지. 맞소?"

"맞소."

마치 어떤 물결이 와도 다 삼켜 버리는 거대한 바다처럼 어떠한 모욕도 그저 담담히 받아들이는 유원을 보며 혁웅태의 눈이 이채를 띠었다.

정파에서 무의 단계는 마도와 비슷한 듯하나 조금 다르다. 입마, 양마, 패마, 극마, 진마로 이어지는 다섯 단계처럼 정파도 크게 다섯 단계로 나누지만, 그 단계를 정하는 기준은 다른 것이다.

이류, 일류, 절정, 화경, 현경.

응신입기혈(凝神入氣穴), 즉 하단전에 기혈을 닦기 시작해 축기(築氣)를 시작하는 주천화부(周天火符)의 경지에 오르면 이류.

오룡봉성(五龍奉聖)의 경지에 올라 하단전에서부터 차곡차곡 쌓은 기로 중단의 문을 두드리기 시작하면 일류.

임독맥을 구 할 이상 뚫고 오기조원을 이뤄 눈에 선명히 보이는 강기를 사용할 수 있기 시작하는 상승의 경지가 절정.

내기와 외기가 완벽한 균형을 이루어 다시 무공을 익히지 않은 사람처럼 보이게 되는 반박귀진(返樸歸眞)의 경지, 화경.

그리고 마지막 등봉조극(登峯造極). 반선(半仙)의 경지에 올라 하늘의 뜻을 기다리는 경지가 바로 현경이다.

기인이사가 모래알만큼이나 많은 무림의 역사에서도 현경에 오른 자는 극히 적다.

역사가 깊은 뛰어난 무공을 평생토록 수련해야 겨우 상승의 경지에 오를 수 있으니, 무란 끝이 없는 길을 바라보며 암담한 심정으로 그저 고집스럽게 한 걸음씩 앞으로 나아가는 것과 같지 않은가.

정파의 고수들이 무엇보다 심성을 중요시 여기는 이유도

바로 그것.

　요원하기만 한 무의 길을 끝까지 나아가려면 흔들리지 않는 올바른 정심(貞心)이 필요한 것은 당연하지 않겠는가?

　유원이야말로 그 정심의 상징이나 다름없다. 혁웅태는 유원이 모산파의 장제자만 아니었다면 지금쯤 무공에 큰 성취를 이뤄 무림에 이름을 떨치고 있지 않았을까 하는 안타까운 생각이 들었다.

　"검명(劍鳴:검이 검사의 의지와 동조해 울음을 터뜨리는 경지. 상승의 경지로 가는 초입)은 들었소?"

　"얼마 전에 들을 수 있었소."

　"반쪽짜리 무공으로 검명의 경지라……. 당신, 뼈를 깎는 고통을 인내하는 자였군."

　유원은 놀람이 깃듯 얼굴로 혁웅태를 향해 고개를 돌렸다. 분명 이번에 처음 만난 자일진대 어떻게 그의 무공이 반쪽뿐임을 알고 있는지 의문이 들었던 것이다.

　"나를… 아시오?"

　"임무를 맡을 때, 그에 필요한 사람들에 대한 사항은 다 외우고 임무에 나서는 것이 내 습관이오."

　유원은 감탄했다. 그는 유원에 대해서도 알고 혈교의 동향도 알며 정천맹의 작전에 대해서도 알고 있다.

　마치 모든 것을 알고 있는 현자(賢者)처럼.

　"이제 곧 목표로 했던 북고산에 도착하면 정의검은 다른 청죽 일조, 이조와 함께 혈교 무인들의 후방에서 시선을 끄는 역할을 맡을 것이오. 그리고 소저는… 나와 함께 사령부로 갑시다."

진린린은 눈을 동그랗게 떴다.

"사령부요?"

"소저에겐 모사의 재능이 있소. 지금 소저는 그쪽으로 가는 것이 더 맞을 것 같군."

혁웅태는 사람을 보는 눈이 있었다. 그는 정천맹의 지낭으로서의 진린린의 재능을 알아본 것이다.

"그건……."

진린린은 고민했다.

사실 이대로 유원을 따라가도 그녀가 싸움터에서 도움이 될 리가 없다는 것은 이미 생각하고 있었던 문제다. 하지만 같은 청죽부대의 모두가 사지(死地)나 다름없는 전장으로 가는데 혼자서 어떻게 안전한 사령부로 빠질 수가 있겠는가?

툭.

그런 그녀의 어깨에 유원의 손이 얹혀졌다. 진린린은 놀란 얼굴로 고개를 돌렸다. 유원이 어느새 그녀의 옆으로 다가와 담담한 웃음을 짓고 있었다.

"린매, 사령부로 가도록 해."

"하지만 모두가 각자 목숨을 걸고 싸움터로 가는데……."

"린매는 린매가 잘하는 걸 이용해서 싸워야지. 린매는 머

리가 좋으니 사령부에서 최고의 책략을 만들어서 우릴 도와주는 게 어떨까?'

유원의 담백한 목소리엔 사람에게 믿음을 주는 힘이 있었다. 진린린은 미안한 얼굴로 고개를 끄덕였다. 유원의 말에 마음의 평화를 되찾은 것이다.

"……."

혁웅태는 눈에 이채를 띤 채 그 모습을 가만히 지켜보고 있다가 이제 출발하자는 듯 말고삐를 잡아당겼다.

히히힝—!

"자, 이제 갑시다."

진린린과 유원이 결연한 얼굴로 그 뒤를 따른다.

밤의 고요함을 깨뜨리는 말발굽 소리. 세 사람은 북고산을 향해 말을 움직였다.

*　　　*　　　*

하늘만큼이나 넓고 광활한 바람을 단 일격에 갈라 버린다.

넓은 바람이 만들어내는 하나의 죽음.

그것이 광풍일살(廣風一殺)!

추비무한연옥십팔로가 팔성에 오른 최근에야 쓸 수 있게 된 그 한 수는, 비단 폭처럼 넓게 펼쳐지며 가까이 다가오던 혈교 무인 다섯의 허리를 단번에 갈라 버렸다.

푸화아악—!

무인 다섯이 달려들던 자세 그대로 자신들에게 벌어진 일을 이해 못하겠다는 듯 의아한 표정을 한 채 상체가 주르륵 미끄러져 내렸다.

웬만한 성인 남자의 몸만큼이나 커다랗고 육중한 뢰겸.

육마겸의 첫째가 선보이는 일격필살의 위력이다.

촤르르릉!

무진은 분수처럼 뿜어지는 핏물을 손바닥의 경력으로 흩어내며 왼쪽 무릎을 가슴에 닿을 만큼 높이 끌어올렸다.

금계독립의 자세.

당당하게 금의환향한 뢰겸을 높이 들어 올린 손으로 환영하고, 영롱한 소리와 함께 내 손바닥을 스치듯 미끄러진 쇠사슬이 아래쪽에서 다음 공격을 준비하고 있는 새로운 병사(兵士)를 향해 나아갔다.

다음 병사.

강력한 뢰의 뒤를 잇는 자.

우렛소리처럼 격렬하고 매처럼 재빠른 풍!

부아아앙—!

풍겸의 질주는 그 소리부터가 다른 검들과 날랐다. 누룸하면서도 단단한 칼날이 주변의 바람을 모조리 끌어당기는 듯한 소리. 커다란 고깃덩이를 갈고리로 걸어 끌고 오듯 무진은 양발로 힘차게 땅을 디디며 온몸을 팽이처럼 휘돌렸다.

그에 따라 비스듬하게 대각선으로 치솟는 풍겸.

까가강!!

동시에 반으로 동강난 검을 들고 세 명의 무인이 피를 울컥 토해내며 주저앉았다.

일뢰(一雷)에 다섯을 베고 이풍(二風)에 셋을 잘라낸다.

그 모든 것은 눈을 한 번 깜빡이는 사이 단 한 합(合)의 공격에 의해 이루어졌다.

"너는… 대체 누구냐?"

무정도 장환은 떨리는 목소리로 중얼거렸다.

이미 공격은 멈춘 상태다. 무진이 보여준 모습이 강렬한 인상을 남긴 듯 그들은 이 장 거리 내로 들어오지 못하고 주춤주춤 뒤로 물러났다.

무진은 아쉬운 마음이 들었다.

처음에 멋모르고 달려들 때 최대한 큰 피해를 입혔어야 하는데, 아직 광풍일살의 화후가 낮은 탓에 기대에 못 미치는 위력이었다.

아마 지금 이곳에 있는 사람이 그의 사부 종리단이었다면 첫 일격으로 스물은 베어버렸으리라.

"모두 물러나라! 흩어져서 퇴로만 차단하고 섣불리 다가가지……!"

푸화악!

"이, 이런……!!"

장환의 말이 끝나기도 전에 무진은 건곤일위강의 신법으로 그들의 중심으로 파고들며 쇠사슬을 짧게 잡고 정면에 있는 놈의 가슴을 풍겸으로 갈라내고 있었다.

그리고 곧바로 이어지는 광풍일살의 한 수.

화아악—!

"안 돼—!!"

장환의 절규는 커다란 뇌겸이 혈교 무인 여섯의 허리를 베어내는 소리에 묻혀 잘 들리지도 않았다. 무진은 차가운 눈으로 점점 줄어드는 혈교 무인들의 숫자를 셌다.

첫 번째 광풍일살을 시전했을 땐 다섯.

지금 두 번째로 광풍일살을 시전했을 땐 여섯.

화후가 늘었다. 기술이 손에 익을수록 위력이 증가하고 있는 것이다.

"실전이 좋긴 하네."

무진은 역시 구산에서 내려온 것은 잘한 일이었다고 생각했다. 일전 일전을 거듭할 때마다 점점 더 무공이 발전하고 있지 않은가?

"네 이놈—!!"

본래 한 사람의 행복은 다른 한 사람의 불행이기도 한 법.

핏발이 선 눈을 부릅뜬 장환이 오른손엔 장도, 왼손엔 단검을 들고 번개처럼 달려들었다. 사나운 늑대 같은 기세. 장환의 온몸에서 붉은색 기운이 연기처럼 뿜어졌다.

혈강보(血綱步)에 이은 적사연환도(赤邪連環刀).

품 안으로 파고들어 순식간에 십여 번의 공격을 쏟아내는 재빠른 공격은 무진이 장병(長兵)을 무기로 쓰고 있다는 점을 노린 탁월한 공격이었다.

까앙!!

뢰겸의 뒤를 이은 풍겸이 적사연환도에 막혀 아무런 소득도 없이 허공을 휘저었다.

무정도 장환은 패마의 경지에 있는 마인.

아직 화후가 낮은 무진의 광풍일살로는 적사연환도에 실린 강기를 뚫을 수가 없었다. 피를 보지 못한 풍겸이 화가 나는 듯 몸을 부르르 떨며 기잉 기잉 하고 비명을 지른다.

틈을 잡은 장환은 기회를 놓치지 않고 집요하게 공격을 계속했다.

"죽어라! 이놈!!"

공격에 공격을 더할수록 힘이 더해지는 적사연환도의 기세는 그야말로 욱일승천(旭日昇天).

폭풍처럼 쏟아지는 도격을 쇠사슬로 막아내며 무진은 재빨리 뒤로 한 걸음 물러섰다. 꼬리에 꼬리를 물고 아래쪽에서 비스듬하게 베어 들어오는 무공은 끈질기기 이를 데 없다. 그리고 그것에 눈이 적응할 때쯤 갑작스레 왼쪽 손에 들린 단검이 일직선으로 뻗어 나온다.

뱀이 먹이를 잡아채듯 재빠르게 튀어나오는 독사출동(毒蛇

出洞)의 한 수!

쉬익―!

칼날이 스치고 지나간 목 언저리에서 뜨거운 액체가 주르륵 흘러내렸다.

무진의 두 눈이 깊어졌다.

과연 대강대강 상대하기엔 힘든 상대였다.

같은 패마의 경지라곤 해도 장환의 실력은 확실히 지난번에 상대했던 혈우삼마보다 위.

혈우삼마 셋이 한꺼번에 합공을 한다면 모르겠지만 적어도 이 남자는 혈우삼마 둘 정도는 가뿐히 상대할 수 있는 무인인 것이다.

"더 이상 시간을 끌 수는 없지."

촤르릉―!

무진은 지금 그가 가진 나살충충공의 전력을 끌어올려 쇠사슬에 불어넣었다.

새카맣게 변하는 쇠사슬.

그 위로 서서히 구체화되는 상아색의 강기.

그리고, 벌집을 건드린 것처럼 공기가 웅웅거리는 것과 동시에, 화산이 폭발하듯 거대한 마기가 격렬하게 용솟음쳤다.

콰아앙!!

"커, 커헉!"

위에서 아래로 수직으로 내려치는 공격.

무림에서 태산압정(泰山壓頂)이라 불리는 단순한 공격이었으나, 그것을 이 장 길이의 쇠사슬과 육중한 뢰겸으로 펼치면 그 위력은 상상을 초월한다.

수직으로 떨어져 내린 뢰겸을 가로막은 장환의 오른팔이 부러지는 것과 동시에 반 토막 난 도의 파편이 장환의 가슴에 철질려처럼 푹푹 파고들었다.

육체의 상처도 심하지만, 가장 심한 것은 충격을 받은 심화(心火).

무진이 설마 상대가 마인일 거라고는 추호도 생각지 못했는지 각혈을 한 장환의 안색이 창백했다.

"무… 슨……?"

마도는 힘의 세계.

강한 자가 약한 자를 지배한다는 그 진리는 무공에서도 마찬가지.

구룡성주의 패천마공과 동급인 나살층층공은 장환이 익힌 혈사공(血邪功)의 공력을 산산이 흩어버렸다.

강기가 실려 있던 장환의 도가 박살 난 것도 그 때문이다. 마기를 드러낸 나살층층공은 본래 가지고 있던 항마력에 더해 이젠 무기와 무기가 맞부딪치는 순간 상대의 공력을 흩트려놓는 산공독의 공능까지 가지고 있는 것이다.

"마… 마공……."

털썩.

무릎을 꿇고 쓰러진 장환의 눈빛이 뿌옇게 흐려지기 시작
했다.

무진은 재빨리 남아 있는 인원을 살폈다.

어쩔 줄 몰라 하며 당황하고 있는 문사가 둘.

멍하니 서서 명령을 기다리고 있는 혈교의 무사가 열.

다행스러웠다. 모두 한 호흡에 베어버릴 수 있는 거리다.

무진은 장환의 목에 풍겸의 칼날을 들이대며 물었다.

“진린린은 어째서 쫓는 거지?”

“……”

“이봐.”

대답이 없다. 초점이 사라진 눈, 힘없이 꺾인 고개. 목에 손
을 대보니 맥이 뛰질 않는다.

“…허약하긴.”

무진은 그 순간 앞으로 적을 산 채로 잡으려면 조금 더 힘
조절을 해야 한다는 것을 깨달았다.

이제 어찌해야 할 것인가?

혈교가 어째서 진린린을 쫓는지에 대해서는 꼭 알아야만
했다. 앞으로 같은 부대에 소속될 자로서, 그리고, 아니, 이유
는 더 생각할 필요도 없었다. 그냥 알고 싶으니 알려는 거
다.

중요한 것은 그걸 알기 위한 방법.

“히, 히익……!”

“대주! 이, 이런… 말도 안 되는……!”

무진의 눈에 기광이 스쳤다.

장환이 아니더라도 그 옆에서 그에게 조언을 하던 문사가 있었던 것이다.

무진은 무릎을 꿇은 채 죽은 장환의 몸을 옆으로 밀쳐 낸 뒤 문사들을 향해 다가갔다.

“오, 오지 마라!”

“막아라! 퇴각! 퇴각!”

문사들은 잔뜩 겁먹은 얼굴로 황급히 말머리를 돌렸다. 어리석은 자들이었다. 장환과 무진이 싸우는 모습을 봤으면서도 그들은 패마의 경지를 넘은 자들이 순간적으로 어느 정도의 속도를 낼 수 있는지도 모르고 있었다.

오 장밖에 떨어지지 않은 거리에서 말머리를 돌리는 것만으로 무진을 떨어뜨릴 수 있다고 믿는 것인가?

추비무한연옥십팔로(追翡無限煉獄十八路)!

풍겸(風鎌).

제일로 일월투망(一月投網)!

부아아앙―!

혈우삼마의 막내를 붙잡았던 것과 같은 제일로 일월투망.

하지만 은밀하기 이를 데 없었던 운겸과는 달리 풍겸을 사용했다는 것만으로도 기술의 느낌은 확연히 달라져 버렸다.

시끄럽고 난폭한 풍겸답게, 상대를 현혹시키는 것이 아니라 무대포로 이리저리 미친 듯이 휘젓고 다니며 상대를 공포에 몰아넣는 느낌이다.

앞을 가로막던 무인들의 대형을 흩어버리고, 바닥에 닿을 듯 낮은 궤도로 쏘아진 풍겸이 초승달의 궤적을 그리며 솟아오른다. 문사 두 사람이 타고 있던 말의 다리에서 동시에 피가 솟구쳤다.

푸화악!

"으허억……!"

말이 주저앉는 것과 동시에 바닥으로 굴러떨어지는 문사들.

그리고 곧바로 몸을 굴려 일어나는 그들의 앞엔 마치 죽음의 사자처럼 옷에 피 한 방울 묻히지 않은 무진이 서 있었다.

"히, 히익……!"

"막아라! 막아!"

잔뜩 겁에 질려서 뒷걸음질 치는 염소수염의 문사.

그리고 신경질적으로 눈을 찌푸리며 고래고래 소리를 지르는 괴팍한 중년 문사.

무진은 한 사람을 골라 손가락으로 가리켰다.

"너."

선택을 받은 염소수염의 문사는 찢어질 듯 눈을 부릅떴다.

사람의 입을 열게 할 수 있는 것은 두 가지다.

믿음, 그리고 공포.

이 사람에게 이걸 말해도 된다는 믿음. 또는 말하지 않으면 죽는다는 공포.

염소수염의 문사는 그중 하나를 이미 가지고 있으니 필요한 존재.

우두둑!

그리고 그것을 가지고 있지 않은 괴팍한 중년 문사는 필요하지 않은 존재다.

"히, 히악! 으악! 크악!"

무진은 괴팍한 중년 문사의 목을 쇠사슬로 감아 부러뜨려 버리곤 옆으로 내던졌다. 염소수염의 문사는 뒷걸음질을 치다가 넘어졌음에도 연신 기괴한 비명을 지르며 바닥을 기었다.

턱!

"히아악……!"

"조용히 해."

무진이 어깨를 붙잡고 지그시 바라보자 문사는 딸꾹질을 하면서도 최대한 소리를 내지 않으려고 애쓰는 것처럼 보였다.

문사의 눈이 간절함을 담아 무진의 어깨너머를 바라본다.

이것 또한 어설픈 행동.

무진은 문사에게서 눈을 떼지 않은 채로 양손을 뒤로 휘둘렀다.

푸화악—!

육체가 잘려 나가는 소리와 함께 끈적끈적한 핏물이 바닥으로 후두두 떨어졌다. 이젠 염소수염 문사의 눈에서 공포가 사라졌다.

남아 있는 것은 단 하나, '절망'.

"말해. 혈교가 진린린은 왜 쫓는 거지?"

절망과 공포 속에서 문사의 입술이 파르르 떨린다. 눈빛이 끊임없이 흔들리는 그의 머릿속에선 지금쯤 목숨의 무게와 혈교에 대한 신뢰의 무게를 재고 있을 것이 분명할 터.

속으로 다섯을 셀 정도의 시간이 지난 뒤, 마침내 문사의 입이 열렸다.

＊　　　＊　　　＊

북고산은 예로부터 중요한 요충지로서 손꼽혀 왔다.

강소성에서 가장 큰 하천 중의 하나인 진강의 북쪽에 있으며 삼면이 양자강으로 둘러싸인 천혜의 장소. 양자강과 진강의 수로를 이용하면 곧바로 남경의 심장부까지도 닿을 수 있는 곳이기에 예부터 군문이 주둔하고 있는 곳이기도 하다.

북고산의 관문에 도착했을 때쯤 갑자기 말을 멈춘 혁웅태는 유원과 진린린에게 손을 들어 올렸다.

"무슨……."

"쉿!"

혁웅태는 다급하게 진린린의 질문을 막았다. 그는 뭔가에 집중하는 것처럼 인상을 찌푸리더니 주변을 경계하는 야생동물처럼 귀를 쫑긋 세우며 사방을 둘러보았다.

"…거기."

주변을 살피던 움직임이 멎었다. 그는 확신이 가득한 얼굴로 수풀이 우거진 관도의 비탈길을 노려보았다.

"누군지 몰라도 나와라! 그곳에 숨어 있다는 것을 다 알고 있다!"

유원과 진린린은 깜짝 놀라 허리춤의 검에 손을 가져다 댔다.

그들에겐 아무것도 느껴지지 않는다. 하지만 수풀을 노려보는 혁웅태의 눈빛은 너무나 진지했고, 목숨을 건 것처럼 심각했다.

그는 정말로 뭔가를 느낀 것일까?

팽팽한 긴장감 속에서 수풀이 부스럭거리며 정말로 그 속에서 사람이 하나 튀어나왔을 땐, 진린린은 너무 놀라 이미 반쯤 검을 뽑아 들고 있었다.

"풍웅의 눈은 아무도 피할 수 없다더니 과연 명불허전이군요. 저의 은영신법(隱影身法)이 들킬 줄은 몰랐습니다."

밤에 끼는 안개처럼 낮고 특징없는 목소리.

새로 나타난 사내는 몸에 딱 붙는 검은색 천으로 온몸을 감싸고 있었는데, 마치 살쾡이를 보고 있는 것처럼 매우 호리호리하고 날렵한 체형을 가지고 있었다.

검은색 장갑, 검은색 복면, 게다가 머리엔 마찬가지로 검은색 두건을 쓰고 있으니 맨몸이 드러난 곳이라곤 한 쌍의 눈밖에 없다.

그가 앞으로 나서며 정천맹의 독문 패를 꺼내 들지 않았다면 그들을 죽이러 온 살수로 생각할 법한 옷차림이었다.

혁웅태는 날카로운 눈으로 그를 살펴보더니 안심한 듯 몸에서 긴장을 풀었다.

"은영신법이라면 천기대(天璣隊) 소속인가?"

"예."

"그렇다면 제갈성 대협이 보내서 온 것이겠군."

"그렇습니다."

제갈성. 현 정천맹의 군사이자 모든 전략을 책임지는 사령부의 우두머리이다.

혁웅태는 천기대의 사내가 내민 서찰을 받아 들고 읽으려다가 문득 의아한 얼굴로 그를 바라봤다.

"그런데 혈교의 무리와 만나면 어쩌려고 이런 곳에 있나? 게다가 청죽부대는 어디로 가고 자네 혼자 있지?"

"청죽부대는 이곳에서 철수했습니다."

"뭣……!"

"일단 그 서찰을 읽어주십시오."

사내의 목소리가 상당히 심각하다. 혁웅태는 반신반의하는 표정으로 서찰을 펼쳐 유심히 그 내용을 살폈다. 그리고 잠시 후, 그의 얼굴이 괴롭게 일그러졌다.

"이… 내용이 사실인가?"

"죄송하지만 저는 서찰의 내용을 모릅니다."

"서찰엔 북고산이 혈교의 양동작전이었다고 쓰여 있다. 그게 사실인가? 이곳 북고산이 미끼였다고?"

혁웅태의 목소리는 가늘게 떨리고 있었다. 복면의 사내는 송구한 듯 고개를 숙였다.

"그거라면… 그렇습니다."

"이……!"

콰직.

유원과 진린린은 놀랐다.

항상 모든 정보를 알고, 모든 준비를 마친 뒤에야 임무에 돌입하는 사내.

항상 차분하기만 했던 혁웅태에게 이런 면이 있었던가 싶을 정도로 그는 격렬하게 분노하고 있었다.

눈은 벌겋게 충혈되고 숨은 거칠게 씨근거린다. 그뿐인가? 절대로 자신의 감정은 표현하지 않을 것 같던 사내가 제갈성이 보낸 서찰을 사정없이 구겨 버리고 있었다.

“믿을 수 없다. 어떻게 이게 양동일 수가 있지? 그렇다면 그들이 정말로 노리는 건 뭐란 말인가? 남경으로 곧장 갈 수 있는 이곳 북고산 말곤 그들이 원하는 걸 얻을 수 있는 길이 없을 텐데……!”

“혁 대협, 아무래도 직접 보시는 게 나을 듯합니다. 제가 안내하겠습니다.”

복면의 사내는 잔뜩 흥분한 혁웅태를 달래며 한쪽으로 그를 데려가기 시작했다. 유원과 진린린은 재빨리 말에서 내려 그들을 따라갔다.

빠른 걸음으로 일각 정도를 걸었을까?

언덕의 정상에 오른 그들의 눈에 북고산의 아래, 평야 전체가 한눈에 들어왔다. 다가오는 여름에 맞춰 푸른색을 자랑하는 나무들, 협곡처럼 양쪽에 높이 솟아 있는 까마득한 절벽, 그 밑에서 유유히 흐르는 양자강.

그리고 양자강의 바로 위로 드넓게 펼쳐진 황톳빛의 평야.

“이런……!”

혁웅태는 긴 탄식을 내뱉었다.

“하루 전만 해도 혈교의 병력으로 가득 차 있었는데……!”

그들의 눈에 비친 평야.

그곳은 사람의 흔적 하나 없이 텅 비어 있었다.

*　　　*　　　*

흑첩은 강한 말이다.

바위처럼 단단한 근육 위로 딱 필요한 만큼만 붙어 있는 지방, 질기고 유연한 피부와 윤기가 흐르는 흑갈색의 털.

그 모습은 신법이 뛰어난 날렵한 무인이라기보단, 튼튼한 철 갑주를 차려입고 최전방의 전장에서 싸우는 천부의 역사(力士)를 연상케 한다.

자고로 천부의 역사는 누군가의 노예가 되지 않는 법.

흑첩 또한 그랬다.

처음엔 무진이 살기를 보여주었고 이번엔 쇠사슬과 낫으로 사람들을 죽이는 모습을 보여주었음에도, 흑첩은 그를 인정했을 뿐 그 위에 두고 섬기려고 들진 않았다. 마치 선심을 써서 내 등에 타는 것 정도는 허락해 준다는 듯한 태도.

건방진 녀석이다. 하지만 그런 점이 마음에 들었다.

히히힝!

"진린린의 점박이를 찾아라. 기억하고 있겠지?"

흑첩은 나를 뭘로 보냐는 듯 푸르륵거리며 투레질을 하더니 곧장 관도를 내달리기 시작했다.

덜컹덜컹.

흑첩이 한 번 발을 디딜 때마다 안장에 엉덩이가 부딪치며 몸이 흔들렸지만, 금방 적응할 수 있었다. 승마라는 것은 말과 호흡을 맞추는 게 가장 중요한 모양이다. 흑첩이 땅을 박

차는 음률에 맞춰 몸을 움직이자 그게 한결 편한지 달리면서 기분 좋은 울음을 내뱉었다.

시원한 바람과 함께 순식간에 주변의 풍경이 뒤로 밀려나 버린다. 흑첩과 함께라면 금세 진린린과 유원이 있는 곳에 도착할 것만 같았다.

다그닥다그닥.

"악주진가라……."

무진은 흩날리는 바람 속에서 염소수염의 문사가 마지막에 했던 말을 떠올리고 있었다.

"지, 진가! 악주진가에 본 교가 필요로 하는 게 있습니다. 그 집 장남과 관련된 거라던데, 자세한 건 알 수 없습니다. 그저 진린린을 잡아오면 필요한 걸 가져올 좋은 구실이 된다는 것밖엔……."

문사에게서 뽑아낼 수 있는 정보는 그게 다였다. 그 밖에도 몇 마디를 더 하긴 했지만 그와는 상관이 없는 정보. 하지만 어쨌든 도움이 되었으니 그 문사는 천극혈을 눌러 고통없이 죽여주었다.

악주진가. 장남.

대체 무엇이 있기에 혈교가 그들을 노리는 걸까? 모산파처럼 술법에 관계된 비술이라도 하나 가지고 있는 걸까?

아직 모르는 것투성이지만 한 가지 확실한 것은 혈교가 여전히 진린린을 노리고 있다는 점이다.

지금 무진이 없앤 부대 말고도 다른 혈교의 무인들이 진린
린을 노리고 있을지도 모르는 일일 터.

그는 좀 더 빨리 가자며 흑첩의 목을 두드렸다.

히히힝!!

"여기군."

반 시진쯤 달려갔을 때, 무진은 진린린이 타고 있던 점박
이, 유원이 타고 있던 갈색 말, 그리고 혁웅태라는 자가 타고
있던 짙은 갈색의 말까지 모두가 옹기종기 모여 멀뚱멀뚱 제
자리에 서 있는 곳에 도착할 수 있었다.

사람은 없었다.

대체 어디에 갔나 싶어 내공을 끌어올리려는데 언덕의 꼭
대기에서부터 사람의 기척이 느껴졌다.

"어! 당신!!"

"무진 소협!"

똑같이 놀라서는 두 눈을 동그랗게 뜨는 두 사람.

그 뒤로 어쩐지 불쾌한 표정을 짓고 있는 혁웅태와 정체를
알 수 없는 복면의 사내가 보였다.

툭.

무진은 한쪽 손을 돌려 등 뒤의 낫의 손잡이에 갖다 대었
다. 본래 발걸음 소리가 안 나게 걷는 자들은 도둑, 아니면 살

수뿐. 은밀하게 걸음을 옮기는 복면의 사내를 보자 경계심이 일어났다.

"여긴 어쩐 일이야!"

"이곳까지 따라온 것이오?"

무진은 묵묵히 고개를 끄덕였다.

"걱정이 되어서."

"헤에, 당신, 무뚝뚝해 보여도 나름대로 우리 걱정도 하는구나?"

"……."

"농담이야, 농담. 당신이 좋은 사람이라는 건 처음 봤을 때부터 알았어."

처음 봤을 때 등 뒤의 술 항아리에 뭐가 들어 있냐며 다그치던 것은 기억에서 지워 버린 것일까?

무진이 의구심이 가득한 표정으로 쳐다봤지만, 진린린은 뭐가 그리 좋은지 조그마한 손으로 그의 팔뚝을 토닥거렸다.

유원과는 눈인사를 하는 것으로 재회의 인사를 끝낸 뒤 무진은 혁웅태와 복면인의 행동을 살폈다.

눈을 내리깔고 있는 혁웅태는 어쩐지 화가 난 것 같기도 하고 지친 것처럼 보이기도 했다. 첫인상에서 느꼈던 그의 성격대로라면 무진을 보며 외인은 이 일에 연루되어서는 안 되느니 어쩌니 하며 어깃장을 놓을 터였지만, 어째선지 그는 무진에겐 눈길도 주지 않은 채 터벅터벅 걸음을 옮겨 옆을 지나갔다.

"나는 본부로 돌아갈 것이오."

"아, 우리도……."

"긴급했던 임무는 끝이오. 나는 이 길로 곧장 돌아갈 터이니 당신들은 원래의 여정을 계속하는 것이 좋겠소."

현재 일행의 대표 격이나 다름없는 유원은 어색한 얼굴로 고개를 끄덕였다. 돌려서 말했으나 혁웅태의 말은 여기서 헤어지자는 말과 다름없었다.

그는 복면의 사내에게 의중을 묻는 듯이 잠시 쳐다보더니 그가 천천히 돌아가겠다고 하자 곧바로 말에 올라타서 떠나 버렸다.

창공을 자유롭게 가로지르는 매처럼 바람처럼 찾아와 바람처럼 떠나간다.

혁웅태는 그야말로 풍웅이란 별호가 어울리는 사내였다.

"그럼, 저도 이만."

복면의 사내 역시 가벼운 인사를 끝으로 수풀 속으로 사라져 버리자, 처음 모닥불에 앉아 있었던 그대로 다시 세 명만이 남아버렸다.

"에휴, 잔뜩 긴장했었는데… 그냥 아무것도 아닌 걸로 끝나 버리니까 그것도 허무하네."

진린린은 사내아이처럼 씩 웃으면서 말했다.

"혈교와 싸우러 간 것 아니었나?"

"그랬지. 그런데 막상 와보니까 아무도 없는 거 있지? 양동 작전이었다고 하는데, 대체 정천맹을 포위하는 척을 하면서까지 해야 했던 일이 뭔지 모르겠어."

"양동?"

"응, 양동. 성동격서 말이야."

성동격서(聲東擊西).

동쪽에서 오는 것처럼 소리를 내놓고 정작 공격은 서쪽에서 온다는 뜻이다.

무진의 눈빛이 깊어졌다.

지금 진린린은 모르지만 아마 그 양동작전 중에 이쪽에서 그녀를 잡는 것도 계획에 포함되어 있었을 것이다.

그는 고민했다.

혈교가 그녀와 그녀의 가문을 노린다는 사실을 말해주는 것이 좋을까?

같은 일행으로서 미리 경고를 해주는 것이 도리인가?

'…아무래도 생각을 조금 해봐야 할 문제다.'

무진은 냉정하게 마음을 굳혔다.

그 문제를 이야기하려면 혈교의 무사들과 싸우고 한 사람을 사로잡아 정보를 캐낸 뒤 이랬기나 뒷일을 깨끗하게 하기 위해 죽여 버렸다는 이야기를 해줘야만 한다.

아무리 친분이 생겼다곤 해도 이들은 정파. 아마 그들은 이런 방식을 이해하지 못할 것이 분명했다.

"린매, 아쉬워할 것 없어. 어찌 되었거나 피를 보지 않은 것은 잘된 일이야."

"그런 걸까요?"

"그래. 혈교와 정면으로 부딪쳤다면 아마 정천맹도 큰 피해를 입을 테지. 시체가 산을 이루고 피가 강을 이룰 텐데, 그건 좋지 않아."

"으음, 네."

진린린은 수긍하고, 유원은 담담한 눈으로 그녀를 바라본다.

무진은 유원의 이야기를 들으며 놀람을 금할 수가 없었다. 속으로 이해해 보려 했지만, 의문이 쌓이고 쌓여서 결국 참지 못하고 질문을 던졌다.

"어째서지?"

"음? 무슨 뜻이오, 무진 소협?"

"어떻게 그런 말을 할 수 있지? 네 사문은 혈교에 의해 멸문에 가까운 피해를 입었다. 그렇다면 정천맹의 힘을 빌려서라도 복수를 원하는 게 당연한 것 아닌가?"

"그건… 다르오."

유원은 잠시 눈빛이 흔들렸지만, 이내 허리를 꼿꼿이 세우며 무진과 똑바로 눈을 맞췄다.

"내가 혈교에 복수를 하고 싶어하는 것은 사사로운 감정. 그것 때문에 정천맹의 애꿎은 협사들이 목숨을 잃는다면 그것은 매우 잘못된 일이오."

"즉, 너 혼자만의 감정은 개인적인 것. 정천맹을 그곳에 끌어들일 수는 없다?"

"그렇소."

어째서였을까.

무진은 그 말을 듣는 순간 속에서 어떤 감정이 울컥 올라오는 것을 느꼈다.

"만약 정말로 그렇게 생각한다면 넌 너 자신을 속이고 있는 거야."

"…속이는 것이 아니오."

"속이는 것이 아니라고? 그렇다면 넌 왜 정천맹에 들어갔지? 그건 아마 그곳에 들어가야만 약자인 네가 혈교에 일방적으로 죽임을 당하지 않고 어쩌면 훗날 혈교에 복수를 할 수도 있는 기회가 올 수도 있겠다고 생각했기 때문이다. 내 말이 틀려?"

무진은 그저 가볍게 넘길 수 있는 일이었음에도 굳이 유원에게 따져 묻고 말았다.

어쩌면 사실은 무진이 마에 속해 있는 사람이고, 유원은 뼛속까지 정파인 정의 인간이기 때문일 수도 있다.

어느 것도 확실한 것은 없지만, 무진은 이 부분만은 확실하게 따져서 대답을 듣고 싶었다.

정과 마는 무엇인가?

정과 마는 대체 무엇으로 구분하는가?

"틀리오. 나는 복수를 위해 정천맹에 들어간 것이 아니라 이 혼탁한 세상에 사마외도를 물리치려는 정천맹의 대의(大義)에 동감했기에 그곳에 들어간 것이오."

유원은 무진의 적나라한 말에도 흔들림없이 대답했다.

"어쨌거나 결과는 사마외도를 물리친다. 즉, 혈교를 물리친다. 그것을 원했기에 들어간 거잖아?"

"틀리오. 틀리오. 정천맹에 들어간 것은 그런 이유가 아니었소."

"그럼 설명해 봐! 쉽게 말해서, 나는 마기가 폭주한 마인들을 잡기 위해서 추마대에 들어가겠다고 했고, 덤으로 정천맹에 들어가겠다고 한 거다. 너는 뭐지? 대의를 위해서라고? 그럼 넌 정천맹에 들어갈 때, 너의 복수에 정천맹이 도움을 주었으면 하는 마음이 조금도 없었다고 단언할 수 있나?"

비로소 유원의 눈이 흔들린다.

바람에 조금씩 밑동이 깎여 나가는 거암처럼 거대한 정심이 꼿꼿함을 잃고 흔들거리기 시작한다.

"나는… 그리 완벽한 사람이 아니오."

잘못을 고백하는 사람처럼 부끄러운 목소리.

그 뒤에 고민하듯 천천히, 조심스레 흘러나온 유원의 말은 무진에게 충격을 안겨주었다.

"물론 그런 마음이 조금도 없었다고는 할 수 없소. 사람은

누구나 자신의 마를 가지고 있고, 나는 아직 마음 깊숙한 곳
에 숨어 있는 마까지 없앨 만큼 수양이 깊지 못하니 말이오.
하나 이것만큼은 당당하게 말할 수 있소이다. 나는 혈교의 만
행에 희생당해 의분을 떨치기 위해 일어난 한 사람의 무사일
뿐이고, 다른 사람이 나와 똑같은 고통을 받지 않기를 간절하
게 바라고 있소. 지금도 앞으로도 나는 나 자신의 복수를 위
해 다른 사람을 희생시키지는 않을 것이오. 그건 혈교가 나의
사문에 한 일과 조금도 다르지 않으니 말이오.”

“…그럼 너는 복수를 원하지 않는 건가?”

“원하오. 나와 똑같이 혈교의 만행에 분노하는 사람들의
뜻[意]이 모여 거대한 대의가 될 때 나는 그들과 함께 기쁜 마
음으로 검을 들 것이오.”

잠시나마 흔들렸던 유원은 말이 끝날 때쯤 당당하고 정의
로운 협사의 모습으로 되돌아와 있었다.

무진은 입을 꾹 다물고 한참동안 가만히 서 있었다.

이야기가 끝날 때쯤 평상심을 되찾은 유원과는 다르게, 그
는 정반대로 심혼이 뒤흔들리는 충격을 받았으니 말이다.

“그런가? 잘 알았다.”

고개를 끄덕이는 무진의 얼굴은 무겁게 가라앉아 있었다.

정, 마.

그리고 대의.

그에 대해서 알 것 같은 기분이다.

정과 마의 차이는 바로 이 대의를 다루는 방식에 있었다.

자신이 원하는 것을 성취하기 위해 가장 강한 사람에게 그 의지를 맡기는 마의 세계.

한 사람 한 사람의 뜻을 모아 모두의 생각이 같아질 때 비로소 원하는 것을 성취하는 정의 세계.

어느 한쪽이 절대적으로 옳다고는 할 수 없다.

각자 인간으로서 스스로의 감정에 충실한 마도와 모두의 행복을 위해 스스로를 절제하는 정도는 그 특성이 다른 것 아니겠는가?

짝! 짝!

깊은 생각에 빠져 있던 무진은 진린린의 경쾌한 박수 소리에 다시 현실로 돌아왔다.

"자, 자! 대의에 대한 토론이 끝났으면 이제 우리도 출발하자구. 어차피 이렇게 된 거, 한시라도 빨리 정천맹으로 돌아가자. 그래야 다음 임무도 얼른 받을 수 있지."

어느새 진린린은 그녀의 말에 올라탄 채였다. 무진은 고개를 들고 유원을 바라봤다. 상당히 무례한 말을 했음에도 이전과 다름없이 은은한 미소를 짓고 있는 유원.

무진은 처음으로 유원이 사내로서의 그릇이 크다는 것을 느꼈다.

"너."

"왜 그러시오, 무진 소협?"

"……."

무진은 잠시 망설이다 유원으로부터 시선을 돌리며 그리 크지 않은 목소리로 말했다.

"앞으로 그냥 무진이라고 불러."

"이름을… 부르라는 말이오?"

"그래. 그 정도는 할 수 있는 사이라고 생각하는데?"

그 뒤에 이어진 유원의 환한 얼굴은 말로 표현할 필요가 없을 정도다. 무진은 그를 더 이상 쳐다보지 않고 곧바로 흑첩에 올라타 말머리를 돌렸다.

"알겠소, 무진!"

유원의 호탕한 웃음소리와 이제야 그렇게 된 것이 그렇게 좋으냐는 진린린의 타박 소리가 밤공기를 타고 멀리멀리 퍼진다.

환한 보름달이 뜨던 어느 날, 북고산의 초입에서 일어난 일이었다.

*　　　*　　　*

남경(南京).

진과 육조시대의 건강성(建康城)이자 손오시대의 건업현 최고의 도성. 그것은 상업과 문화의 중심지이자 남쪽의 수도라는 이름에 걸맞은 거대한 성이었다.

성 둘레만 육십육 리 이상. 성 바깥의 상업지구와 주민들의 주거지를 지키는 외성의 넓이는 무려 백팔십 리나 된다. 남경에 거주하는 사람들의 숫자만 해도 무려 오십만이 넘고, 상업의 중심지답게 주기적으로 열리는 시장만 해도 대시(大市), 초시(草市), 소시(小市), 사시(紗市), 우마시(牛馬市) 등등 온갖 종류의 시전이 늘어서는데, 몇만이 넘는 인파가 시전에 모이는 모습은 남경성에서만 볼 수 있는 특징이라고 할 수 있을 터였다.

남경에 도착하자마자 보인 것도 바로 시장.

마침 대시가 열리는 날인 오늘은 끝이 안 보일 정도로 늘어서 있는 온갖 시전과 그 안에서 정신없이 움직이는 수많은 인파로 인산인해를 이루고 있었다.

"화아아! 오늘이 대시였구나? 깜빡하고 있었네."

곤란하다는 듯 말하는 진린린의 말은 귀에 들어오지도 않았다. 말까지 가지고 있는 그들 셋은 지금 시전의 입구에서 사람들에 막혀서 오도 가도 못하는 상황인 것이다.

항상 무표정하던 무진조차 놀란 기색이 역력한 얼굴로 시전을 돌아다니는 사람들을 이리저리 살펴보고 있었다. 그는 이렇게나 많은 사람들이 모여 있는 것은 처음 봤고, 이렇게 많은 사람들이 존재할 수 있다는 것도 처음 알았다.

아니, 머리론 알았지만 실제로 보는 것은 처음이라고 할까.

'대체 이 많은 사람들이 어떻게 다 먹고살 수 있는 거지?

이곳엔 엄청난 크기의 논밭도 없고 사냥으로 배를 채울 수 있을 만한 풍요로운 숲도 없는데?'

꾸욱.

무진이 누군가가 소매를 잡아당기는 감각에 고개를 돌리자 진린린이 그를 부루퉁하게 쳐다보고 있었다.

"이봐, 당신. 너무 넋 놓고 있지 마. 시골에서 상경한 촌놈 티를 너무 내면 같이 있는 내가 부끄럽잖아?"

"……"

"하하, 린매. 너무 그러지 말아라. 무진, 나도 처음에 왔을 땐 무척 놀랐다오. 남경은 정말로 큰 도시지. 더군다나 이 대시에 몰리는 인파는 아마 명조의 수도인 북경에 가도 이만한 숫자는 보지 못할 것이오."

그들은 나중에 제대로 구경하자면서 다시 시장 밖으로 빠져나갔는데, 정천맹은 남경성의 북쪽에 만들어져 있으니 굳이 성안을 통해서 갈 필요는 없다고 했다.

그렇게 말을 타고 한 시진.

무진은 현무호와 커다란 산들로 둘러싸인 곳에 있는 거대한 전각을 볼 수 있었다.

태양을 가릴 만큼 높이 솟은 대문. 마치 정말로 하늘 위로 올라온 것처럼 뿌연 안개가 성벽을 가리고 있는 신비로운 위용.

마치 황제가 있는 도성의 동작대마냥 높디높은 계단 위에 만들어진 바른[正] 하늘[天]의 성은 그 모습만으로 거대한 남경성의 시전을 잊어버리게 만들 만큼 대단했다.

이곳이 바로 구룡성에 저항하는 마지막 남은 정파의 자존심, 정천맹(正天盟)이다.

"추마대 청죽 삼조 조장 유원이오."

"추마대 청죽 삼조 진린린."

두 사람이 문지기에게 자신들의 맹패(盟牌)를 보여주며 그렇게 말하자. 두 명의 문지기는 모두 정중하게 인사를 했다.

"안쪽으로 들어가셔도 좋습니다. 그런데 그분은……?"

"아, 이 사람은 추마대에 새로 들어갈 사람. 이름 적어야 하나요?"

"예, 그렇습니다."

문지기는 그들이 들고 있던 방명록과 미리 준비해둔 지필묵을 들어 올리며 물었다.

"그쪽 분 성함이 어떻게 되십니까?"

"무진."

"무 자는……. 없을 무 자를 쓰십니까?"

무진은 묵묵히 고개를 끄덕였다.

"그럼 진 자는 무슨 진 자를 쓰십니까?"

"부릅뜰 진."

없을 무(無), 부릅뜰 진(瞋).

문지기는 특이한 것을 보는 듯한 시선을 무진에게 던진 뒤,

깔끔한 필체로 필기를 마무리했다.

"거기, 정의검 아닌가?"

"아! 총사님……!"

이제 막 입구에 들어서던 세 사람에게 마침 근처를 지나가던 일단의 무리 중에 가장 선두에 있던 중년인이 아는 체를 했다.

청수한 인상. 젊었을 적엔 꽤나 미남이라 불렸을 것처럼 이목구비가 뚜렷한 미중년이다. 붉은빛이 감도는 비단 장포를 단정하게 걸치고 허리엔 아무런 장식도 없는 오 척 길이의 장검을 허리에 차고 있었는데 기이하게도 그 밋밋한 장검에서 시선을 뗄 수가 없었다.

뒷짐을 진 자세, 흔들림없이 곧은 눈, 온화함과 위엄이 모두 깃든 얼굴. 그 모든 것에서 이 사람은 한 치도 버릴 게 없이 이미 완성되어 있다는 느낌이 들었다.

"은거한 기인을 모시기 위해 삼고초려 중이라는 이야기는 들었네."

유원은 정중하게 포권을 하며 고개를 숙였다.

"총사의 업무가 막중하실 텐데 어찌 말단인 저에 대해까지 알고 계십니까?"

"자네는 내가 본래 눈여겨보던 사람이지. 게다가 대나무처럼 꼿꼿한 정의검이 임무마저 팽개치고 맹으로 모시려는 사람이 어떤 사람인지 궁금하더군."

총사라 불린 중년인의 시선이 유원, 진린린을 지나 무진에게로 돌아왔다.

"그 기인이사가 이 사람인가?"

번쩍!

눈이 마주치고 중년인의 안광이 빛을 발하는 순간, 무진은 대경하여 뒤로 한 걸음 물러섰다.

등골이 서늘해지는 듯한 기분.

방심했다.

이 남자, 강하다.

"예, 그렇습니다."

"과연 그렇군. 이곳에 왔다는 것은 맹에 함께할 의사가 있다는 것이겠지?"

"기쁘게도 무진 소협은 추마대에 함께하겠다는 의중을 밝혔습니다."

"그것 참 잘된 일이군."

다시금 돌아오는 중년인의 시선.

무진은 등 뒤로 식은땀이 흐르는 것을 숨기기 위해 안간힘을 써야만 했다. 무림에 출도 이후 처음으로 만나는 초극강의 고수. 이 사람이라면 아무리 무진이 하단전에 있는 마기를 숨긴다 해도, 충분히 그것을 알아챌 수 있는 능력이 있었다.

최대한 태연한 척을 하려고 해도 이마에선 식은땀이 나고 입 안은 바짝바짝 말랐다.

"…과연 혈우삼마의 막내를 잡은 사람답군. 정의검, 한 가지 묻겠네. 이 사람은 자네가 그렇게 노력하면서까지 데려온 보람이 있는 사람인가?"

유원은 한 치의 망설임도 없이 대답했다.

"예. 저의 기대 이상이었습니다."

"기대 이상이라……."

중년인의 목소리에서 호기심이 느껴졌다. 그의 눈빛이 점점 강렬해졌다.

"잘 단련된 육체. 내공보단 외공을 중시하는 듯하군. 팔다리가 길고 손가락도 섬세하지만 어깨가 움직이는 각도가 좀더 광활하군. 검은 아니야. 연검? 아니지. 좀 더 긴… 편(鞭)인가?"

몸을 한 번 슬쩍 본 것만으로 그가 익힌 무공의 내력마저 알아내 간다. 대단한 능력. 그 뒤에 이어진 시선은 무진에게 직접 대답을 구하는 듯 했다.

"…철삭(鐵索)이오."

무진은 착 가라앉은 목소리로 대답했다.

"철삭? 호오, 흔치 않은 무기로군. 사문의 무공을 물어봐도 되겠나?"

"추비무한… 로."

육마겸은 철삭으로 바꾸고, 추비무한연옥십팔로에서 연옥과 십팔이란 숫자를 뺐다.

무진은 긴장감에 주먹을 꽉 움켜쥐었다. 사부 종리단은 자신이 정파와는 싸운 적이 없고 마도의 폭주한 마인들만을 잡아들였다고 했지만, 그래도 모르는 일이다.

이만한 고수라면 종리단의 정체를 알 수도 있었다.

"추비무한로! 그 육중한 철삭으로 나는 새도 잡을 만큼 무한한 투로를 만들어내는 무공이라……. 흥미롭군. 나중에 기회가 되면 꼭 한번 볼 수 있기를 바라네."

그는 무진에게서 시선을 떼지 않은 채로 '앞으로 자주 보지'라는 의미심장한 말을 남기고는 그를 따르는 다섯 명가량의 무사와 함께 떠나갔다.

유원과 진린린은 허리를 굽혀 깊은 존경의 염을 표현하고 있는 중이다.

중년인의 신형이 시야 밖으로 벗어났을 때, 그때야 비로소 무진은 제대로 숨을 쉴 수가 있었다.

"누구야?"

"저분? 우리 정천맹의 자랑, 총사 위태천(衛太天) 대협이셔."

무진은 그 이름을 듣는 순간 머릿속에서 번개가 치는 것 같았다.

"화산제일검(華山第一劍)!!"

"어?! 당신도 알아? 역시 총사님의 위명이 대단하긴 대단하네. 산골에 은거하고 있던 당신도 알 정도이니 말이야."

진린린은 의외라는 듯 눈을 동그랗게 뜨고 있었지만, 그를 아는 것은 무진에겐 전혀 의외의 일이 아니었다.

화산제일검 위태천.

그는 종리단이 언급했던 몇 안 되는 '쓸 만한' 정파인 중에 포함되어 있었던 이름인 것이다.

"위태천? 그놈은 강한 놈이었지. 황산전장의 금마(金魔) 뚱땡이와 무려 삼백 합이 넘게 겨뤘으니까 말이야. 그놈이 쓰는 매화삼릉검(梅花三凌劍)과 청운적하검(靑雲赤霞劍)은 일절이었다. 하긴, 뭔들 일절이 아니었나. 그놈은 화산검의 정수(精髓) 같은 놈이라 화산이 가진 모든 검종(劍宗)을 하나로 모아놓은 것이 그놈의 검이라고 생각하면 된다. 푹 찌르면 그 안에서 매화검(梅花劍)이 나올지 육합검(六合劍)이 나올지 알 수가 없어."

누구든 신랄하게 비평하는 사부조차 일절이라고 평했던 화산 최고의 검.

극마를 넘어 진마의 경지에 오른 구룡성의 오마 중 한 사람과 삼백 합이 넘게 겨뤘다는 사람이다.

그 말은 정파의 경지로 따지자면 화경의 최정상. 어쩌면 현경에 올랐을지도 모른다는 뜻일 터.

'방심… 했어.'

무진은 스스로를 반성했다.

조금 전의 상황을 다시 생각해도 등골이 오싹해진다. 그만한 사람이라면 외공을 넘어 내공을 뚫어보는 것도 어렵지 않았을 터. 그는 추마대에 들어가 보기도 전에 마도인이라는 사실이 발각되어서 죽을 뻔한 것이다.

"당신, 운이 좋은가 보네? 정천맹에 오자마자 총사님을 다 만나고. 그렇죠, 유 오라버니?"

"그래, 그런 것 같구나."

두 사람은 기분 좋게 웃으며 이제 추마대의 대주님을 만나러 가자며 무진을 이끌었다. 무진은 무표정하게 굳은 얼굴로 두 사람을 천천히 뒤따랐다.

무진은 새삼 그의 위치를 실감했다.

이곳은 정천맹.

그렇다.

그는 적지(敵地)에 들어와 있었다.

『마도협객전』 2권에 계속…

무공을 익힐 수 없는 비운의 천재 제갈수.
공작가의 망나니 공자 슈.

운명을 벗어나려는 제갈수의 노력은 망나니 공자의 죽음과 만나 비상한다.

제갈수의 영혼과 슈의 신체를 이어받은 새로운 슈 부르셀라 폰 레비안또 가누비엔
그것은 하나의 위대한 기적!

홀로선별 퓨전 판타지의 신기원!
『기적!』

따뜻한 그의 이야기가 지금 시작된다.